Scarlet
스칼렛

www.bbulmedia.com

아름다운 악연

아름다운 악연

윤설 장편 소설

contents

프롤로그 ······ 7

1화 안녕, 나의 첫사랑! ······ 11

2화 치명적 오류 ······ 49

3화 나를 위한 투자 ······ 89

4화 존재감 ······ 128

5화 낯설고도 친숙한 ······ 149

6화 알 수 없는 남자 ······ 171

7화 변하지 않은 것들 ······ 203

8화 당당하게 그리고 화려하게 ······ 250

9화 인연 ······ 270

10화 이해 ······ 294

11화 새로운 시작을 향해 ······ 328

에필로그 ······ 375

작가 후기 ······ 382

프롤로그

오늘 어떤 학생이 나에게 다가와, '스펙을 쌓고 싶어 하루라도 빨리 영어 실력을 높이고 싶은데, 도무지 영어 공부를 어떻게 해야 할지 모르겠다' 라고 나의 조언을 구한다고 하기에 '넌 아무것도 가진 것이 없으니, 그냥 닥치는 대로 공부하라' 라고 말해 주었다.

그 어떤 책을 사도 네 실력에 과분하니, 공연히 좋은 교재를 찾아보겠다고 인터넷에 글이나 올리고 검색하다가 시간 날리는 짓은 꿈도 꾸지 말라고.

사람들, 특히 우리 어학원 학생들은 나의 냉정한 말에 상처받았다고들 한다.

하지만 그들은 내가 내뱉는 말이 가진 차가움에 상처받을 자격이 없다.

내 말에 상처받기 전에, 또는 나의 불친절함에 실망하기 전에, 얼마나 많은 노력을 영어 공부에 쏟아부었는지 먼저 그들은 돌아보아야 한다.

어쩌면 나는, 이런 어리석은 자들을 볼 때마다 순진하기만 하고 터무니없이 낙관적이기만 했던, 그런 안일한 과거의 나를 보는 것 같아 불편한 것일지도 모르겠다.

내 강의를 돈 내고 듣는 학생들임에도 정말 마음이 안 좋다.

그때는 정말……. 그래, 나는 참 상태가 안 좋았었다고 말해두자.

상태가 조금 좋아진 지금도 나의 덜렁거림은 여전해서, 식사를 하다 물을 엎지르고 얼굴에 짜장 소스를 묻히고는 있다.

하지만 그래도 나 자신을 단련하는 법만큼은 터득했으니 다행이다.

어떤 목표 아래 공부를 하는 학생들이 이것저것 가리고, 불평하고, 머뭇거리는 것은 결국 시간 낭비일 뿐이라는 것을, 그 자신들은 뼈저리게 느끼지 못할 수도 있다.

그것을 알고 깨닫는 날에 그들은 다시 태어날 수 있는 것이다.

세상에 한 번 태어나서 한 번 죽은 인간이 중간에 다시 한 번 죽고 태어날 수 있는 기회가 있다.

그것은 지금까지의 나를 완전히 버리고 싶은 욕망이 불처럼 일어나게 되는 사건을 만나게 되는 경우다.

아둔했던 나를 버리고 새로운 세계를 정복하고 싶은 욕망이 생기게 되는 일.

그 특별한 계기는 종종 나에게 처음에는 불행, 악운, 절망 같은 것으로 커다란 임팩트를 준다.

그리고 그것을 극복하는 도중에 새로 태어나는 것이다.

나에게 왔던 그 특별한 인연. 처음에는 분명 고난이었지만 나는 잘 극복했다고 생각한다.

그저 두루뭉술했던 자기 자신을 버린 계기가 되었고, 나를 돌아보고, 분석해서 발전할 수 있었다.

물론, 이 모든 발전에는 '그 사람'의 기여가 절대적이었다. 그와의 시작은 나에게 절망이었다.

하지만 그것은 나를 다시 한 번 돌아보게 하는 계기가 되었다.

이렇게 열심히 살 수 있는 나를 발견하게 되었고 게으름을 극복하는 법도 깨닫게 되었다.

그 사람과의 인연이 아니었다면 내 인생에 일어나지 않았을 변화였다.

게다가 그는 그런 중에 내가 받았을 상처에 대해 알고자 노력했고, 언제나 나를 향해 격려와 위로를 보내 주었다.

때론 오해를 살 만큼 차가운 격려와 냉정한 위로였지만, 시간이 지나고 나서 생각해 보면 참으로 훌륭한 것들이었다.

그에게 감사한다. 진심으로.

— 2015년 12월 초미의 일기 중

1화

안녕, 나의 첫사랑!

검은 소가죽 부츠만 백만 원이 넘는다. 이것만으로도 문화생활이라고는 거의 없는 가족들의 한 달 생계비에 육박할 것이다.

거기다가 역시 백만 원이 넘는 가죽 재킷과 벨벳의 탱크톱에 미니스커트까지 합치면, 어머니가 그녀를 방에 감금해 버리더라도 할 말이 없을 만큼의 과소비였다.

'가방은 짝퉁이지만…… 뭐 괜찮을 거야. 1급 짝퉁이면 명품 장인도 못 알아본다니까.'

초미는 돈을 빌려 달라는 남동생 초류에게 '못생긴 짠순이'라는 욕을 먹어 가며 아르바이트와 용돈으로 눈물 나게 모은 통장 잔고 400만 원 중 300만 원이 넘는 금액을 명품 쇼핑몰 접속 한 번에 모두 소진했다.

물론 그녀가 지금 걸치고 있는 모든 명품이 진품이라면 이 금액으론 어림없었을 것이다.

이런 거침없는 소비 행각을 벌이는 여자? 결단코 그녀는 그런 유의 여성은 아니었다. 대학 졸업을 앞두고 가까운 미래조차 정하지 못한 채 자신의 전 재산을 모두 몸치장에 투자하는 그런 여자는 아닌 것이다.

하지만 그는 그런 남자다. 초등학교에서 출발한 우정과 사랑 사이를 여전히 왔다 갔다 하다가 화려한 여자가 내민 손길 한 번에 완전히 눈길을 돌리고야 마는. 그리고 마음까지 그녀에게 성급히 바치는.

'그런 예쁘고 돈 많은 집 여자한테 눈길을 안 돌리면 그게 이상하겠지. 하지만, 마음을 주다니…… 이럴 수는 없는 거야. 넌 좀 다른 부류의 남자라고 생각했단 말이야!'

이런 생각을 하면서도 초미는 현실을 받아들이기 힘들었다. 마음의 친구, 소울 메이트라고 믿었던 그가, 사실은 겉모습에 쉽게 현혹되는 남자였다고 생각하기는 싫은 것이다.

몸이 아닌 마음으로 그녀를 좋아해 준다고 믿었던 친구, 아니, 남자였다.

어릴 때부터 예쁘고 조심스럽게 하루하루 쌓았던 감정들이 이제는 구체적인 결실을 볼 수도 있겠다 싶었는데, 갑자기 나타난 새로운 여자를 향해 쉽게 마음을 돌려 버리다니!

그는 남자 친구 이상이었다. 연인이라 말할 수는 없어도 가장

의지했던 사람이었고, 모든 비밀을 서로가 다 알고 있다 해도 과언이 아니었다. 내 것이라 말해도 좋을 녀석이었단 말이다.

"윤초미, 이대로 죽을 거야? 결심한 대로 밀어붙여. 실험을 하면 증명이 되겠지. 정말 낮도깨비가 따로 없네…… 휴."

화려하고 낯선 거울 속 자신을 보며, 그녀는 비장하게 혼잣말을 하다 결국 한숨을 쉬었다.

하지만 다시금 두 주먹을 불끈 쥐며 자신의 마음을 다지는 것이었다.

오늘은 M호텔 나이트클럽 〈갤러리〉의 〈비너스룸〉에서 성주희가 친구들과 함께 졸업 파티를 할 예정이었다.

주희가 생각하는 몇몇 친한 친구들만이 초대되었는데, 그중에 초미도 하나였다.

사업체를 몇 개나 소유하고 있는 성공한 아버지를 둔 주희가 고위직도 아닌 공무원 아버지를 둔 초미를 자신의 친구라고 초대한 것은 제삼자가 보기엔 신선할지도 몰랐다.

하지만 초미는 공식적으로는 성주희의 '과에서 가장 친한 친구'라는 타이틀을 가지고 있었다.

제삼자가 보기에 그녀들의 우정은 매우 순식간(?)에 형성되었다. 둘이 붙어 다니는 모습이 갑자기 목격되었던 것이다.

그전까지 주희가 같은 과에서 친하게 지내던 친구는 없었다. 과제나 다른 목적 때문이 아닌 순수 친구는 윤초미가 처음이자 마지막일 것이라고 주변 사람들은 생각했다.

화려하고 부유한 주희와 수수하고 명랑한 초미가 가까운 친구가 되었다는 것은 모두의 눈에 어색해 보였다.

하지만 아무리 친하다고는 해도 오늘의 졸업 파티에 주희가 초미를 초대하지 않을 수도 있었다.

오늘 졸업 파티의 멤버들은 과 친구들이 아니라 주희가 주로 어울리는 다른 세계(?)의 친구들 몇몇 뿐이었던 것이다.

자칫 불편해할지도 모를 초미를 초대할 수밖에 없었던 이유는 바로 명준 때문이었다. 주희의 새 남자 친구 명준에게 초미는 평생 친구였던 것이다.

이렇게 초미가 초대되는 바람에, 초미의 절친한 친구인 순아와 혜준까지 함께 초대되었다. 순아와 혜준 역시 전부 같은 과 친구였지만 주희와는 아는 사이 정도였다.

처음에 그녀들은 뜬금없는 이 파티 초대에 어리둥절해했지만, 별말 없이 그에 응한 것은 역시 초미 때문이었다.

"야, 너 윤초미 맞니?"

카페에 들어선 혜준은, 빨간 미니스커트에 검은 부츠를 신고 딴에는 도도한 척 다리를 꼬고 앉아 있는 초미를 발견하고 놀라움에 눈이 휘둥그레져서 말했다.

"오냐, 유감스럽게도 나다."

초미는 갱스터 느낌이 제대로 나는 가죽 재킷 위로 구불거리는 웨이브 진 검은 머리카락을 손으로 우아하게 털면서 말했다.

"얘, 오늘 한번 제대로 망가진단다……"

잔뜩 불만 섞인 표정으로 마주 앉아 있던 순아가 혜준을 보며 일러바치듯 엄지손가락으로 초미를 가리키며 말했다.

딱히 대꾸할 말이 없어 혜준은 순아에게 짧은 눈길을 준 후, 바로 초미를 바라보았다.

"놀라움 그 자체다, 얘."

겨우 한마디 한 후에 그녀는 지금 자신의 친구가 어떤 모습을 하고 있는지 탐색하기 시작했다.

'초미야, 이게 무슨 일이라니? 명준이 때문에 결국 정신줄을 놓은 거냐고.'

뱅 스타일의 검은 앞머리와 빨간 립스틱을 칠한 초미는 혜준의 눈에 너무나 낯설었다.

화장기 없는 얼굴에 농담을 잘하고 무슨 말만 하면 호탕하게 웃던 친구가 그리워지는 순간이었다.

'좀 싸구려처럼 보이는데…… 그대로 말했다간 얘 영혼이 파괴될지도 몰라.'

혜준은 초미의 의상을 보고 다시 한 번 속으로 한탄했다.

가죽 재킷 속에 언뜻 보이는 벨벳 탱크톱의 가슴 부분에는 토끼털인지 양털인지가 둘러져 있고, 어깨끈은 낚싯줄처럼 가늘어 마치 어깨끈 자체가 없는 것 같아 보였다.

유난히 하얀 속살이 섹시한 질감의 검은 벨벳으로 더욱 부각이 되어 상당히 자극적으로 느껴지기까지 했으니…… 한마디로 남자를 유혹하기 위해 작정을 하고 나온 분위기였다.

"야, 윤초미. 어째 나 좀 불안하다. 어머니가 뭐라 안 하셔?"

결국 혜준은 자신의 진짜 속마음을 아주 많이 순화시킨 걱정의
한마디를 할 수밖에 없었다.

"으응…… 실은 나 외출할 때 집엔 아무도 없었어."

"아아, 그랬겠지. 27년 공직 생활에 빛나는 네 아버지나 클래
식 음악을 사랑하시는 네 어머니가 이런 널 밖으로 나가도록 내
버려 두시진 않았을 거야. 물론, 네가 그분들 몰래 빠져나올 수도
있었겠지만 재빠르고 수다스러운 초류가 금방 알아채고 부모님께
제보했겠지?"

"그렇게 이상하냐?"

초미의 눈에 순간적으로 슬픔이 어렸다.

그 눈빛에 맥이 풀려 혜준은 더 이상 공격적인 말을 할 수는
없었다.

"이상하다기보다…… 낯설어."

"알아. 낯설어도…… 보기가 싫지만 않으면 돼. 낯설어 보이는
건 원래 의도한 거니까. 완전히 다른 내 모습, 해 보고 싶었
고……."

초미의 말끝이 흐려졌다.

이번에는 보다 못한 순아가 나섰다.

"너 이러는 게 지금, 이 사태를 막겠다는 거야, 해결하겠다는
거야? 아님, 이판사판 초 칠이나 해 보겠다는 거야?"

16

평소에는 혜준보다 배로 감성적이고 초미의 천사 역할을 자처하던 순아가 오늘은 보다 까칠한 목소리로 초미를 대한다. 초미의 행동이 마음에 영 들지 않는 까닭이었다.

사실 오늘 파티에서 주희는, 친구들 앞에서 명준과 정식으로 교제하게 되었음을 발표할 예정이었다.

명준은 겉보기엔 동네 친구였지만, 초미가 머리털 나고 처음으로 남자로서 좋아했던, 그리고 지금까지 마음 깊이 사랑하는 남자였다.

서로 말은 하지 않았지만, 마음으로 연결되어 있다고 믿었던 남자였던 것이다.

그것이 초미의 일방적인 짝사랑이었다고 오늘 결론이 날 판이라 친구들은 그녀가 의연하게 이 초대에 응했다는 것에 적잖이 놀라고 있었다.

결국 초미가 이런 파격적인 모습으로 나타나자, '올 것이 왔다', '우려가 현실로' 라는 생각이 드는 것이었다.

"잘 키운 사과나무 한 그루, 성주희가 뿌리째 뽑아 잡수시겠다 발표하는 날인데 윤초미가 정상인 것도 이상하지만, 이렇게 꾸미고 나올 줄은 나도 몰랐다. 얘, 이게 다 얼마니?"

"나도 순아 말에 동감."

두 친구는 혀를 내둘렀다. 초미처럼 궁상에 가깝게 검소한 아가씨가 이처럼 치장을 하고 나올 줄은 꿈에도 몰랐던 것이었다. 이런 차림일 줄 알았다면 어떻게든 말렸을 것 같다.

"그 돈으로 차라리 기분 전환이라도 하게 해외여행을 가든가."

"소액 투자 연습 차원에서 주식이라도 사지 그랬냐?"

순아의 말에 혜준이 거들었다.

휴, 하고 초미는 작은 한숨을 토하더니 결단을 내린 표정으로 이렇게 말했다.

"오늘만큼은 다른 내가 될 거야. 날 떠난 현금들을 생각하면 내 속도 무지 쓰리니까 다른 말은 말아 줘. 혜준이 너, 백 번 옳은 말 하고 싶어도 참으라고."

초미는 합리적인 혜준의 입에서 바른말이 나올까 봐 미리 견제했다.

"너, 정말. 휴……."

혜준은 초미가 얼마나 괴로우면 이러나 싶어 잔소리를 거두었다. 하지만 이 망할 것이 정말 쓸데없는 데에 돈을 썼다는 생각은 떨칠 수가 없었다.

이와 달리 순아는 일찌감치 초미의 행동에 대한 평가를 포기한 듯했다.

"그래……. 네 마음대로 오늘 한번 질러 보렴."

그러고는 마치 고전 영화 속 여주인공 흉내라도 내듯 손을 이리저리 돌리며 우아한 척 말했다.

"뭐, 암튼 모름지기 인기인은 파티에 늦게 등장하는 법이거든? 우린 여기서 살짝 죽치고 있다가 천천히 가자. 일찍 가 봤자 뭐 보기 좋은 꼴도 없고."

그녀의 말에 전부 동의할 순 없지만, 혜준과 초미도 일단 순아의 말을 따르기로 했다.

"그나저나 주희 계집애, 우리 사이를 그렇게 갈라놓더니 초미 남자 친구까지 가져가 버리고, 알고 보면 처음부터 초미 너보다는 명준이에게 시커먼 마음을 품었던 게 분명해. 구려……. 그런 계집애는 질색이라고."

순아는 미워 죽겠다는 표정으로 눈을 가늘게 떴다.

"의외야, 순아와 나까지 초대할 줄 몰랐다니까. 초미 너야 그래도 한때 친했던 친구라고 쳐도 말이야."

사실 혜준이나 순아는 이 파티에 초대받았다는 것이 그리 달갑지 않았다. 대학에서 만나긴 했지만 초미를 비롯해 혜준, 순아는 명실상부 완벽한 삼총사였다. 수업도 식사도 여가 시간도 함께 보내던 그들이었다.

고민과 비밀도 서로 공유하던 그런 세 친구의 사이를 비집고 들어와 무너뜨린 것이 주희였다. 성실하고 순진한 초미에게 접근해서는 셋 중에서 그녀만 끌고 나가 버린 것이다.

단언컨대, 그것은 세 명의 우정에 가장 큰 위기였다.

주희와 어울리기 시작하자, 초미는 예전의 초미가 아닌 것처럼 보였기 때문에 다른 두 친구의 배신감은 이루 말할 수 없을 정도로 커져 갔다.

다행히 그녀들의 우정 회복에는 대단한 것이 필요치 않았고, 그저 세 명이 혜준의 목욕탕에 모이는 것만으로 충분했다.

❋

윤초미, 방혜준, 김순아 이렇게 세 명의 여학생들은 영어영문학과 메가톤급 삼총사였다. 초미는 평범하지만 활발함이 지나쳤고, 혜준은 합리적인 것을 넘어 냉정한 편이었으며, 순아는 낭만적이다 못해 철이 없었다.

각자의 성격이 어떻든 그녀들은 남들 보기에도 지겹도록 붙어 다녔다.

평범한 나날을 보내고 있던 그녀들 사이에 한동안의 위기를 제공한 사람은, 바로 오늘 파티의 주최자인 성주희였다.

주희는 서울의 이름난 예식장 사장의 막내딸이었는데, 그녀는 부잣집 막내딸임에도 불구하고 항상 어딘가 모르게 우울한 여학생이었다.

눈물도 많고 고민도 많은, 어찌 보면 너무나 인간적이었지만 문제는 너무 잦았다. 너무 자주 울고 고민하는 바람에 동기생들은 어느새 그녀를 부담스럽게 여기기 시작했던 것이었다.

고민도 들어 보면 자신이 너무 못나서 친구도 없고 도움이 필요하다는 내용이었다.

명품 옷을 입고 고급차를 모는 그녀에게 그런 고민은 동정심을 살 수 없었고, 호기심으로 다가갔던 동기들은 하나둘씩 거리를 두기 시작했다.

그러면 주희는 멀어져 가는 친구들을 잡을 생각은 하지 않고 자신에게는 부족한 것이 많고 왜 사람들이 자신을 사랑해 주지 않는지 알 수 없다는 고민으로 새로운 인물을 잡고 늘어지고는 했다.

그녀의 성격이 이렇다 보니, 여학생들보다는 남학생들이 다소 그녀에게 더 관대하게 대했다.

동성 친구들이 꺼리는 예쁜 여자를 남자들이 위로해 주는 꼴이 되어 버리자, 주희에게는 단 한 명의 동성 친구도 남아 있질 않게 되었다.

그러던 학교생활에 쇼킹하다면 쇼킹한 사건이 벌어졌다. 3학년 가을 학기에 갑자기 윤초미가 성주희와 어울려 다니기 시작했다는 것이었다.

그것도 영원할 것같이 함께 다니던 혜준과 순아를 뒤로하고 말이다. 전혀 코드가 맞지 않는 두 여인의 의기투합에 온 학과가 입방아를 찧었다.

남학생들은 그 상황에 딱히 큰 관심을 두지 않았지만, 여학생들은 주희의 이간질일 것이라며 뒷말이 많았다.

초미와 주희가 입학 직후의 새내기들이었다면 서로의 사귐이 신선해서일 것이라는 이해도 가능하겠지만, 3학년 가을이면 동기 간 성격 파악은 물론이고 이미 패거리는 정해진 시점인 것이었다.

게다가 자석처럼 똘똘 뭉쳤던 세 친구가 주희 때문에 분리되었다는 것은 시사하는 바가 매우 큰 학과 내 사건이었다.

동기들을 어리둥절하게 했던 최고의 대목은 바로 '윤초미'라는 인물과 '성주희'라는 인물이 어떻게 친해질 수 있냐는 것이었다.

초미는 남자 동기들과는 스스럼이 없고 여자 동기들과는 거의 가족처럼 지내는, 한마디로 털털함 그 자체였다. 연애는 전혀 못 하게 생겼고, 여자들의 의리는 칼같이 지키는 그런 성격의 소유자였던 것이다.

무슨 고민이 있어도 여자들끼리 풀고 말지, 남자에게 기대는 성격은 절대 아닌 그런 초미가 그 반대의 주희를 거의 추종하다시피 하는 모습은 배신감마저 들게 만들었다.

이렇게 의문스러워 보이는 그녀들의 우정이 더욱 이상해진 것은 지금부터다. 그것은 초미가 주희를 아주 똑같이 모방한다는 것이었다.

옷이며 헤어스타일이며 구두까지. 심지어는 먹는 것도 그랬다. 말하자면 초미는 주희를 '표절' 하는 셈이었다.

초미의 경제력으로 그것은 불가능했으니, 거의 주희가 구입한 것들이 대물림되듯 초미에게 입혀지곤 했던 것이다.

눈살이 찌푸려지는 대목은, 초미가 주희를 흉내 내듯 입은 옷이나 신발은 모조품이거나 주희 취향에 맞지 않아 버려진 것처럼 보인다는 것이었다.

초미의 이런 이해할 수 없는 행동에 대해서 혜준은 일단 지켜보잔 식이었고, 순아는 완전히 배신감에 사로잡혔다.

"어쩜 윤초미 배신이야, 배신!"

캠퍼스 잔디밭에 서서 발을 동동 구르며, 섭섭함이 극에 달해 순아가 몸서리를 치며 소리를 질렀다.

"음, 역시 안 되겠다. 초미 불러서 심문을 좀 하자."

침착하게 생각 중이던 혜준이 말했다.

그날 저녁 초미는 혜준과 순아의 호출로 혜준의 부모님이 운영하는 동네 목욕탕으로 끌려갔고, 목욕 가운을 걸친 채 사우나실로 들어갔다.

사우나실 목재 바닥에 큰 타월을 깔고 앉아 오랜만에 마음을 열기로 한 것이다.

"야, 사우나실에서 소주 마시니까 온몸이 그저 뜨건 물에 국수 풀어지듯 한다."

촌스러운 말투로 초미가 술 취한 반응을 즉각 보였다.

초미의 몸은 알코올이라면 이상 반응이 일 정도로 받아 주질 않았다. 심장이 벌렁거리고 호흡이 가빠지면서 그대로 쓰러져 자야 하는 그녀였다.

초미뿐 아니라 아버지와 남동생 초류도 마찬가지였다. 분명 이것은 유전일 것이다. 대신, 어머니가 가족을 대표하여 말술을 마시곤 했다.

"너 지지배, 여기서 다 실토해. 현재 우리가 이렇게 뜨거운 곳에 모인 이유를 알겠지? 갑자기 주희 년의 베스트 프렌드가 되어서는……. 뭐 하는 짓이냐? 우리하고 절교라도 할 참이야?"

혜준이 강압적으로 말하며 조그만 잔에다 소주를 부었다. 초미
는 슬쩍 눈치를 보더니 이내 모든 것이 무너진 양 울기 시작했다.

"으엉엉, 꺼어이 꺼이."

소주에 약을 탄 것도 아니건만, 초미는 단 두 잔 만에 바닥을
치며 요상한 자세로 주정하기 시작했다.

이번에야말로 따끔하게 경고하리라 마음먹었던 혜준과 순아는
그만 모든 것이 싱거워지고 말았고, 다만 어이없이 친구를 보고
있을 뿐이었다.

"나 주희한테 명준이를 빼앗긴 것 같아. 아니, 뺏겼어. 확실해.
나 어떡하면 좋으니? 응? 나 어쩌면 좋아……. 흑흑……."

혜준의 눈이 순간 엄청나게 커졌다. 곁에 있던 순아 또한 그대
로 동작 정지였다.

"뭐, 뭐야? 별안간 이게 무슨 소리라니?"

"으와아앙!"

통곡을 하던 초미는 대략 5초 후 바닥에 머리를 박으며 고꾸라
졌다.

사건의 전말은 이랬다. 어린 시절부터 친구로만 지내 온 이명
준에게 여성스러운 모습을 보여 주고 싶었던 초미는 마침 살갑게
접근해 오는 부유층 미녀 성주희에게 단번에 마음을 열게 되었다.
모든 것은 명준의 지나가듯 던진 말 한마디 때문이었다.

"주희는…… 한 번쯤 돌아보게 만드는 여자라고 봐야지. 남자라면 말이야."

명준의 이 말은 초미의 머릿속에 번쩍이는 경고등이 되었고, 각성의 기회가 되었다. 주희라는 인물은 초미 자신과는 완전히 정반대의 이미지를 가진 탓이었다.

어떤 변화가 없다면, 명준은 초미를 영원히 '남자와 동급 여자 친구'로만 볼 것 같아서 엄청나게 불안해졌다.

명준이 결정적인 고백을 하지 않은 것은 어쩌면 초미가 여성으로서는 부족해 보였기 때문이 아닌가 싶은 것이다.

주희는 정말 행동 하나하나가 얄밉도록 여성스러웠다. 그것이 그녀 고도의 계산적 연출인지, 아니면 천성이 그렇게 타고난 것인지 알 수는 없지만, 같은 여자 입장에서는 분명 호감이 가지 않는 스타일이었다.

첫인상은 예쁘고 마음이 여린 천생 여자처럼 보이지만, 시간이 지나면 작은 일에 크게 생각하고 불필요하게 상심하는 피곤한 성격을 가졌다는 것을 알게 된다.

예를 들어, 같은 과 여학생들끼리 커피 한잔 마시면서도 자신을 좋아하는 사람이 없는 것 같아 마음이 아프다는 얘기를 꺼내 분위기를 어둡게 만들고 그에 친구들이 위로를 하면 그때뿐이었다.

자신은 사랑받고 싶은데, 여자들이 자신을 싫어한다는 말을 너무 자주하니까, 처음에는 주희에게 귀를 기울이고 조언을 해 주고 달래 주고 했지만, 개선의 기미가 없이 피곤하게 구는 그녀에게 하나둘씩 등을 돌렸다.

여학생들은 각자 마음에 드는 친구들끼리 무리를 지어서 다니기 마련이지만, 주희에게는 아무도 없는 것이 사실이었다.

특별히 그녀를 괴롭히는 무리가 없었다는 것을 감안하면, 성격적 문제는 주희가 가지고 있었음이 거의 확실했다.

그런 주희가 어느 날 갑자기 초미에게 접근했다. 너무나 적극적으로 먼저 다가오는 것이 확연히 다른 사람의 눈에도 보일 정도였다.

사실 초미에게는 같은 과 혜준과 순아 외에도 이명준이라는 단짝 친구가 하나 더 있었는데, 초미를 만나러 자주 오는 남학생이라 몇몇 복학생들은 직속 후배라고 착각하고 있을 정도였다.

처음에는 초미와 명준, 그리고 주희가 붙어 다니더니 나중에는 명준이 빠지고 초미와 주희가 붙어 다녔다.

그러다가 초미가 점차 주희처럼 변해 갔다. 항상 하나로 질끈 묶던 머리를 늘어뜨려 웨이브를 넣었고, 주희의 차를 함께 타고 쇼핑을 다녔다.

물론 초미의 경제력이 넉넉하지 못한 관계로 소비 활동이 왕성해 보이진 않았지만 그게 더 꼴불견이라고 여학생들은 입방아를 찧었다.

"야 이 기지배야, 네가 그렇게 주희를 베낀다고 네가 주희가 되냐? 넌 너잖아! 윤초미라는 브랜드 네임이 얼마나 가치 있는데!"

불같이 열을 내며 큰소리치는 혜준의 목소리에 반응한 초미가 정신을 차렸다.

"알아! 혜준아 나도 후회해. 아무리 그래도 나는 나야, 나는 나라고!"

고개를 번쩍 들고 초미는 변명하듯이 혜준을 보며 자신의 가슴을 짝 소리 나게 쳐 댔다.

혜준이 화를 내는 것도, 초미를 위하는 마음 때문이라는 걸 초미 자신도 잘 알고 있었다.

맨살을 쳤더니 가슴이 너무 따끔거려서 초미는 손바닥으로 가슴을 쓱쓱 문질렀다. 살갗이 금세 벌겋게 변했다.

"설마 명준이가……. 하긴 명준이가 좀 잘나긴 했지. 주희도 좀 짜증 나는 스타일이긴 해도 예쁘고 돈도 많으니까. 일단 자본주의 시장 논리로 보면 둘이 잘 만난 건지도? 아……."

순아는 중얼거리며 고개를 끄덕거렸지만 혜준의 눈초리에 말끝을 흐렸다.

"나 벌 받나 봐, 너희를 두고 주희랑 어울려 다닌 벌. 실은 말이야, 주희한테도 진심 없이 대했어. 그 벌도 같이 받나 봐……."

"이런 착한 년을 봤나. 혜준아 이 바보 같은 게 남자를 뺏긴 건 어찌 보면 당연한 거 아니냐?"

순아는 답답한지 좀 전의 초미처럼 가슴을 쳤다.

주희 같은 인물을 초미가 진심으로 좋아할 리는 없었다. 그래도 친구로 생각하려 노력은 했다.

물론 목적이 있었다. 자신의 지나친 소탈함을 벗고 주희를 닮아 때론 여우처럼 때론 가냘픈 소녀처럼…… 명준에게 어필할 수 있는 방법을 배우기 위함이었다.

결과는 남자도 빼앗겼고 소중한 친구들과도 멀어질 뻔했다.

"그래도 넌 우리의 소중한 친구야. 너 자체만으로도 충분히 매력 있다고. 우리 같이 궁리 한번 해 보자, 명준이 다시 찾을 수 있게."

순아가 강하게 말했다. 무엇보다 순아는 초미의 아픔도 아픔이거니와 멋진 명준을 미운 주희에게 빼앗겼다는 것이 너무 싫었다.

"한번 떠난 녀석이야, 뭘 다시 찾니? 상처만 더 받으려고?"

혜준은 이맛살을 찌푸렸다.

"야! 초미가 초등학생 때부터 키워 왔던 사랑이야. 주희하곤 이제 사귀기 시작한 거니까 이번에야말로 되돌릴 수 있는 마지막 기회인지도 모르지!"

누가 대책 없는 공주님 아니랄까 봐 순아는 혜준의 기준에는 아주 턱도 없는 말을 한다.

"얘들아……."

초미는 친구들을 바라보며 울먹거렸고, 순아는 아예 대놓고 울기 시작했다.

"엉엉, 나는 내 친구를 여우 같은 계집애한테 빼앗긴 줄 알고 억울해서 얼마나 울었는지 알아? 엉엉엉, 초미야 돌아와서 기뻐!"

순아는 친구를 부둥켜안았다.

"아, 못살겠다."

혜준은 고개를 절레절레 저었다.

순아의 울음에 초미도 왈칵 눈물이 복받쳐 고개를 숙이고 울기 시작했다.

※

그리하여 오늘, 주희의 졸업 파티에서 초미가 그 마지막 시도를 하려고 한다.

"그래서 방 마담, 나 어쩌면 좋으니? 이미 질러 버린 돈이고 이렇게 차려입고 오긴 했는데…… 솔직히 후속 대책은 없다?"

"너 그렇게 부르지 말랬지. 가끔 나도 모르게 내가 마담인가 한다니까."

"극존칭이야."

"참나, 나도 모르겠다. 그냥 그렇게 등장해 봐. 이젠 뭐 어쩔 수도 없으니…… 뭔가 돌아가는 게 달라질 수도 있다면 그 다음은 어떻게 해야 하는지 자연스럽게 생각날지도 모르잖아."

초미와 혜준은 막막한 느낌으로 이런 대화를 나눴다. 혜준은 다른 친구들에 비해 키가 크고 성숙한 면이 있었다. 호들갑을 떤다거나 떠도는 소문 같은 것에는 초연했고, 대신 미래를 진지하게 대비하는 스타일의 여학생이었다.

항상 공부하고 계획하고 실천하는 것이 하도 멋져서 초미와 순아는 그녀를 가끔 '마담'이라고 불렀다.

동갑이라도 어쩐지 언니 같은 그녀를 나름 대우해 주는 별명이었다. 그녀들의 휴대전화 속 혜준은 '방 마담'으로 저장되어 있었다.

"휴……."

순아는 다리를 꼬고 앉아 시종일관 한숨을 쉬며 친구들이 대화하는 모습만 바라보다 이내 한마디 하고야 말았다.

"이명준이 그렇게 좋냐? 주희한테 넘어간 그까짓 놈이 뭐 좋다고 이 난리야?"

"그런 말 마. 내 일생에 그렇게 가까웠던 남자는 없었다고."

"자랑이셔. 이제 대학 졸업인데 내내 지켜만 보고 있던 남자가 제일 가까운 남자였다고?"

"네가 모르는 그런 게 있어."

"아유, 그래. 난 모르겠다. 근데 그거 알아? 내가 모르는 건 이명준도 모를 가능성 구십구 퍼센트라는 거야."

"……."

울상을 지으며 초미는 입을 꾹 다물어 버렸다.

"일이 이렇게 되기 전에 결판을 냈어야지. 막말로 초등학교 친구라면 적어도 고등학교 때는 보통 사귀게 되지 않냐? 아니, 둘 다 숫기가 없다손 쳐도 대학 들어와서는 연애도 한 번쯤 할 만하지 않았냐고. 둘 다 오늘날까지 온 거는 둘 다 별로라는 소리라고, 이 답답아!"

순아의 목소리는 끝으로 갈수록 높아지고 커졌다.

"그래…… 네 말이 맞을 거야. 그래서 오늘이라도 어떻게 해 보려고 그러는 거야."

"……"

초미의 말에 이번에는 순아도 그저 바라만 볼 뿐이었다.

약간의 침묵이 흐르자, 혜준이 그것을 깼다.

"아무튼 난 이런 파티 별로야. 나랑 안 맞아."

"나도 그래."

초미가 공감했다.

"맞고 안 맞고가 어디 있어? 그냥 즐겨."

순아가 마지막으로 말했다. 주희와는 다른 방향이긴 하지만 순아도 충분히 '공주과'에 속하는 편이었다.

요식업을 하는 부유한 아버지와 위의 두 언니의 영향으로 그녀는 초미나 혜준과는 다른 우아한 삶을 살아왔다고 해도 과언은 아니었다.

다만, 두 언니의 결혼 굴곡을 지켜보면서 남자와 연애에 대해 일찌감치 자본주의적 관점을 지니게 되었을 뿐이었다.

그러다 보니 이성 관계에 대한 날 선 조언을 함으로써 친구들을 가끔 감동시키기도 했었다.

"순아야, 오늘 나는 네가 부럽다."

초미는 팔꿈치를 테이블에 대고 턱을 손에 괴었다. 진심으로 그녀는 순아의 성격이 부러웠다. 감수성이 풍부하면서도 남자에게 지지 않는 강단이 있었다.

"혜준아, 너도 부러워."

이렇게 말하며 초미는 또한 자신은 왜 혜준과 같은 추진력이나 리더십이 없을까 한심한 것이었다.

〈갤러리〉는 돔 형태의 크고 높은 천장에 고대 이야기에나 나오는 괴물들이 석상이 되어 붙어 있는 감각 있는 나이트클럽이었다.

그 괴물 석상들은 살아 있는 듯 생동감이 있고, 춤추는 사람들을 향해 험악한 눈빛과 몸짓을 하고 있었기에, 이 장소를 사랑하는 젊은이들은 이곳을 '지옥'이라 부르기도 했다.

"말로만 듣던 지옥에 왔어! 아우, 신나!"

순아는 클럽에 발을 들이자마자 백 퍼센트 적응된 목소리로 외쳤다. 고막을 파괴할 듯한 음악 소리, 사람들은 미친 듯이 자신들을 비추는 조명의 열기에 복종하고 있는 듯했다.

"야, 이왕 이렇게 된 거 즐겨!"

혜준의 외치는 소리는 음악에 파묻혀 초미의 생각 속에서 울리는 환청같이 들리는 것이었다.

"……."

두 친구가 음악과 조명에 시력, 청력을 죄다 빼앗기며 황홀경에 금방 빠져든 것과는 대조적으로 초미는 다만 심장만이 두근거릴 뿐이었다.

이 음악 소리도, 조명도 그녀의 맑은 머릿속의 한 가지 생각을 지워 내지는 못하고 있었다.

'도대체 오늘, 이 파티가 끝날 때쯤에 나는, 어떤 모습을 하고 있을까? 그리고 명준이와는 어떻게 되는 걸까……'

담당 웨이터가 주희를 찾는 초미 일행을 〈비너스룸〉으로 안내했다.

"야, 오늘은 주희가 다 낸다고 했으니까, 맘 놓고 놀자고."

룸으로 들어가기 직전, 순아는 이렇게 말했다.

초미는 순아가 그새 자신의 입장을 잊어버린 것 같아 섭섭했다. 대신 그녀는 의미심장한 시선을 주면서 힘내라는 듯한 혜준의 눈빛을 보고 위안을 삼았다.

"어머!"

룸에는 이미 주희와 명준이 오늘의 주인공답게 가운데 자리를 차지하고 있었다.

양쪽으로 몇 명의 초대받은 친구들이 있었는데, 그들 대부분은 초미가 알지 못하는 얼굴이었다.

그래도 초미에게 두어 명은 주희와 친하게 지내던 시절에 만난 적이 있는 남자들이었다.

"초미야, 어서 와! 오늘 완전 대변신이네?"

초미를 보자마자 탄성부터 지르며 반기던 주희가 자리에서 일어섰다.

"으응……. 초대해 줘서 고마워."

대변신이라는 말만 할 뿐, 어떤 칭찬의 말도 하지 않는 주희를 보며 초미는 예상했던 대로 되어 가고 있다는 것이 씁쓸했다.

'주희 눈에 내 모습은…… 어설픈 치장에 불과하겠지. 무엇이든 진품만 찾고 최고의 취향만 자랑하는 아이니깐.'

아무리 노력해도 주희 수준에 도달할 만큼의 결과물을 낼 수 없다는 현실을 누구보다 잘 아는 초미이기에, 불행하게도 초라함과 서글픔이 너무나 빨리 그녀 마음속에 찾아오고야 말았다.

"초미야, 인마 너인 줄 몰랐잖아! 혜준이, 순아 먼저 알아봤어. 오늘 정말 예쁘다!"

주희 곁에 앉아 있던 명준이 초미를 향해 놀란 투로 인사를 건넸다. 그의 놀란 얼굴로 봐서는 진심인 것 같았다.

하지만 그는 자리에서 일어서지도 않았다.

명준이 자리에서 일어나 반기지 않는 것은 초미에겐 아주 큰 절망의 신호였다.

"응, 뭐…… 파티니까."

자신 있게 오늘에 임하겠다는 마음과는 달리 얼버무리는 대답을 하고 나서, 그녀는 명준의 외모에서 약간의 실망감을 느꼈다.

소박한 취향의 명준이 주희가 사 준 것으로 추정되는 고급스러운 가죽 재킷을 입고 있었는데, 그것은 마치 명준이 자기 자신을 버린 것처럼 느껴지는 것이었다.

'그래, 너도 변하는구나……. 아니면 원래 이런 모습인데 내가
몰랐니?'

초미는 자신도 모르게 이맛살을 조금 찌푸렸다.

명준은 어린 시절 초미의 이웃에 살던 잘생긴 남자아이였다.
같은 초등학교에 입학했고, 동네 여학생들의 선망의 대상이 가장
친한 친구라는 것에 초미로 하여금 자부심을 갖게 했다.

피부가 깨끗하고 다갈색의 머리카락이 바람에 날리는 곱상한
인상의 이 친구와 초미는 성장기를 함께 공유했다고 해도 과언이
아니었다.

명준은 반듯했고 자상했으며 머리가 좋았다. 초미는 그가 현명
하다고 생각했기 때문에 겉멋이 든 예쁜 여자들보다는 소중한 시
간을 함께 공유한 그녀를 진정한 사랑이라고 결론 낼 것이라 기
대했다.

하지만, 그 기대는 지금 빗나가고 있었다.

한편, 명준의 눈에 지금 초미는 긍정적으로 보자면 섹시했고
좀 더 솔직하게 말하자면 촌스러웠다.

그래도 초등학교 체육복에 운동화를 신고 동네를 뛰어다니던,
가끔 슈퍼에서 마주치거나 함께 만화책을 빌리러 가던 그 윤초미
가 아닌 것 같아서 느낌만은 신선했다.

"야, 너 오늘 너무 달라서 적응이 안 된다. 생각보다 예쁜데?"

"가끔 이렇게 입을 때가 있어, 넌 몰랐겠지만."

놀란 눈으로 예쁘다는 말을 반복하는 명준에게 초미는 최대한 자연스럽게 대답하려고 애썼다.

"저것이 완전 뻥을 치네."

순아가 혜준의 귀에 속삭였다. 명준이 초미를 보는 감탄의 눈빛이 쉽게 거둬들여지지 않자 새침해진 주희가 서둘러 건배를 권했다.

"자, 우리의 졸업을 위해 일단 건배부터 할까? 자! 건배!"

집안의 유전성에 의해 소주 한 잔도 겨우 감당하는 초미는 자신의 앞에 놓인 양주병들을 보며 한숨을 쉬었다. 그리고 곧 마음을 굳게 먹었다.

'이왕 이렇게 입은 거…… 대담하게 한번 가 보자고.'

양주를 살짝 입술에 갖다 대었다.

알싸하게 입술이 오그라드는 느낌이 들었지만 영 싫지는 않았다.

아마도 이 클럽의 분위기가 초미로 하여금 술에 대한 느낌을 썩 괜찮게 여기도록 이끌어 주는 것 같았다.

"야, 너한테 술은 독약이잖아. 게다가 이거 양주 아냐? 이거 먹으면 너 진짜 죽을지도 몰라. 남들한텐 술이지만 너한텐 사약이라고!"

순아가 초미에게 경고하기 위해 강한 어조로 속삭였다. 그때였다.

모두가 한 잔의 술을 마시고 오늘의 파티를 주최한 그녀를 쳐다보자, 이렇게 운을 띄웠다.

"오늘 내가 이렇게 여러분들을 모이게 한 이유는 말이야."

초미는 저도 모르게 명준을 바라보았다. 명준의 표정이 너무 궁금했기 때문이었다. 마음이 맞았는지 명준도 초미와 눈이 마주 쳤는데 먼저 눈길을 피했다.

자신의 눈길을 피하는 명준을 보고 초미는 가슴이 철렁 내려앉 았다.

이 자식이…… 좀 전에 자신을 보고 감탄하던 명준이 또 한순 간 낯설게 구는 것에 초미는 슬퍼졌다.

"이명준과 나, 사실 우리가 사귀고 있다는 것을 이미 알고들 있었겠지만, 이번에 정식으로 발표하게 되어서 기뻐. 우리 결혼을 전제로 만나고 있어. 곧 양가 집안 모여서 약혼식을 올릴 거야. 부모님들도 우리 일 알고 계시고…… 허락하셨어."

픽! 하고 각목이 자신의 뒤통수를 때리는 것처럼 초미의 눈앞 이 핑 돌았다.

'결, 결혼? 약혼식?'

상상도 못 했던 일이었다. 주희가 명준을 상대로 결혼까지 생 각할 줄은, 이렇게 빨리 명준이 주희를 아내감으로 결정할 줄 도……. 초미는 절대 그렇게까지는 생각지 않았다.

왜냐하면 자신은 너무 가난하기 때문에 여자와 결혼은 고사하 고 사귀는 것도 사치라고 말해 왔던 명준이었기 때문이다.

게다가 꽤 까다로운 부모를 두고 있다는 주희가 명준을 신랑감으로 생각하고 있었다 하니 더욱 기가 막힐 노릇이었다.

허락까지 받았다고 하는 부분에선 기함하지 않을 수 없었다.

"믿을 수 없는 조합에 있을 수 없는 일이야……."

그 누구도 들을 수 없는 목소리였지만 초미의 절망은 이 중얼거림과 함께 그대로 분출되어 나왔다.

초미가 아는 한, 명준처럼 모범생 스타일은 절대 주희 취향이 아니었다.

초미가 주희와 잠깐 어울려 다녔을 때, 그때 접한 주희의 남자 친구들은 하나같이 제비처럼 멀끔하고 자신감이 도를 넘어 허세를 이루고 있는 위인들이었다.

그에 비해 명준은 바른 생활을 하고 표준적인 외모에 고요한 말투를 가진, 평범함보다는 좀 더 훌륭한 정도의 인물일 뿐이었다.

물론 초미의 관점에서 그는 최고의 남자이지만 말이다.

'너…… 진심인 거니?'

그리고 결정적으로 주희의 발표를 흐뭇한 얼굴로 듣고 있는 명준의 얼굴이라니……. 초미는 억장이 무너진다는 말이 무엇인지 알 것만 같았다.

'저 망할 자식, 너는 내가 진즉에 찜했단 말이야!'

초미는 이 순간까지도 진심으로 명준을 포기하지 않았다. 아예 포기한 적이 없었다.

비록 주희가 명준을 낚아채 사귀긴 했지만 환경도 성품도 너무

38

다른 그들이 언젠가 헤어지면 분명히 그 다음엔 자신의 차례라고 생각한 초미였다.

대한민국 중산층 '엄마 친구 아들의 표본'이 이명준이라면, 연애는 놀기 좋은 주희와 할지언정 결혼은 씩씩하고 마음 편하게 지낼 수 있는 초미 자신과 할 것이라 생각하고 멋대로 위안 삼았던 그녀였다.

'뭐가…… 어떻게 돌아가는 거야?'

오늘 커플 선언을 한다기에 그동안 둘만 만나 오던 것을 친구들 앞에서 공식적으로 발표하려나 보다, 돈 있는 주희가 헐리웃 커플 흉내 내기 한번 하려나 보다, 이렇게 생각했던 것이 결혼이란 구체적인 단어가 오가자, 초미는 정신을 차릴 수가 없었다.

실제로 남자를 사귀어 본 적이 없는 초미는 남녀의 진도가 이렇게 빨라도 되는 것이냐고 항의라도 하고 싶었다.

주희는 대학을 졸업하지만, 명준은 이제 겨우 3학년으로 복학인데 말이다.

'무슨, 내 인생의 단 한 사람을 만난 분위기네……. 내가 그렇게 부족했니? 명준아, 네가 주희를 이렇게 빨리 평생의 동반자로 인정할 만큼, 지금까지의 내가 그렇게 별로였던 거니?'

"축하해!"

만감이 교차하는 슬픔 한가운데 있는 초미와는 다르게, 주위 친구들은 그저 축하해 주고 즐기면 되는 얼굴들이었다.

"기념으로 블루스 한 번 춰라!"

"그래그래!"

"증거를 보여! 그래, 블루스 추면서 한 번도 안 끊고 키스하기!"

친구들의 요구는 꼬리에 꼬리를 물었다. 망설이던 명준은 관중의 기대에 부흥을 해 주려는 듯 자리에서 일어섰다.

"와우! 역시 남자란 말이야."

일어서는 명준을 보며 멋지다는 듯 친구들은 환호를 보냈다.

감미로운 발라드 반주가 흘러나오고 친구 중 한 명이 노래를 부르기 시작했다.

주희는 만인의 앞에서 명준이 자신의 남자라는 것을 보여 주려는 듯 한껏 명준에게 밀착했다.

"우우……."

친구들은 약간은 자극적인 주희의 행동에 흥분 섞인 환호를 보냈다.

명준은 미소 짓더니 등이 훌렁 파이고 착 달라붙는 원피스를 입은 주희를 안고는 춤을 추기 시작했다.

주희의 훤히 드러난 등에 명준이 손을 대고 있는 모습을 보자니 초미는 누울 자리만 있다면 졸도라도 하고 싶은 마음이었다.

'내 저 꼴을 보지 말아야지. 이 추운 겨울에 등을 저렇게 훌러덩 까고…… 명준이 유혹하려고 별…….'

성질이 난 초미는 반사작용처럼 조그만 잔에 담긴, 조명에 힘입어 투명 갈색을 발하고 있던 위스키를 쭉 하고 단번에 들이켰다.

얼마나 신경이 곤두섰는지, 술맛인지 물맛인지 구분이 안 될 정도였다. 이어서 두 잔째, 초미로서는 치사량을 달리고 있었다.

초미가 괴로워하고 있는 이 순간에 오늘의 커플은 자신들의 세계에 더욱 몰입하고 있었고, 급기야 명준이 모두에게 보란 듯 주희에게 키스했다.

"와아!"

명준의 능숙한 키스에 룸에 있던 친구들은 난리가 났다. 저런 식의 키스를 하다니, 그것은 마치 사랑의 맹세라도 하는 듯한 키스였다.

명준의 또 다른 모습에 초미는 충격으로 세 번째 잔에 술을 채웠다.

초미의 기억 속에 단 한 번으로 끝나 버렸던 명준의 볼 키스가 생각이 났다.

그의 집 담벼락에서 무슨 이야기를 하다가—아마도 잠자는 공주에게 왕자가 키스를 하는 동화는 너무 야하다는 말이었던 것 같다.— 키스는 몰라도 뽀뽀는 야하지 않다며 그가 초미의 볼에 가벼운 입맞춤을 했던 것이다.

그 입맞춤은 단 한 번의 추억이고, 여전히 초미의 가슴에 남아 있는 아름다운 한 페이지였다.

'명준이 자식의 이중성에 건배!'

속으로 외친 초미는 또다시 한 잔의 위스키를 목으로 넘겨 버렸다.

'누가 나 좀 때려서 기절시켜 줘, 아님 끌고 나가 주든가!'

"야, 안 되겠다, 춤이나 추러 가자!"

벌어지는 퍼포먼스에 놀라는 중이던 혜준은 우중충하게 앉아 있는 초미의 팔을 잡아당기며 이렇게 말했다.

"그래그래, 자고로 〈갤러리〉에 왔으면 춤을 춰야지!"

순아가 맞장구를 쳤다. 럭셔리하고 물 좋기로 유명한 나이트클럽 〈갤러리〉에 또 언제 올 일이 있을까 싶어 순아는 남의 애정 행각을 구경하는 시간조차 아까웠다.

무엇보다 명준과 주희가 완전히 획기적인 발표까지 해 버린 마당에 미련스럽게 앉아 있는 친구 초미가 안타까웠다.

"야, 초미야. 게임 끝난 것 같은데 홀홀 터는 의미에서 춤이나 추는 게 어떻겠니?"

순아는 초미의 귀에 속삭이며 눈치를 보았다.

의외로 초미는 다부진 표정으로 발딱 일어서서 또각또각 부츠 힐을 바닥에 경쾌하게 찧으며 주희와 명준을 등지고 룸을 나가 버렸다.

나가는 초미를 보며 주희를 안고 있는 명준의 눈빛에 작은 힘이 가해졌다.

댄스 플로어로 나와 귀를 찢을 듯한 음악 소리에 초미는, 자신의 내부에서 꿈틀거리는 분노를 발산하고 싶은 충동을 느꼈다.

'명준이, 이 나쁜 자식!'

동네 옷수선집 아들 이명준은, 가난한 놈에게 사랑은 사치라며 초미로 하여금 좋아한다는 고백조차 못 하게 만들었던 녀석이었다.

명준이 내뱉었던 그런 유의 무수한 말들이 '보이지 않는 벽' 같은 것으로 작용하여 초미가 단 한 번의 고백도 하지 못하게 만들었던 것이다.

그러던 명준이 지금 주희와 저토록 적극적인 춤을 그것도 바로 자신의 눈앞에서 즐겼다는 것을 초미는 용서할 수가 없었다.

마치 맑은 물이 혼탁한 술로 변하는 광경을 지켜보는 느낌이었다.

맑고 순수한 사이라서 감히 망치지 못했는데, 비록 우정이라 할지라도 되도록 오래 지키고 싶어 먼저 고백하지 못했는데.

'나는 고백도 못 했는데……'

초미는 고백조차 해 보지 못한 것이 너무나 억울했다. 울분이 치밀어 올랐다.

"나는 고백도 못 했는데!"

큰소리를 내지르고 초미는 미친 듯이 춤을 추기 시작했다. 엄청난 음악 소리에 그녀의 고함은 다행히 효과적으로 묻혀 버렸다.

자신이 어떤 모습으로 춤을 추고 있는지 사람들이 어떤 시선으로 자신을 보고 있는지 아무것도 상관하고 싶지 않은 심정으로 초미는 몸이 부서져라 춤을 췄다.

익숙지 않은 부츠 힐에 버티느라 빨간 미니스커트를 입힌 엉덩이가 더욱 실룩거렸고 무아지경에 빠진 듯 그녀의 조명 받는 얼굴이 주변 사람들의 시선을 샀다.

혜준과 순아는 초미 곁에 서서 불안한 마음으로 함께 춤을 추고 있었다.

몇 곡의 신나는 음악이 계속 교체될 때까지 초미는 춤에 심취한 것 빼고는 멀쩡해 보였다.

계속해서 춤에 열중하는 초미를 지켜보던, 혜준과 순아도 서서히 긴장하던 마음을 놓았고, 이 시간을 즐기기 위해 뒤에 합류한 남자 일행들과 댄스 삼매경에 빠졌다.

비록 주희의 친구들이었지만 외모나 매너가 좋은 사람들이라 혜진과 순아는 초미 생각을 잊은 것 같았다. 저렇게 춤추면서 술기운을 털어 낼 것이라 생각한 것이었다.

'명준이를 이대로 잃는 걸까…… 이렇게 어이없이…… 뭐 하나 제대로 해 보지도 못하고?'

격렬한 몸짓 속에 초미의 생각은 단 하나 뿐이었다. 발랄하고 의욕이 가득한 초미는 아무래도 이대로 명준을 포기할 수가 없었다.

적어도 마음을 먼저 나눈 것은 자신이었다.

시간이 좀 더 흐르고 주희가 끼어들지만 않았다면 틀림없이 잘 되었을 것이다.

자신이 명준에게 잘 보이려고 모방하고 싶어 했던 주희에게 어이없이 그를 빼앗겼지만, 아직 그들이 결혼을 한 것은 아니지 않은가!

"그래 아직 기회는 있어. 결혼을 하겠다고 했지, 결혼을 했다고는 안 했으니까!"

이런 생각을 하자, 초미는 자기도 모르게 웃음이 나왔다.

웃음을 머금고 격렬하게 춤추는 그녀의 모습은 다른 사람들 눈엔 이런 나이트클럽을 매일 접수하는 여자처럼 보였을 터였다.

'주희 네가 뭔데 내 남자하고 그런 춤을 추는 거야? 명준이는 나와 춤을 추어야 해!'

정신이 멀리 달아나는 중인 걸까. 초미의 마음속에는 점점 더 대담한 상상들이 말 그대로 피어오르기 시작했다. 그녀의 머릿속에서는 시간을 거슬러 아까 명준과 주희가 블루스를 추던 순간으로 돌아가 있었다.

"내 남자야, 비켜!"

호기를 부리며 초미는 주희의 어깨를 잡고 밀쳤다. 그리고 명준을 차지하고 그와 블루스를 추기 시작했다.

"……."

키가 큰 명준의 품은 낯설었다. 팔과 가슴이 무척 단단했고, 머리카락에서 남성용 향수 냄새가 났다.

"뭐야? 너!"

초미의 손에 밀쳐진 여자는 다시 초미를 밀어낼 생각이었지만, 그가 짧지만 단호한 손짓으로 말렸다.

그에게 춤 파트너로 초미가 괜찮은 모양이었다.

그녀는 차마 할 수 없었던 말들을 쏟아 내듯 내뱉기 시작했다.

"사랑해! 내가 더 사랑해!"

"……."

"네가 좋아하는 내 모습은 뭐니?"

"……."

"지금 이것도 내 진짜 모습은 아니야!"

"……."

남자는 초미를 꼭 껴안았다. 그리고 이 감미로운 음악 소리에 묻혀 들리지 않는 목소리로 그녀의 귀에 대고 말했다.

"괜찮아, 지금 이것도 내 진짜 모습은 아니거든."

정신이 고장 난 형광등처럼 왔다, 갔다 한다. 초미는 자신이 명준이 아닌 어떤 남자와 춤을 추고 있다는 것을 아주 잠깐 깨닫고 깜짝 놀라 그에게서 떨어졌다.

"……."

"……."

초미는 울 것 같은 얼굴로, 그는 그런 그녀를 보며 부드러운 조명이 서로의 얼굴 위로 흐르는 모양을 보았다.

"죄송합니다."

눈을 껌뻑이던 초미는 뒷걸음치며 그의 곁을 떠났다.

'안 되겠다. 사고 치기 전에 집에 가야지.'

이렇게 생각하며 초미는 화장실 거울을 보았다. 화장도 잘 먹고 붉게 빛나는 입술도 예쁘다. 코는 원래 불만이라서 건너뛰고 가슴도 이 정도면 빵빵하다.

물론 허벅지는 굵다, 날씬한 편은 아니니까. 그래도 종아리는 날씬한데 부츠로 가렸네, 젠장…….

오늘의 화장도 의상도 아깝기 그지없지만 명준이 주희와 저러고 있으니 이제 이도 저도 의미가 없어져 초미는 더 이상 즐기고 싶은 마음이 없어졌다.

그녀는 가방을 챙기러 〈비너스룸〉으로 다시 들어갔다.

"앗!"

다시 들어간 룸에서는 명준과 주희가 마침 끌어안고 더 깊은 키스를 나누는 중이었다. 다른 친구는 아무도 없었으므로 자신이 끼어든다면 분명 불쌍해지는 건 그녀 자신뿐이었다.

하지만 문을 열 때 따라 들어간 시끄러운 음악 소리 때문에 그들 모르게 가방만 들고 나온다는 것이 불가능해졌다.

초미의 등장에 명준이 놀라 동작을 멈추었고, 주희는 원망 섞인 시선을 보냈다.

"초미야."

명준이 이름을 불렀다. 이 순간에도 그의 목소리는 왜 이리 다정하게 들리는 건지, 초미는 자신의 귀가 원망스러웠다. 명준은 주희와 내내 저러고 있었는데 자신은 알지도 못하는 남자를 명준과 착각해 춤이나 추고 있었다니.

"몸이 안 좋아 먼저 갈게."

초미는 곧 풀어질 혀로 간신히 말하고는 가방을 집어 듦과 동시에 서둘러 〈비너스룸〉을 나왔다.

몸이 아니라 마음이 너무 안 좋았다.

2화

치명적 오류

〈비너스룸〉을 나온 초미는 문에 머리를 기댄 채 잠시 눈을 감고 서 있었다.

'음악 소리가 너무 커서 머리가 어지러워……'

하지만 초미가 느끼는 두통은 다른 종류의 것이었다. 더 이상 생각하지 않는 것이 더 좋을, 그러나 자꾸 생각이 나는.

"짜증 나."

명준과 주희가 취한 애정 어린 행동들이 세탁기 수조 속 빨랫감처럼 휘휘 돌며 지금 초미의 머릿속을 어지럽히고 있었다.

"후……"

그녀는 숨이라도 좀 고를까 해서 한껏 큰 숨을 내쉬었다. 그때였다.

"아! 여기 있었어? 한참 찾았잖아!"

갑자기 그녀의 손목을 잡는 한 남자가 있었다.

"누구?"

알코올이 온몸을 지배하고 있는 상태였다. 초미는 눈을 게슴츠레 뜨며 자신의 손목을 뺄 힘도 없어 겨우 한 마디 질문을 했다.

"여기 있으면 어떻게 합니까? 사장님이 지금 찾으신다고!"

웨이터로 보이는 그 남자는 그녀의 손목을 잡은 손에 힘을 주며 갑자기 어디론가 끌고 가기 시작했다. 무기력하게도 초미는 다만 넘어지지 않기 위해 발걸음만 급히 떼고 있었다.

"어…… 왜 이래요! 누구세요?"

그래도 어렵사리 그녀는 그의 손아귀에서 벗어나기 위해 저항하며 말했다. 혀가 제대로 움직이지 않고 있었다.

"뭐?"

음악 소리에 묻혔지만 초미의 말을 알아들은 웨이터가 발걸음을 멈추었다. 그러고는 그녀의 헤어스타일부터 옷차림까지 눈으로 훑어보며 고개를 갸우뚱하는 것이었다.

"인상착의가 맞는데? 긴 머리 파마, 가죽 재킷, 부츠 신고 빨간 립스틱."

웨이터의 가슴에는 '돼지엄마'라는 명찰이 달려 있었다. 그의 목소리가 쿵쿵대는 음악 소리에 뒤섞이고 아까보다 더욱 취기가 오르기 시작한 초미는 정신을 차리지 못하고 있었다.

"이름이 뭐예요?"

"네?"

"이름이 뭐냐고요!"

웨이터가 자신의 명찰을 반복해서 가리키며 물었다.

"아! 이름요? 초미예요, 윤초미."

초미는 이름을 묻는 말을 알아듣고 열심히 대답했다. 하지만 혀가 꼬이는지 마음대로 발음이 되질 않았다.

"거봐! 초희 맞잖아! '메두사'에서 최 마담이 보낸 거 맞지? 빨리 가자, 왜 이렇게 늦은 거야? 사장님 오늘 심기가 안 좋으셔."

웨이터는 '초' 발음만 알아듣고 만족스럽게 웃더니 뭐라고 하면서 다시 그녀를 끌고 가기 시작했다. 뭔 소린지 다 알아듣지도 못했는데 초미는 술기운에 풀려 버린 다리로 비틀거리며 간신히 웨이터 '돼지엄마'의 손에 이끌려 〈다비드룸〉으로 들어가게 됐다.

"자, 여기 파트너 납시었습니다!"

웨이터는 의기양양한 기세로 〈다비드룸〉에 들어서서 문을 닫았다.

단단하게 붙잡고 있던 초미의 팔을 그제야 놓고는 손님들에게, 특히 가운데 앉아 있는 남자에게 정중히 인사를 했다.

'여긴 좀 음침하네……'

일이 어떻게 돌아가는지 파악 못 한 초미는 자신을 둘러싼 환경에 대해 이렇게 생각했다. 술기운이 아니었다면 분명 두려움이 먼저 찾아왔을 터였다.

〈비너스룸〉이 여성적인 곡선을 살린 다소 은은한 방이었다면, 〈다비드룸〉은 남성적인 색채가 강했고 전체적인 조명도 우울한 남자를 연상시키는 짙은 파란색이었다.

"왔나."

이 방의 분위기를 압도시키는 남자의 목소리는 매우 낮고 매력적이었다. 그 앞에 놓인 빈 술병은 여럿이었지만 흐트러짐이 없었다.

"네, 사장님."

룸에 있는 손님은 모두 다섯이었다.

웨이터가 사장님이라고 부르는 가운데 남자를 제외하고 남자 둘 여자 둘.

"흥, 쟤는 또 뭐야. 다 짜고 친 거였어? 연기력 좋네, 여우 같은 게."

조금 전, 초미의 손에 의해 밀쳐진 여자가 그녀를 알아보고 뾰로통하게 말했다.

술에 취한 초미의 눈에는 이 방 안 전체가 렌즈에 투영된 것처럼 왜곡되어 보였다.

초미는 알코올이 완전히 자신을 지배하기 시작했다는 느낌을 받았다. 정신도 아득하지만 더 솔직히 말하자면 이 정신마저 잃을 것만 같았다.

"자자, 저쪽 사장님께로."

초미의 사정을 모르는 웨이터는 그녀의 등을 밀면서 사장님이라는 남자에게 인도했다.

몽롱한 기분에 휩싸였지만 초미는 자신과 가까워지고 있는 이 남자가 어딘가의 사장이고 자신이 그의 파트너가 되고 있다는 것만은 알 것 같았다.

감각적인 문양의 니트 셔츠를 입은 깔끔한 남자는, 떠밀리는 바람에 비틀거리며 자신에게 다가오는 여자를 흥미롭게 지켜보고 있었다.

'오늘 참 신기한 날일세. 옷발 지대로 받았나, 생전 안 들어오던 부킹을 다 당하고.'

초미는 자신이 부킹을 당했다고 생각하자 술김에 기분이 좋기도 하면서 어이가 없어 실실거렸다.

"헤헤."

초미는 혜준과 순아가 들으면 놀라 자빠질 생각을 하니 절로 웃음이 났다. 남자는 웃는 그녀를 보고 자신도 모르게 약간, 따라 웃는 듯했다.

아무튼 초미는 자신을 부킹 상대로 원하는 이 남자에게 기분 나쁘지 않게 설명을 잘하고 방을 나가야겠다 싶었다.

그러곤 이 기쁜 해프닝을 혜준과 순아에게 당장 달려가 말해주고 싶었다.

비록 명준에게 버림받은 날이지만 이 윤초미, 아직 죽지 않았다고. 어떤 멋진 남자랑 부킹도 할 뻔했다고.

"저는 오늘 이런 거 말고 그냥 친구들이랑 놀려고……."

초미는 열심히 입술을 움직이며 설명을 했지만, 자꾸만 꼬이는 발음이 문제였는지 말이 제대로 전달되지 않았다.

"자자, 이리로 앉아요."

웨이터는 초미가 하는 말에는 관심도 없는 듯 앉으라며 그녀의 어깨를 눌러 버렸다.

술기운 때문에 다리에 힘이 없었던 초미는 그만 남자의 앞에서 다리가 꼬이며 넘어지고 말았다.

"아앗! 푸하."

넘어지면서 초미는 그를 향해 거친 숨을 내뿜었다. 그의 코에 그녀가 마신 술 향기가 그대로 확 하고 전달되었다.

"고객에게 오기도 전에 만취를 하다니. 게다가 춤까지 미리 즐기고…… 대담한 여자로군."

남자가 말했다. 그윽하게 퍼지는 목소리가 위협적이었지만 화가 난 것 같진 않았다.

'고객? 이건 또 무슨 소리야? 요즘 유행하는 부킹 용어인가?'

만취한 상태에서도 초미는 눈앞의 남자가 돈도 있고 여자도 따르는 타입이라는 것을 알아봤다. 술기운에 초미의 장난기가 발동했다.

"누구세요오?"

"아니 이 아가씨가! 여기 〈갤러리〉 사장님이셔, 똑바로 앉지 못해?"

웨이터가 당황하여 초미를 질책했지만, 이미 만취 상태에 돌입한 초미는 그저 그가 사장이란 소리에 "아아, 그렇구나."라며 씩 웃을 뿐이었다. 단어가 주는 의미 따위 그녀에게는 전달되지 않았다.

그는 순간 재미있어 하는가 싶더니 이내 "하하하하!" 하며 한바탕 큰 소리로 웃었다.

그리고 그의 호탕한 웃음은 웨이터를 비롯한 다른 사람들에게서도 한 발짝 늦은 웃음을 이끌어 냈다.

그들의 웃음은 뭐랄까, 이 남자가 웃는다는 것이 좋은 징조처럼 여겨져서 안도하는 그것처럼 보였다.

이 공간에서 그의 장악력을 보여 주는 순간이었지만, 초미는 느끼지 못했다.

"괜찮군……. 이 정도면 됐어, 수고했으니 나가 봐."

그는 만족스러운 듯 웨이터에게 팁을 건네주며 말했다.

"네! 감사합니다, 이상! 웨이터 '돼지엄마' 였습니다. 계속해서 좋은 시간 되십시오."

깍듯이 인사를 한 웨이터는 룸을 나갔다.

"자, 한잔해."

그가 술잔을 내밀었다. 맥주잔 속에 양주잔…… 소위 폭탄주였다.

"한 잔?"

초미가 눈이 풀려서는 손으로 술잔을 탁, 꺾는 시늉을 하며 말했다. 술기운은 독이 되어 퍼져 가는 중이었고, 이미 혀는 마비될 대로 되어 그녀의 말은 한 마리의 뱀처럼 꼬이고 꼬여 있었다.

"……그래, 한 잔."

쿡쿡 웃으며 그는 어린아이 질문에 대답하는 어른처럼 눈빛을 지어 보였다.

다른 사람들은 그의 이런 눈빛이 아주 순간적이긴 하지만 매우 낯설다고 생각하고 있었다.

초미는 술잔을 받아 들고 거의 사팔뜨기 비슷하게 눈동자의 초점을 이상하게 모으면서 그를 지긋이 바라보았다.

한심하다는 듯 픽하고 웃으며 그가 물었다.

"어디서 좀 놀았던 모양이군. 보아하니 날 기억도 못 하는 것 같고."

"네? 아, 저기, 에서 놀다 왔어요. 무신 룸이더냐……."

머리에 떠오르는 대로 아니, 입에서 나오는 대로 그녀는 말했다.

"잘 노는 여자인 모양이군. 그런데 오늘은 내가 너를 샀어. 이렇게 늦게 온 건 좀 불쾌한데."

그의 말에 주변인들이 확실히 긴장하고 있었다. 그가 불쾌함을 느끼고 돌발 행동이라도 한다면 오늘의 여흥은 끝난 셈이었다.

하지만 이것을 감지하지 못한 유일한 한 사람, 초미는 명준이 떠올라 갑자기 우울해졌다.

그러더니 눈앞에 보이는 빈 잔에 알지도 못하는 술을 붓더니 냉큼 마셔 버리는 것이었다. 이것으로 그녀의 정신력은 궤도를 완전히 이탈하게 되었다.

"파트너를 두고 혼자서 술을 마시다니 매너가 너무 없군."

조금 전까지 초미에게 흥미로운 시선을 보냈던 그가 상당히 불쾌한 목소리로 말했다.

"괴로워서요. 허무하기도…… 하고요. 푸……."

그의 시선이나 분위기는커녕 자신의 현재 위치마저 제대로 읽지 못하는 초미는 이 와중에도 단지 지나간 명준과의 일들만이 단편적으로 떠올라 그저 허무하고 슬프기만 했다.

"아, 싫어."

연달아 명준과 주희가 키스를 하던 모습이 떠올라 고개를 마구 저으며 몸서리까지 치는 것이었다.

"……."

숫제 원맨쇼에 가까운 그녀의 몸짓을 방 안의 사람들은 우습게 바라보고 있었는데, 남자만큼은 눈빛이 달랐다.

잠시 가졌던 불쾌감은 사라졌고 약간의 연민이 서려 있는 눈빛이었다.

"……."

말없이 그도 역시 한 잔 하는 것이었다.

초미는 졸려서 흐리터분해진 눈을 들어 그를 바라보았다.

그 또한 자신이 하던 행동을 잠시 멈추고 마치 그녀에게 답하듯 시선을 맞추었다.

"저기요."

"왜."

"사장님이 왜 이렇게 젊어요? 에이, 거짓말. 사장님은 머리가 요렇게 벗겨져야 제맛인데…… 반짝반짝, 딸꾹!"

"칭찬인가."

그는 무표정한 얼굴로 말했다.

"저기요, 사장님. 저는 술을 못 마시구요…… 그러니까 저는 이제 집에 갈 참이었거든요. 제가 원래 여기 오려던 것이 아니고요…… 그니까 친구들이랑 놀러 왔다가요……."

초미는 취기에도 무언가를 설명해야 한다는 생각이 본능적으로 든 모양이었다.

이성적이진 않지만 그래도 열심히 손을 움직여 가며 말을 이으려 했다.

"하! 그년 말 참 많네. 야. 너, 이리와 봐!"

하지만 그녀의 이 마지막 시도를 무산시키는 사람이 있었고, 이로써 그녀의 처지를 설명할 수 있는 마지막 기회가 날아갔다.

함께 술을 마시던 두 남자들 중 머리를 완전히 금발로 염색한 이가 화가 난 얼굴로 초미에게 가더니, 그녀의 어깨를 억세게 꽉 쥐었다.

"아얏! 아파요!"

놀라움과 아픔에 뒤를 돌아보았을 때 금발 남자는 무자비하게 그녀의 멱살을 잡으며 욕지거리를 내뱉었다. 바로 그때였다.

"이게…… 무슨 짓이야!"

사장이란 남자는 생각지도 못한 분노의 목소리로 소리쳤다. 사실상 시선은 상대방을 보고 있지도 않고 소리만 질렀을 뿐이지만, 그 박력과 분노의 강도가 상대방을 움찔하게 만드는 것이었다.

초미에게 거칠었던 태도와는 다르게 금발의 남자는 긴장된 표정으로 그에게 말했다.

"이 계집애 하는 짓이 괘씸하잖아……. 불렀으면 금방 와야지, 어디 가서 술을 저 지경으로 취해 가지고 헛소리나 픽픽해 대는 거야. 그래놓고 뭐 집에를 가? 이런 애는 혼을 좀 내야 돼. 여기가 감히 어디라고, 성오현 사장이 누군데!"

"그래, 내가 누군데?"

남자는 상대방을 제대로 바라보았다. 눈빛은 날카롭고 실수를 용납할 것 같지 않았다.

"뭐?"

갑작스러운 질문에 남자는 당황했다.

"내가 왜 사장이야? 나 여기 사장 아니야."

'사장이 아니라고…… 여기 사장 아니라고?'

남자의 말이 초미의 희미한 정신에 의아함을 품게 했다.

"나를 사장이라고 부르고 돈 때문에 여기 앉아 있는 너희가 더 구역질 나."

'아…… 친구들 아닌가? 사장이 아니면 뭐지? 웨이터 아저씨가…… 아, 생각하기 싫다…….'

초미의 필름이 다 되어 가고 있었다.

"나가."

단호하고 냉정하게 그는 명령했다.

"뭐, 뭐야? 너 인마…… 성오현! 난 네 친구야."

"난 너희들 친구라고 생각한 적 없어. 내 파트너를 함부로 대하는 건 나를 무시한 거나 마찬가지야. 술맛 다 떨어졌으니까, 나가."

다투던 남자도 보고 있던 또 다른 남자도, 그리고 그 파트너들도 당황하여 꼼짝 않고 있었다.

"다 나가. 너희 다…… 다 나가란 말이야!"

그는 마침내 소리를 지르더니 자신의 술잔을 들어 문을 향해 내던졌다. 쨍그랑 소리와 함께 깨진 유리 파편들을 보며 그들은 어색한 몸짓으로 일어나더니 여자들이 먼저 주춤주춤 룸을 나갔다.

"오현이 너, 오늘 정말 이상하다."

싸움을 말리지 않고 지켜보기만 하던 다른 남자가 마지막으로 방을 나가며 이렇게 말했다. 그리고 초미를 한번 힐끗 보고는 어이없다는 듯 비웃으며 문을 닫았다.

"……."

"……."

어색한 정적이 흘렀다. 정신이 몽롱해도 이 분위기가 이상하다는 것을 초미는 감지했다. 생애 처음으로 만난 그런 낯선 분위기였다.

"에구…… 그럼 저도 이만."

만취 상태이긴 해도 이 아수라장이 자신으로 인해 발생한 것임을 기특하게도 눈치챈 초미는 이때다 싶어 기어 나가기 시작했다. 몸이 말을 듣지 않는 탓에 기는 속도가 나무늘보 수준이었다.

그때, 그의 손이 그녀의 부츠를 꽉 잡았다.

"넌 여기 있어."

잠깐의 멈춤이 있었다. 초미는 당황했고, 그는 그녀의 부츠를 잡은 채로 술 한 잔을 들이켰다.

"저기, 저는 집에…… 헤……."

마치 제 몸이 아닌 것처럼, 초미는 기어가던 동작 그대로 고개를 휙 돌리더니 목을 건들거리며 입을 열었다.

"너 때문에 이렇게 됐잖아. 책임을 져야지."

그는 이렇게 말하더니 잡고 있던 부츠를 잡아당겼다. 초미는 스커트가 벗겨질까 부여잡고 그에게 끌려갔다.

"아, 앗."

그는 몸을 일으켜 그녀를 소파에 바로 앉히더니 가만히 바라보는 것이었다.

"……딸꾹."

갑작스러운 딸꾹질과 함께 초미는 그의 얼굴을 뚫어지게 보았다. 물론, 취한 상태였던지라 뚫어진다는 표현은 맞지 않겠지만, 그의 지적인 이마와 남자다운 눈썹, 그리고 그윽한 눈빛을 눈에 담았다는 것은 상당한 집중력을 발휘했다는 증거일 것이다.

'코도 참 잘생겼네. 우뚝 솟아 가지고.'

아주 잠깐, 초미의 정신이 맑아지는 순간이었다.

하지만 다시 멍해진 그녀는 이 초특급 외모의 사장님을 눈이 자꾸만 감겨 제대로 감상하지 못하는 것이 너무나 안타까웠다.

"겁나……."

눈을 가불거리며 초미가 입을 뗐다. 그는 그녀가 무슨 말을 하나 싶어 쳐다보았다.

"겁나 잘생기셨구만요?"

라고 말한 초미는 푹 하고 그의 가슴에 머리를 박으며 깊은 잠에 빠졌다.

자신의 가슴에 머리를 박고 쿨쿨거리며 잠든 초미가 넘어질까 안아 주고선, 한순간 멍해 있던 그는 이내 참기 힘들다는 듯 큭큭대며 웃기 시작했다.

✲

머리가 깨지는 중인가 보다. 이렇게 아픈 걸 보니. 그리고 천장의 재질이 고급인 걸로 봐선 확실히 내 방이 아닌가 본데…….

그녀는 조용한 방 푹신한 침대 위, 그것도 황금색 침대보 위에 반듯이 누워 있었다.

좀 전까지 나이트클럽이었던 것 같은데, 이곳으로 어떻게 왔는지 아무것도 기억나지 않았다. 옷도 부츠도 하나도 벗지 않은 상태로 두 손은 단정히 배꼽 위에 놓여 있는 걸로 보아 누군가 이 방에 자신을 안고 들어와 얌전히 눕혀 놓은 것 같았다.

황갈색의 조명은 은은했지만, 초미는 이곳이 편히 쉴 곳은 아니라는 것을 알았다.

'여기가 어디지? 아우…… 머리야…….'

"정신이 드나."

갑자기 낯선 남자가 다가와 그녀에게 유난히 투명한 물 잔을 건넸다.

잔을 든 손은 조명 아래 하얗게 보였고, 머리칼은 방금 샴푸를 하고 나온 양 적당히 젖어 있었다.

하지만 초미에게 이 방의 모습과 그의 얼굴, 그리고 목소리는 물에 잠긴 것처럼 느껴졌다. 여전히 정신은 아득했고 속이 울렁거렸으며, 머리가 깨질 듯 아팠다.

머리에 있는 혈관이 터지면 이런 느낌일까, 싶었다.

그녀는 마치 사막에서 오아시스를 발견한 사람처럼 거침없이 물을 죽 들이켰고, 그는 그 모습을 즐기듯이 바라보았다.

'본 적 있는 남자다. 어떻게 된 거지?'

좀 전에 본 남자의 얼굴 정도는 알아볼 수 있었지만, 그가 왜 여기에 있는지 알 길이 없었다.

"술은 좀 자제하는 게 어떻겠어? 보니까 너도 꽤나 연기파 같은데 제정신이었다면 훨씬 더 멋진 밤을 보낼 수도 있었을 것 같다는 아쉬움이 드는 중이야, 참고하라고."

'뭔 소리냐……'

남자가 거만하게 말하면서 침대에 걸터앉자, 침대 스프링의 리듬에 따라 초미의 몸도 함께 살짝 일렁였다.

"널…… 메두사에서 보냈다고 하더군."

'무슨……'

"남자에게 판타지를 심어 준다고 해서 그게 무슨 말인가 했더니, 실감 나는 연기를 한다는 뜻이었군. 덕분에 돈을 주고 산다는 느낌은 전혀 없어서 좋았어."

"아…… 무슨…… 말인지……."

"그래도 역시 서비스가 너무 허술한 거 아닌가? 내가 그쪽을 안고 여기까지 올라와야 했다고. 침대에도 눕혀드렸고 말이야."

달콤한 목소리와 함께 그의 얼굴이 다가왔다. 초미는 정신이 혼미한 가운데서도 위기감을 느꼈다.

"아저씨는…… 누구세요?"

절대 아저씨의 외모가 아니지만, 당황스러운 초미는 할 말이 이것뿐이었다.

그는 씩, 웃었다.

"까다롭게 구는군. 내 이름은 성오현. 네가 모를 리 없을 테고……. 하긴 네가 내 이름을 모른다면 더 좋을 것 같기도 해. 이것도 계산된 연출인가?"

도대체 이게 다 무슨 말인가. 초미는 죽을 것 같은 두통과 메스

꺼움으로 가까스로 이렇게 말했다.

"지금이…… 몇 시죠? 저……저는 가 봐야…… 해요."

"아, 이제 연극은 그만. 지겨워지려고 하니까."

일어나려는 초미를 다시 밀며 그가 말했다. 그 힘에 놀라 초미는 다시 힘없이 침대 위에 누워 있는 꼴이 되었다.

"자, 그럼 이제…… 어떤 식으로 할까?"

그는 다시 늪힌 그녀의 가죽 재킷 앞자락을 유혹하듯 천천히 펼쳤다. 그리곤 하얗게 살이 오른 그녀의 가슴 일부와 벨벳 탱크톱을 손바닥으로 강하게 쓸었다.

"아…… 안 돼요……."

물에 젖은 스펀지처럼 축 늘어지는 와중에 초미는 그의 손을 힘없이 찰싹 치며 저항했다.

"아주 특이한 여자를 보냈군. 우울한 날에 재미난 선물이야……."

초미의 반응에 흥미를 보이며 그가 말했다. 그러면서 다른 손으로 그녀의 부츠를 쓰다듬었다.

'보내? 누가 보내, 나를?'

맨살을 만지는 것도 아닌데 초미는 부츠를 쓰다듬는 그의 손길이 은근히 흥분되었다.

그러나 그 흥분은 낯설기도 하면서도 두려운 것이었다. 쓰다듬던 그의 손이 점점 위로 올라오더니 부츠 위의 맨 허벅지 사이로 올라와 반복하여 쓰다듬기 시작했다.

초미는 이런 경우를 처음 겪는지라, 이것이 어떤 일(?)의 전초전인지 확실히 인지하지 못하고 있었다.

오히려 능숙한 손길이 주는 흥분에 호기심을 느끼고, 그 흥분 때문에 경계심에 움츠렸던 몸이 자꾸 풀리려 하고 있었다.

"자."

그의 이 한 마디에, 갑자기 초미의 가슴이 마구 쿵쾅거리기 시작했다.

막연하게…… 무언가 결정적이고 단호한 말로 상황을 끝내야겠다고 생각했지만, 그의 손놀림과 그녀의 사고가 뒤엉켜 제대로 된 언어를 만들어 내지 못하고 있었다.

"이런, 순진한 척하는 컨셉으로 정했나 보군."

어리둥절함을 고수하는 초미의 행동에, 그가 눈썹을 씰룩이며 말했다.

'이게…… 아닌 것 같은데…….'

초미는 무언가 상당히 석연치 않음에 겁을 먹은 눈빛으로 그를 보았다.

그는 여전히 재미있다는 표정으로 재빨리 그녀의 몸 위로 올라가 기지개를 펴듯 초미의 겨드랑이에서부터 팔을 죽 밀어 올렸다. 만세를 해 버린 초미의 손목을 꽉 잡아 눌러놓고, 그녀의 목과 드러난 가슴에 키스를 했다.

"뭐…… 어머! 저리 비켜요!"

부드럽고 두려운 그의 입술에 소스라치며 초미는 고개를 마구 저었다. 팔도 다리도 그의 힘과 무게에 눌려 꼼짝을 할 수 없었다.

잠시 후 초미는 저항에 지쳐 힘이 빠졌고, 그는 흥분의 숨결을 토하며 매끈한 그녀의 가슴과 허리를 쓰다듬는 것에 열중했다. 초미는 이때다 싶어 있는 힘을 다해 그를 밀어내며 허리를 비틀었다.

"……."

초미가 침대 시트와 허리를 적당히 이용해서 가까스로 그의 몸에서 빠져나오려 할 때, 잠깐이지만 무섭게 굳어진 그의 얼굴을 보았다.

낑낑대며 애쓴 것이 보람 있게 초미는 겨우 침대에서 빠져나오는 것에 성공했다. 어쩌면 그가 일부러 놓아준 것 같다는 생각도 들었다.

그가 여유롭게 가운의 매듭을 풀며 침대 위에서 그녀를 보며 웃고 있었기 때문이다.

어쨌든 초미는 이제 집에 갈 수 있을 거란 희망을 품었다.

"이리 와."

하지만 그의 웃음은 분노의 또 다른 표현일 뿐이었다.

험악한 얼굴로 변한 그의 목소리에 마음 급해진 그녀는 문을 찾아 정신없이 두리번거렸다.

'아, 도대체 어디가 어딘 거야! 나가는 문, 나가는 문이 어디냐고!'

방의 구조를 전혀 몰랐기 때문에 눈에 보이는 문들이 다 헷갈렸다. 게다가 아직 술기운도 가시지 않았다. 워낙 독한 술을 많이 마셨고, 모르긴 해도 그 술을 해독하기엔 터무니없이 짧은 시간 동안 잠들었던 것 같았다. 방 안의 모든 사물들이 그녀를 중심으로 빙빙 돌고 있었다.

그런 그녀의 눈에 현관문이라 생각되는 문이 보였다.

'저거다! 도망가는 게 상책이야!'

안 신던 부츠를 신은 효과가 하필이면 지금 나타나 삐뚤삐뚤 걷던 그녀가 나가려 문손잡이에 손을 뻗었을 때, 그의 크고 우악스러운 손이 그녀를 덮치곤, 강한 팔로 허리를 꽉 휘어 감았다.

"악! 왜 이러세요, 이거 놓으세요! 나, 가야 돼요!"

가야 했다. 혜준이와 순아가 기다릴 것이고, 엄마 아빠도 이 꼴을 보면 난리가 날 것이다.

그는 초미를 안고 침대로 끌고 오더니 힘겹게 내팽개쳤다.

"엄마얏!"

"후, 무겁군. 다이어트 좀 하는 게 좋겠어."

다시 침대에 나동그라진 초미에게 이젠 정말 틈을 주지 않으려 빠르게 그가 덮쳐 오더니 그녀의 머리를 꽉 잡았다.

상쾌한 샴푸 냄새를 끝없이 풍기며 겹쳐진 입술 사이로 그의 혀가 초미의 입속으로 침입했다.

그녀에게 그것은 생애 첫 키스였다.

'무슨 짓이라도 해야 해!'

초미의 머릿속에는 비상 사이렌이 울리는 것 같았다. 이 상황을 벗어나기 위해 무엇이라도 해야 했다.

여전히 입술은 그에게 묶인 채, 그의 손이 치마 속으로 들어가고 있었다.

"읍 하! 왜 이래, 왜 이래 이 자식아!"

결국 초미의 입에서 욕설이 튀어나왔다. 지금은 건설적인 생각을 할 수가 없었다. 하지만 적어도 이렇게 될 수는 없는 일이었다.

그는 그녀의 말에 아예 대꾸도 하지 않았고, 그녀의 질려 버린 얼굴만 힐끗 보고는 똑같이 불쾌하다는 표정으로 두 손으로 팬티를 잡아 쭉 끌어 내렸다.

팬티가 벗겨지는 경험은 정말 눈앞에 폭풍이 임박한 느낌과도 같아, 초미의 심장이 미친 듯이 뛰었다.

그가 잡아 내리던 팬티가 그만 부츠에 딱 걸리고 말았다. 초미는 이때다 싶어 발길질을 마구 했다.

"앗!"

그녀의 발길질에 그만 부츠의 굽이 그의 얼굴을 가격했다. 그의 한쪽 뺨에 휙, 하고 선이 그어지나 싶더니 이내 고랑에 물이 고이듯 선을 따라 피가 맺히기 시작했다.

"아!"

초미는 의도와는 다르게 남자에게 상처를 입히자 당황해서 눈을 동그랗게 뜨고는 잠깐 동작을 멈췄다. 현기증과 메스꺼움이 한꺼번에 그녀 안에서 몰아쳤다.

"흥분시키는 기술이 남다르군, 새디스트 전문이야?"

옆으로 보며 쓰윽 피를 닦아 내던 남자는 으르렁거리듯 말했다.

"무슨 거지 같은 말을 하는 거예요? 난 그저……. 악!"

또다시 이상한 소리에 초미가 어쩔 줄 몰라 하는 짧은 순간, 그는 초미의 몸 위로 자신의 온 체중을 급히 실었다. 그녀가 그의 무게 때문에 버둥거림이 둔해지자, 그녀를 누른 채로 발과 손으로 부츠에 걸려 있던 팬티를 마구 벗겨 냈다.

"악! 정말, 사람 살려요!"

초미는 절망적이었다. 도대체 이 상황도 이해가 되질 않았고, 이 위기에서 어떻게 빠져나가야 하는지 너무나 막막했다.

"상대가 원치 않는 섹스는 나 역시 재미없어. 하지만 이건 도가 지나치군. 마담이 이렇게 하라고 시켰나?"

그는 초미의 목을 한손으로 쥐고 이렇게 말했다. 그의 얼굴에는 그녀를 향한 비웃음이 가득했다.

"무슨 미친 소리야, 그냥 싫어! 비켜!"

"너는 프로잖아. 싫다니 말이 안 돼. 날이 밝으면 그만큼의 대가가 주어질 텐데, 이쯤 해 둬. 나도 이젠 한계니까!"

이해할 수 없는 분노를 발산하며 초미의 말을 완전히 묵살하더니, 그는 그녀의 한쪽 허벅지를 강하게 쓰다듬으며 무릎을 세웠다.

"프로라니……. 나 그런 여자 아니에요!"

초미가 그를 노려보며 소리쳤다. 자신을 그렇게 봤다니……. 이제야 지금의 상황을 이해한 초미는 창피하고 자존심이 상해서 눈물까지 났다.

"뭐?"

남자는 믿을 수 없다는 표정으로 잠시 얼어 있었다.

그때, 침대에 흩어져 있던 초미의 휴대전화가 울렸다.

"아! 내 전화예요!"

하지만 그녀보다 먼저 그가 휴대전화를 집어 액정을 보았다. '방 마담'이라는 이름이 액정에서 빛나고 있었다.

"방 마담이라…… 역시 넌 연기 천재였군?"

그는 전화는 받을 생각도 없이 비웃듯 액정만 보고 있다가 휴대전화를 아예 던져 버렸다. 가소롭다는 표정을 짓더니 몹시 불쾌한 듯 말했다.

"흥, 메두사에 방 마담도 있나? 저 전화 아니었으면 완전히 속을 뻔했군. 아까도 내가 불렀으면 바로 와야지, 겁도 없이 다른 자식들이랑 즐기다 만취해서 오질 않나, 생긴 것과는 다르게 꽤 잘나가나 본데, 난 사실 그리 친절한 놈은 못 돼. 넌, 오늘 아주 잘못 걸렸어."

'어째, 이 남자는 나를 계속 오해하고 있어!'

그녀는 가슴이 철렁 내려앉았다. 자기가 믿는 대로 행동하는 이 남자를 멈추게 해야 하는데 방법이 떠오르지 않아 절망스러

71

웠다.

"방 마담은 그 마담이 아니고 내 친구 읍! 으…… 읍!"

무슨 말을 다 하기도 전에 또다시 그녀의 말은 그의 입술에 먹히고 말았다.

그리고 낯선 무언가가 허벅지 깊숙한 곳을 더듬었고 바로 그 다음 순간, 초미는 결코 예전에 겪어 보지 못한 충격으로 극심한 두통을 경험했다.

"악!"

막힌 입으로 비명을 지르며 침대 시트를 쥐어뜯던 그녀는, 모든 정신의 줄을 놓고 그만 기절해 버렸다.

한편, 웨이터 돼지엄마는 당황하고 있었다. 아까 그 여자는 그 여자가 아니었다. 지금 돼지엄마 앞에는 최 마담이 보냈다는 '메두사'의 쭉쭉 빵빵한 아가씨가 한심스럽다는 눈빛을 하고 서 있었다.

"야, 어쩌면 좋으냐. 착각해서 사장님께 엉뚱한 여자를 붙여 버렸다."

돼지엄마는 겁에 질린 목소리로 동료에게 이렇게 말했다.

❋

초미의 마음속에는 항상 명준이 자리하고 있었으므로, 지금까지 진지하게 사귀어 본 남자는 없었다. 때문에 당연히 지금까지도 순결을 지키고 있었다. 순아와 혜준은 초미의 이런 점을 어떤 때는 답답해하다가도 그 순수함을 높이 평가하곤 했다.

"순결을 지킨다는 말 자체가 웃기지 않니? 세상에 순결이 그것만이냐고."

혜준은 초미가 단 한 사람만을 동경한다는 것이 어리석다고 말했다.

"초미처럼 이런 순수한 마음도 흔하지 않아. 난 대단하다고 생각해. 왜냐하면…… 난 절대 못 그럴 거 같거든."

순아는 초미의 편을 들어 줬다.

"나에게 중요한 건 명준이 마음이야."

초미는 남녀 사이를 이야기할 때 흔히 말하는 어디까지 얼마나 갔느냐 하는 것에는 관심이 없었다. 그저 명준의 마음이 궁금했다.

"네 마음을 모르는 게 아니라, 모르는 척하는 거 아냐?"

초미는 스스로도 혼자 되묻곤 했던 말이 혜준의 입에서 나오자 조금은 당황했다.

"그래…… 보이니?"

초미는 조심스럽게 친구들을 바라보았다. 그녀의 낙담을 눈치챈 순아가 나름 애써서 설명을 덧붙였다.

"아니, 명준이랑 너, 초등학교 때부터 친구였다면서. 그럼 이제 뭐가 돼도 되었어야 하는데 여전히 어린 시절 친구로 지낸다는 게 좀……. 아, 그러니까…… 초미 네가 네 마음을 아주 철저히 숨겼을 수도 있어. 하지만 내가 명준이었다면…… 눈치챘을 것도 같아. 왜냐하면 너 가끔 티가 많이 나거든, 네가 명준이 좋아하는 티가."

"……."

"초미야, 네가 먼저 고백하는 건 어떠니?"

"안 돼, 난 기다려야 돼."

"뭘 또 기다려!"

순아와 혜준이 거의 동시에 말했다.

"명준이가 먼저 말을 꺼낼 때까지 나…… 기다려야 해. 그렇게 오래전에 마음으로 결정했었어."

"참나……."

친구들은 기막혀했지만 초미로서는 그럴 수밖에 없었다.

언젠가 명준은 이런 말을 했다.

"난 우선 돈을 좀 벌 거야. 그러려면 대학을 졸업하고 취직을 해야겠지? 아무것도 가진 것 없이 사랑 하나만 가지고 여자를 내 곁에 묶어 두는 건 무책임한 일이야. 아버지 곁에서 힘들어하는 어머니를 보는 게 나도 너무 힘들었거든. 이건 비단 무책임한 아버지 때문에 하는 생각이 아냐. 남자는 사랑을 할 때 어느 정도 책임감을 가져야 한다는 것이 내 기본 가치관이야. 아…… 어쩌면 이 가치관도 부모님 영향인지도 모르겠다……."

그리고 또 이런 말도 했다.

"내가 준비되어 있지 않다면, 마음이 가더라도 거부하겠어."

이 말이 더욱 결정적으로 초미의 입을 다물게 했다. 낙천적이
고 소탈한 그녀 성격에 진즉 고백을 하고도 남았을 테지만, 답이
뻔히 보인다고 생각하니 차마 행동으로 옮길 수가 없었다.

그런데 그랬던 명준이…… 현재도 돈이 없는 학생 신분의 명준
이…… 돈이 많은 주희의 곁으로 가 버렸다.

✳

'내가 죽었나? 아님, 내가 지금 의식이 있어 생각을 하는 걸
까?'

눈을 뜨기 힘들었다. 그런 초미의 귓가에 들리는 목소리.

"지금 시각 새벽 5시입니다."

그리고 그녀의 손을 만지고 눈꺼풀을 열어 살피는 것이 느껴졌
다.

"맥박 정상. 음…… 지금으로써는 정확한 진단을 내릴 수 없겠
고 아무튼 괜찮은 것 같습니다. 술을 너무 마셔서 혈중에 무언가
변화가 와서 그럴 수도 있어요. 한마디로 피가 놀란 거죠."

아득히 들려오는 목소리에 초미는 자신이 날씬하게 보이기 위해 아침부터 아무것도 먹지 않고 저녁에 술만 들이켰다는 것을 깨달았다.

'아파……. 머리도…… 또…….'

초미의 아래쪽이 조금 욱신거렸다. 무슨 일이 있었던 걸까

이제 초미의 정신이 조금씩 제자리로 돌아오려 하고 있었다. 아직도 통증은 있었지만, 몸을 가눌 수는 있었다.

아마도 꽤 오랜 시간 수면을 취했던 모양이었다.

"고맙습니다. 오늘 일은 함구해 주십시오."

"네, 걱정 마십시오. 입단속 시키겠습니다."

이런 대화가 오가고 곧이어 문이 열렸다 닫히는 소리가 들렸다.

아주 천천히 초미는 눈을 떴다.

"……."

어느새 돌아온 그가 그녀를 내려다보고 있었다.

"정신이 드나."

"여기가…… 어디죠?"

"여긴 〈갤러리〉에 있는 호텔 10층이야."

"……아!"

"일어나지 말고 좀 더 쉬어."

초미가 일어나려고 할 때, 다시금 현기증이 일었다. 하지만 그녀로서는 이러고 있을 시간이 없었다.

'벌써 새벽 5시! 게다가 무슨 일이 있었는지 아무것도 기억나지 않아!'

"나는 성오현이라고 해."

그는 자신을 정식으로 소개라도 하려는 듯 다소 진지한 목소리로 입을 열었다.

"……."

초미는 대답하지 않았다. 두통이 아직도 그녀를 지배하고 있지만 정신만큼은 이제 그 중심을 잡고 있었다. 순간 침대 시트의 붉은 색이 그녀의 눈에 들어왔다.

'무슨…… 피?'

다음 순간, 초미는 자신의 입속에서도 비릿한 피 맛이 난다는 것을 깨달았다. 이게 무슨 상황인지 알 수가 없었다.

"아직도 나는 좀…… 혼란스럽군."

"우선…… 내 옷 좀 찾아 주세요."

"……."

오현은 말없이 여기저기 흩어진 그녀의 옷을 챙겼다. 사실은 자신이 모두 벗기고 던져 버린 그것들이었다.

그가 옷을 모아 그녀에게 가져다주자 그녀가 말했다.

"한심하네요. 나도, 이 옷들도."

"……."

"정말 우스꽝스러운 옷이잖아요, 지금의 내 꼴처럼."

초미의 눈에는 힘이 없었으나 물끄러미 자신의 옷을 바라보는 시선에는 분명 경멸이 서려 있었다.

"······좀 더 따뜻한 옷을 구해 줄게."

오현은 이렇게 대답하고 호텔 내선 전화를 걸었다.

"여성용 셔츠, 바지 그리고 점퍼를 좀 구해 와. 아, 부츠도 따뜻한 걸로."

그가 자신의 옷을 구해 주려고 통화를 하는 동안 초미는 멍하니 그를 보고 있었다.

"더 필요한 건 없나?"

"왜 이래요?"

"······."

"경찰서······ 갈까요?"

"원한다면······ 그렇게 해야겠지."

"원한다면? 자기 발로 가긴 싫은 모양이죠?"

"······우선은 내가 사과부터 하도록 하지."

"사과하는 말투가 아니에요. 아, 모든 것이 오해에서 비롯되었으니 죄책감이 없을 수도 있겠어요."

신경질적인 표정으로 자문자답하며 고개를 끄덕이는 그녀였다.

"내가 너를 완전히 오해한 것은 사실이야. 진짜 네가 누군지 알았으면 이런 일은 절대 일어나지 않았겠지. 하지만 그렇다고 내가 책임을 회피하겠다는 건 아니야."

진지하게 말하는 오현이었지만, 초미는 대답하지 않았다. 그녀는 그가 굉장히 자존심이 세고, 잘난 척하는 남자라는 생각이 들었다.

그리고 이상하게도 그가 그런 남자라는 것이 약간의 위안이 되
는 것이었다. 적어도 이 사태에 대한 책임을 회피하진 않을 것만
같았다.

'정신 바짝 차려야 해.'

그녀는 속으로 자신에게 이런 말을 했다.

얼마간의 침묵이 다시 흘렀다. 그가 전화를 한 지 얼마 지나지
않은 시점이었다. 딩동 하고 그녀를 위한 '따뜻한 옷'이 도착했
다.

'이 사람 도대체 정체가 뭐야? 뭔데 이런 호텔에서 옷까지 갖
다 주는 거야.'

"우선 이 옷을 입도록 해."

초미는 말없이 옷들을 받아 들고 욕실로 들어갔다. 겨울에 맞
는 따뜻한 셔츠와 바지 그리고 점퍼를 입고 나니, 비로소 마음에
약간의 온기가 들었다.

'이 상황을…… 어떻게 정리해야 하지? 그리고 궁금한 건……
어디까지 간 걸까.'

기억이 나질 않는다. 하지만, 그녀의 소중한 곳에 통증이 남아
있다. 이건 무슨 의미일까.

"아……."

코에서 한 줄기 피가 흘렀다. 더 이상 흐르지 않는 것을 보니
콧속에 남아 있던 것이었나 보다. 기절하면서 코피까지 흘린 것일

까. 그렇다면 침대 시트 여기저기에 남아 있던 혈흔이 코피일 수도 있다.

'책임을…… 피하지 않겠다고 했어. 그게 무슨 말이지……. 기억이…… 도무지 나질 않아.'

그런데 끝까지 갔었냐고, 그런 질문을 하기가 부끄럽다.

'그래도 물어는 보자. 지금 그런 거 따질 때야? 내 자존심 챙길 때냐고.'

그렇게 결심한 초미의 귀에 다시금 또 다른 방문객이 들어오는 소리가 들렸다.

"어?"

욕실에서 나온 초미는 그 방문객을 보자마자 저도 모르게 소리를 냈다.

"초……미?"

그것은 성주희였다.

'도대체 이 화려한 아이가 왜 나와 친구를 하자고 했던 건지…… 한 번도 의심해 보지 않은 내가 놀라울 뿐이야.'

초미는 지금, 자신에게는 너무나 낯선 이 화려한 호텔 방에서 이질감 없이 당당히 서서 자신을 쳐다보는 수희의 모습을 마주하고 있었다.

당당하고 화려한 주희, 순간 무언가 머리를 때리는 깨달음 하나를 얻은 것 같았다.

이명준. 주희의 목표는 애초에 이명준이었으리라.

'나 같은 바보는 세상 어디에도 없을 거야!'

"초미야, 네가 도대체…… 어떻게 우리 오빠 방에 있는 거니? 그리고 그 옷은 또 뭐고!"

"……."

초미는 주희의 물음에 대답할 수도 없었고, 하기도 싫었다. 그녀는 어떤 행동이 덜 굴욕적인지 알 수가 없어 가만히 서 있기만 하다가 급히 가방을 챙겨 방을 나가려 했다.

"잠깐만."

오현은 그런 그녀의 팔을 재빠르게 낚아챘다.

"놔 주세요. 제…… 나머지 소지품들은 버려 주시고요."

"이렇게 가 버리면 안 되지 않나? 우리……."

"……."

초미는 대답 대신 그의 얼굴을 노려봤다.

이 남자와 할 얘기는 분명 남아 있었지만, 주희 앞에서 할 수는 없다고 생각했다.

자존심은 둘째 치고 명준에게 이런 이야기가 알려지는 것은 죽기보다 싫었다.

그런 그녀에게 오현이 자신의 명함을 내밀었다.

"가지고 가. 지금은 여기서 말할 기분이 아닌 것 같으니."

"명함…… 받기 싫어요."

객관적인 판단으로는 그 명함을 받아야 이 남자와 다시 만나

이야기를 나눌 수 있었다. 그러나 주희가 오현을 오빠라고 부르는 순간, 좋지 않은 예감이 뇌리를 스쳤다.

"잠깐, 두 사람."

주희가 기다리지 않고 끼어들었다.

"오빠, 도대체 이 호텔에 있으면서 내 파티에는 왜 안 왔던 거야? 여동생 초대에도 오지 않고 만났던 사람이 초미인 거야? 그리고 오빠 방에서 여자가 실신했다면서? 그 여자도 초미? 보건 담당이 다녀갔다는 말 듣고 바로 올라왔어. 아버지 아시면 큰일 나!"

역시…… 성오현은 성주희의 친오빠였던 것이다.

다시 기절할 것만 같은 심정으로 초미는 나가려 했다. 그런 그녀를 주희의 목소리가 잡았다.

"초미 너도 나한테 무슨 설명을 해야 할 것 아니니?"

"……파티가 아직 안 끝난 모양이네."

"파티는 일찍 끝났고 난 여기 있었지."

"명준이하고?"

의미 없는 질문을 했다고 생각했는데 주희의 다음 반응에 초미의 마음이 무너졌다.

주희는 초미의 아래위를 죽 훑어보더니 이렇게 말했다.

"내가 이 시간까지 명준이랑 호텔 방에 있었냐고? 내가…… 너니?"

"……."

화가 치밀었다. 그런데도 할 말이 없는 초미에게 주희는 밀어붙였다.

"말해, 우리 오빠한테 어떻게 접근했는지!"

"성주희!"

오현이 미간을 찌푸리며 여동생의 이름을 불렀으나, 두 여자 사이에는 그녀들만의 불꽃이 일어나고 있었다.

"접근?"

귀에 거슬리는 단어에 초미의 미간이 저절로 찌푸려졌다. 그녀는 주희를 향해 말했다.

"접근이라는 말은 너한테 써야 하는 말 같은데?"

"뭐? 그게 무슨 뜻이야?"

"그게 무슨 뜻인지는 네가 잘 생각해 보면 알겠네. 피곤해서 난 이만 갈게."

초미는 더욱 서둘러서 방을 나가려 했다.

"야! 윤초미! 너 거기 서지 못해? 앗! 오빠 왜 이래?"

주희는 복도로 나서는 초미를 따라가려 했지만 역시 오현의 저지로 그러지 못했다.

이 순간만큼은 초미도 자신의 뒤통수에 서 있는 그에게 고마운 마음이 들었다.

많은 일이 벌어진 현장을 도망치듯 나왔지만, 밖은 초미의 바람만큼 밝지 않았다. 그녀는 서둘러 택시를 잡아타고서는 간신히 목적지를 말했다.

'흑흑…….'

그리고 속으로 울었다. 자신이 싫었다. 바보같이 속았고, 바보같이 믿었고, 바보같이 기다렸고 그리고 바보같이 빼앗기고도 도망쳐 나온 자신이 미웠다.

생전 처음 자신에 대한 분노가 그야말로 불길처럼 일어나고 있었다.

'밑도 끝도 없이 멍청한 바보! 차라리 죽어 버리지 그래?'

초미는 자기 자신에게 이렇게 외치고 있었다.

일상을 벗어난 옷차림과 행동 그리고 오현 앞에서의 어정쩡한 태도까지. 초미는 자기 자신이 마음에 드는 구석이라곤 하나 없다고 생각했다.

오현을 비난하고 있지만 그가 오해할 소지가 충분했다는 것에도 수긍이 안 되는 것은 아니었다.

하필이면 그가 돈으로 여자를 사려 했고 그 여자를 자신과 혼동했을 것이다. 혜준을 휴대전화에 '방 마담'이라고 저장한 것도 초미 본인이었다.

모든 것이 마치 지금의 비극을 위한 준비였던 것처럼 느껴졌다.

'세상물정도 모르고 순진하기만 한 사람들을 내가 비웃었던 적 있었어. ……근데 그게 나였어. 나는 왜 더 공격적으로 그를 제지하지 못했지?'

사실 초미는 남자의 힘이 그렇게 세다는 걸 처음 알았다. 그가 몸으로 자신을 제압하는 데도 그녀는 속수무책이었던 것이 기억나서 괴로웠다.

설마 하는 마음과 안 그래도 운동신경 없다시피 한 몸을 술기운이 장악하고 있었던 탓일까.

'도대체 이렇게 볼 거 없는 인물로 별 볼 일 없는 인생이 되어 버린 이유가 뭐야?'

자신의 일로는 단 한 번도 운 적이 없는 씩씩한 초미였다. 슬픈 드라마를 보면서 주인공 인생이 하도 안 풀려서 함께 울긴 했지만 아니, 잡히지 않는 명준이 때문에 눈물이 고여 그렁한 적은 있었지만, 자신이 진정 불행하다 느끼고 흐느낀 적은 맹세코 없었다.

하지만 이번만큼은 참을 수 없는 눈물이 터졌다. 초미는 택시를 보내고 아파트로 들어가는 현관에서 비밀번호를 누르려다 말고 울기 시작했다.

"엉엉……."

초라했다. 이제 졸업인데 뭐 하나 제대로 해 놓은 것도 없었고, 명준은 주희와 그렇게 되었고, 그걸 또 인정 못 해서 안 하던 짓까지 하다가 이 꼴을 당했는데, 그걸 주희가 보고야 말았다.

그나마 명준이 호텔 방까지 따라 올라오지 않았다는 것이 다행이라면 다행일까.

'명준이도 이제 곧 알겠지. 주희가 가만있을 리가 없잖아.'

"흑흑……."

정신이 좀 드는 느낌이다. 초미는 건물 계단에 앉아서 정신을 차려야 한다고 머릿속으로 몇 번이고 반복했다.

중요한 건 명준이 아니다. 자기 자신인 것이다.

"누나 미쳤어? 엄마 아직 안 주무셔."

동생 초류는 걱정하는 아버지와 화난 어머니가 아직 안방에서 안 주무시고 있음을 알렸지만 초미의 반응은 덤덤했다. 초미의 휴대전화 배터리를 오현이 실랑이를 하다 빼 버렸으므로 내내 연락이 닿질 않았던 것이다.

"조용히 해, 그냥 내 방에 들어갈게."

초미의 말투는 부모님께 걸려도 또 혼이 나도 할 수 없다는 반응이었다. 누나의 이런 자포자기 모드에 초류가 더 긴장했다.

일단 초미를 재워 놓고 부모님께는 누나가 언젠지 몰라도 고양이처럼 살금살금 들어와 자고 있더라는 식으로 거짓말을 하는 수밖에 없다고 생각했다.

'명준이 형하고 무슨 일이 있었나…….'

초류는 밤늦게 명준이 형이 몇 번이고 자신에게 전화를 걸어 초미가 귀가했는지 물었던 것을 떠올리며 이렇게 생각했다.

초미가 유령 같은 걸음걸이로 방에 들어가고 얼마 지나지 않아 어머니 이은영 여사가 안방에서 나왔다.

"얘 안 되겠다, 경찰에 신고라도……."

라고 말하던 은영은 아들 초류의 까딱거림에 초미가 돌아와 제 방에 들어갔다는 것임을 알아챘다.

"얘! 윤초미."

화가 난 은영이 초미의 방문을 확 열어젖히며 소리쳤다. 초미는 이불을 머리끝까지 뒤집어쓴 채 자는 척하고 있었다.

은영의 소리에 안방에서 점잖게 기다리고 있던 아버지 윤정호 씨도 딸의 귀가를 확인하러 나왔다.

"아버지 아무래도 명준이 형하고 무슨 일이 있었나 봐요. 엄마한테 일단은 그냥 두라고 하시죠?"

초류가 이렇게 말하자 아버지는 표정 변화 없이 헛기침을 했다.

"흠흠, 여보. 애가 무사히 들어왔으니 이따 날 밝으면 얘기합시다."

그리고 못마땅한 표정의 아내를 다독이며 돌아서게 했다.

"윤초미 너 일어나면 두고 봐. 하유 놀래라 정말!"

이 여사는 졸이던 가슴을 쓸며 잠들기 위해 안방으로 건너갔다.

"누나, 잘 자."

초류의 음성이 이어지더니 방 안의 불이 꺼지고 문이 닫혔다.

"흑……."

어두워지고 혼자 남은 자신의 방에서 초미는 이불을 부여잡고 본격적으로 울기 시작했다.

자신을 감싸 주던 아버지와 걱정에 화를 내던 어머니, 그리고 평소엔 맨날 싸우다가 지금처럼 초미가 힘들어 보일 때 은근히 편이 되어 주는 남동생 초류까지.

　이렇게 가족이 소중해서 눈물이 나기는 처음이란 생각이 들었다. 그 어느 날보다 안락하고 따뜻한 자신의 이불 속이었다.

3화

나를 위한 투자

이렇게 긴장하면서 하루하루 살아 본 적이 있었던가.

오현은 자신이 느끼는 이 긴장감이 그녀에 대한 미안함 때문인지, 아니면 자신의 이름에 남겨질 오점에 대한 것인지 생각하고 또 생각했다.

다만 한 가지 확실한 건, 자신이 한 순진한 여성에게 상처를 주었다는 것이었다.

'주희 동기라니…….'

게다가 그 여자는 자신의 이복동생인 주희의 대학 동기였다. 이복동생 셋 중 그나마 우호적인 막내 여동생 친구와 이렇게 일이 꼬여 버린 것은 저주나 다름이 없었다.

그러나 자신에게 저주라고 생각하기 전에 초미가 괜찮은지를 우선 알아야 했다.

'먼저 전화를 해야 하나……'

오현은 주희로부터 초미의 연락처를 이미 받아 놓았지만 아직 전화를 걸지는 않았다.

그날의 일에 대해 한번 허심탄회하게 말할 기회가 아직 없었기에 답답했다.

곧 다가올 주희의 졸업식에 참석해서 초미를 만나 볼까 생각하다가 곧 실소하고 말았다.

배다른 여동생의 졸업식 따위 안중에도 없던 자신이 생각났고, 졸업식에서 자신을 맞닥뜨린 그녀가 기겁하는 모습도 충분히 상상이 되기 때문이었다.

'나와의 일 때문에 그 아이도 피해를 입어서는 안 돼.'

오현은 한숨을 쉬고야 말았다.

"후우……. 무슨 생각을 하고 있는 건가, 나도…… 그 애도."

그러고는 창 너머 하염없이 차가운 겨울 풍경을 바라보다가 아주 살짝 미소를 지었다.

초미는 그날 이후 결코 집 밖으로 나가는 일 없이 제 방에 틀어박혀 지냈다. 꼴이 우스워진 자신에 대해 스스로가 내리는 형벌처럼 그렇게 갇혀 지낸 것이었다.

"초류야, 너 뭐 아는 거 없니? 네 누나 왜 저런다니? 저 밥순이가 밥 먹는 꼴 좀 봐라."

이 여사가 초류에게 반도 더 남은 초미의 밥그릇을 보였다.

"모르겠어요. 그때 날 새고 집에 들어왔을 때부터 저렇게 저기 압인데, 틀림없이 명준이 형한테 차인 거겠죠 뭐. 안 그럼 누나한 테 고민거리가 뭐가 있겠어요?"

초류가 나름대로 의견을 내었다.

"초미가 명준이 하고 언제 사귀기라도 했었어?"

이 여사는 놀랍다는 듯 물었다.

초등학생 때부터 같은 동네에서 살아온 초미와 명준은 단짝이 었다.

초미와 명준은 늘 학급에서 1, 2등을 다투었고, 초등학생 때는 그렇게 투덕거리고 싸우더니 중고등학교 시절엔 독서실도 같이 다니고, 초미, 초류 남매와 함께 시험공부를 하는 일도 많았을 만 큼 친하게 지냈다.

하지만 이 여사는 초미와 명준이 대학에 합격하고 각자 성인이 되고 나서도 그냥 그렇게 지내는 것을 보고는 더 이상 둘의 관계 가 발전하지 않으려나 했다. 그리고 안도했다.

"아니지 엄마. 누나가 명준이 형을 일방적으로 좋아한 거지."

"뭐야? 야, 초미는 명준이가 지 스타일 아니라던데?"

"참나, 우리 엄마 뭘 모르시네. 누나가 원래 성격이 좀 유치하 잖아요. 좋아도 좋아한다고 말도 못 하고 폭력이나 행사했겠지. 틀림없이 명준 형 앞에서도 장군 짓 하다가 여자로 인정 못 받았 을 게 분명하다고요."

초류의 말에 이 여사는 다소 속이 상했다. 그녀 기준에 명준이 좋은 사윗감은 아니었다.

그래도 이 여사는 초미가 걱정이 되었다. 딸의 성격이라면 내일 졸업식을 앞두고 온 집안이 떠들썩하게 리허설을 하자고 졸라댈 것이었는데, 요 며칠 이건 비정상적으로 너무 조용했다. 이 여사는 구청에서 돌아오는 아버지 윤정호 계장의 힘을 빌리기로 했다.

"여보, 초미 방에 한번 들어가 봐요. 며칠 동안 밥을 뜨는 둥 마는 둥, 저러다 진짜 살 빠지겠어요."

"흠."

저녁에 귀가해서 궁금했던 딸의 컨디션에 대해 아내가 이렇게 말하자 그는 헛기침을 했다. 알겠다는 뜻이었다.

"흠, 초미 자니?"

초미는 아버지의 목소리에 부스스 몸을 일으켰다.

"아니요."

"오늘, 아버지가 직장에서 일이 손에 안 잡혀 큰 실수 할 뻔했다."

이 말에 초미가 아버지의 얼굴을 쳐다보았다.

"우리 딸이 전 같지가 않아서 걱정이 돼 일에 집중이 안 되더구나."

초미는 죄송스러운 마음에 고개를 숙였다.

그녀에게 아버지는 늘 큰 산 같은 존재였다. 가끔 너무 정직해서 피해를 보는 일도 있었고 어머니께 핀잔도 많이 들었지만, 인생에 중요한 일들 앞에서는 어느 학자보다도 더욱 진리에 가까운 말씀을 해 주시곤 하셨다.

'아버지는 나에게 조금이라도 나쁜 일이 생겼다는 것을 알면…… 너무 힘들어 하시겠지.'

초미는 아버지를 진심으로 존경하고 위해 드리고 싶었다. 최소한 실망은 시켜 드리고 싶지 않았다.

그러나 지금은 왜 이렇게 떳떳하지 못한 마음인지 초미는 자신이 밉고 상황이 미웠다. 그리고 거짓말은 바로 이런 때 필요한 것이라는 것을 깨달았다.

"별일 아니에요 아버지. 내일 졸업인데 아직 취직도 못 했고, 마음도 싱숭생숭하고……. 그날 술 한번 과하게 먹고 놀았더니 감기까지 와서, 그래서 지금 이런 거예요. 저녁은 맛있게 먹을 생각이었어요. 정말이에요, 아버지."

초미는 걱정하는 아버지의 마음을 조금이라도 편하게 해드리려고 이렇게 말했다.

"세상에서 가장 착한 우리 딸이 아빠한테 고민이 있어도 어디다 말로 설명할 수 있겠니. 다만 아빠가 하고 싶은 말은, 우리 초미가 힘든 일이 있을 때 항상 가족들이 곁에 있다는 걸 잊지 말았으면 하는 거란다. 취직도 걱정 너무 하지 마라. 좋은 과를 나왔으니 너를 위한 자리가 꼭 있을 거다. 우리 가족 힘을 합치면 너

하나 못 먹여 살릴까. 이 아버지도 아직 건재해. 허허."

초미는 자신이 아버지와 가족에게 걱정을 끼쳤다는 생각이 이제야 제대로 자각이 되어, 미안한 마음이 생겨났다.

'그러게요, 아버지. 힘을 낼게요. 내야 해요. 일단 저녁부터 맛있게 먹는 것으로 시작할게요.'

"어? 명준이 형."

밖에서 초류의 말소리가 들렸다. 명준의 이름에 초미의 얼굴이 당황함으로 번졌다.

아버지는 눈치를 채고 자리를 비켜 주기 위해 초미의 방을 나가려다 들어오는 명준과 마주쳤다.

"안녕하세요, 아저씨."

"흠, 그래."

아버지는 항상 그렇듯 과묵하게 명준의 어깨를 한 번 토닥이곤 안방으로 건너갔다.

침대 위에서 가슴까지 이불을 끌어올린 채로 앉아 있던 초미는 명준이 들어오는 데도 인사는커녕 아무 말도 하지 않았다.

하얀 니트의 목을 접어 입은 명준의 깨끗한 얼굴이 초미와 눈을 마주치기 위해 다가왔다.

왜 그랬을까……. 초미는 자신도 모르게 고개를 돌려 명준을 외면해 버렸다.

'내가 왜 명준이를 외면하고 있는 거지?'

초미는 자신의 행동에 생소함을 느꼈다.

"······얼굴 많이 상했다. 아팠어?"

외면하는 초미에 놀라 멈칫하던 명준이 말했다. 여전히 외면한 채 초미는 대답을 안 했다. 그녀의 머릿속은 대답 다음에 할 말이 준비되어 있지 않았기 때문이다.

"아팠냐고."

다그치듯 명준이 다시 물었다. 초미는 이렇게 명준과 함께 있는 것이 참으로 불편하기 짝이 없었다.

이상하게도 이제 그녀는 명준을 바로 보기가 어려워졌다. 무엇인가 지금까지와는 다른 감정이 명준을 향해 생겨났다. 더 이상 가깝지 않다는 느낌?

그리고 그날의 일을 주희가 명준에게 말했을까.

'다 알고서 온 거니?'

이렇게 생각하자 초미의 마음에 약간의 분노가 일었다.

자신의 마음도 몰라주고 다른 여자와 좋아서 히히대는 건 명준 쪽인데 왜 내가 이런 어지러운 마음을 가져야 하는 건지.

그녀는 화가 치밀어 오르면서도 표현할 수 없었다. 순간 슬퍼졌다.

성오현, 그 남자와 침대에서 일어났던 일들을 얼마나 반복해서 생각했던가. 정말 끝까지 갔었는지 죽도록 알고 싶었다.

그러면서 동시에 얼마나 괴로웠는지 모른다. 내 잘못이 아니라고 생각하면서도 자꾸만 떠오르는 죄책감을 죽어라 밟아 주고 싶은 심정이었다.

할 수만 있다면 시간을 거꾸로 되돌려, 자신과 명준 사이에 끼어든 주희까지 삭제하고 싶은 것이었다.

"바보. 나 좀 봐."

명준이 하는 말은 가끔 연인에게 하는 말처럼 들렸다. 초미는 이런 명준이 참 나쁜 놈이라는 것을 지금에서야 깨달았다.

그래도 고쳐지지 않을 고질병 하나. 명준을 보면 초미의 얼굴 근육들은 반사작용처럼 웃어 버린다.

그러므로 이번에도 다그치는 명준을 향해 할 수 없이 얼굴을 돌리면서도 초미는 희미하게나마 미소를 그렸다. 실로 지구 최고의 바보…… 윤초미였다.

"아픈 거 절대 안 어울려 윤초미."

명준은 살짝 옆으로 흘겨보며 농담처럼 말했다.

'전혀 모르는 건가, 주희가 말하지 않았나? 말을 했다면 어디까지 했을까? 주희가 본 건 그저 그 남자와 내가 같은 방에 있었던 것뿐인데……. 바보! 그러면 충분하잖아…….'

"생각해 보니 그날 양주를 석 잔, 아니 한 다섯 잔은 먹은 것 같아. 술병 났나 봐……."

초미는 술병에서 깨어난 지 한참 되었음에도 마치 지금도 머리가 아프다는 듯 이마에 손을 얹으며 말했다.

"내 이럴 줄 알았다 윤초미. 어쩐지 막 나간다 했다 내가. 이 자식아 네 주량은 네가 알면서 좀 조심 좀 하지. 안심 안 되는 녀석……."

명준은 초미의 머리를 마구 쓰다듬으며 말했다. 무엇이 그리 신이 나는지 걱정이라기보다는 장난스럽게 말하는 그가 초미는 정말로 밉고, 성가시고 싫었다. 그녀는 자신의 머리에서 그의 손을 조금은 거칠게 떼어 냈다.

"하지 마."

"……"

명준이 당황하고 있다는 것은 자명했다. 초미는 그런 그를 무시하고 말했다.

"뭐 좋다고 내가 그렇게 마셨나 몰라. 나하곤 상관도 없는 날이었는데."

"……뭐?"

"생각해 봐. 내 생일도 아니고, 취직도 못 하고 졸업하게 생겼는데 내가 지금 남들 커플 탄생에 축하하러 다닐 형편이냐고."

초미의 말투는 냉랭했다.

"야, 윤초미 너 그 말 되게 섭섭하다? 인마, 남이라니…… 그리고 주희를 소개시켜 준 건 너야. 네가 우리 사이의 오작교였다고, 안 그래?"

명준의 미간이 섭섭함으로 약간 일그러졌.

'그래, 소개시켜 줬다, 내가 그랬다고. 그런데…… 내가 설마 너희 둘이 사귀라고 그랬겠니? 둘이서 미래를 설계하라고 그랬겠냐고…… 오작교? 오작교 같은 소리하고 있네.'

이 생각에 초미는 또다시 대답을 하지 않았다. 주희가 친구 하자고 해서 어울렸다가 명준을 빼앗긴 자신이 그저 한심했다.

'이건 뭐, 전래 동화 수준이잖아. 명청한 동물이 영리한 동물에게 소중한 것을 보여 줬다가 빼앗기고 마는 그런.'

게다가 그 주희의 오빠와 얽혀 버린 사건의 실타래는 풀 수도 없을 지경이었고, 상처가 되어 가슴이 아렸다.

"악연이야……."

초미는 그 남자의 얼굴을 떠올리며 저도 모르게 중얼거렸다.

"뭐라고?"

명준은 방금 초미가 한 말이 자신이 잘못 들은 것 같아 되물었다.

"아니, 아무것도."

초미는 짧게 대답했다. 그녀는 명준이 자신의 이 혼잣말을 못 들었을 것이라 마음대로 생각해 버렸다.

게다가 오늘따라 명준이라는 존재가 너무나 부담스러웠다. 자신의 이런 마음이 일시적인 현상일 것이라 생각하면서 초미는 그만 명준을 보내야겠다고 생각했다. 더한 말다툼으로 이어지는 것은 원치 않았다.

"명준아 이제 좀 가 줘."

"……."

이번엔 명준이 대답을 하지 않았다. 초미는 명준이 화가 났다고 생각했다.

"피곤해서 그래. 내일 졸업식이니까 저녁 먹고 일찍 자려고……. 미안하지만 돌아가 줄래?"

초미는 최대한 서운하지 않게 말하려 했지만 역시 명준에겐 섭섭한 말이었나 보다. 명준은 멍해진 표정으로 "그래 내일 봐." 얘기하고는 초미의 방을 나오려 했다.

"명준아."

"어?"

"내일 보자니 무슨 말이야?"

"아, 내일 졸업식이잖아, 내가 네 녀석 꽃돌이 해야지."

명준은 주희도 있고 아르바이트도 있었지만 반드시 초미의 졸업식에 참석해서 오랜 친구를 축하해 줄 생각이었다.

"됐어, 나는. 주희나 챙기라고. 걔 좋아하겠네. 언제나 자기는 외롭다고 노래하더니 이젠 네가 있잖아……. 커플 선언…… 결혼 약속 다 축하해. 잘해 봐."

초미가 말했다. 별로 기뻐하는 기색 없이 말하는 그녀를 보며 명준은 또다시 기분이 이상해져 대답 없이 그녀의 방을 나왔다.

초미의 부모님께 인사를 드리고 현관을 나와 계단으로 내려가며 명준은 설명할 수 없는 기분에 휩싸였다.

한 번도 자신을 귀찮게 쳐다보는 일이 없던 초미가 방금까지 자신을 대하던 태도는 약간의 충격이었다.

'주희와 커플 선언을 한 것 때문에……?'

분명히 뭔가가 초미를 변화시켰다. 아주 근본적인 무언가가 변한 느낌인 것이다.

'나와 초미…….'

명준은 초미와 있었던 일들에 대한 생각으로 자신의 집으로 가는 길을 꽉 채웠다.

✻

"엄마 배고파요, 밥 줘요! 아, 바쁘다 바빠!"

졸업식 날 아침이 되자, 초미는 자신의 명랑 에너지를 다시 되찾은 듯 보였다.

까치집을 지은 머리를 하고 배를 벅벅 긁으며 나온 초류는, 누나 초미가 졸업식 참석을 위해 욕실과 자기 방을 분주히 왔다 갔다 하며 싱글거리고 있는 모습을 게슴츠레 쳐다보다 어머니 이 여사에게 가서 말했다.

"저거 왜 저래요? 타잔이 키우던 원숭이 새끼처럼?"

"에라이!"

이 여사는 대답 대신 초류의 머리를 사정없이 국자로 때렸다.

"아얏 엄마 아파요! 국자가 얼마나 위험한 흉긴 줄 아세요? 아우……."

초류는 눈물이 찔끔 날 정도로 정말로 아파서 머리를 손으로 싹싹 비비며 말했다.

이 여사는 초류에게 최대한 눈을 흘겼다.

"다 큰 누나한테 말버릇 좀 조심하지 못해?"

그러면서도 이 여사 역시 초미를 반쯤 걱정스럽게 바라보았다.

'저게 명준이한테 차이고 진짜 정신줄 놓은 거 아냐?'

이 여사는 이렇게 생각하는 것이었다.

'다행이다!'

초미는 속으로 안도의 만세를 부르고 있었다. 아침에 눈을 뜨자마자, 밤이 초미에게 준 선물처럼 그녀는 자신의 눈으로 여자라면 매달 하는 그것을 확인했다. 이로서 임신에 대한 공포는 일단 해결이 되었다.

손가락과 달력으로 수도 없이 날짜를 세면서 별별 생각을 다 했던 초미는 한 가지 걱정이 눈앞에서 사라지는 것이 보이는 것 같아 일단 마음이 놓였다.

'끝까지 갔었는지 물어보진 못했지만, 아무튼 임신은 아니야. 다행이야, 정말.'

그 사건으로 인해 초미는 갑자기 많은 생각을 하게 되었고 심한 감정 기복을 느끼게 되었다. 한꺼번에 마구 세월 속을 통과하는 느낌도 드는 것이었다.

'그래도 다행이야. 만약 임신이라도 되었어 봐. 그 남자하고 그렇게 더 엮인다면 정말 완전히 내 인생이…… 아, 나 정말 비겁하다! 그 사람은 몰랐던 거 확실해. 나를 완전히 잘못 알고 있었어. 모든 잘못이 그 남자에게 있다고 보기에는…… 내 잘못도 있다고 봐야 해. 아, 이것도 모르겠다!'

초미의 머리는 너무 많은 생각들로 꽉 차 현실을 구분 못 해

걷다가 벽에라도 부딪힐 정도였다. 생각해 보면 이 사건의 책임은 자신에게도 있었다.

'내게도 죄는 있어. 자포자기한 죄.'

그녀는 그에 대한 원망을 그만 잊어도 좋을지 모르겠다고 생각했다.

졸업식은 그냥 그랬다. 이미 일자리를 구한 친구들과 그렇지 않은 친구들 사이에 표정 차이는 분명해 보였다. 초등학교, 중학교, 고등학교를 졸업할 때와는 다른 책임감과 불안감이 공존하는 시간이었다. 모든 것이 끝났을 때는 지나간 시간을 잘 이용하지 못한 아쉬움이 크게 자리했다.

"자, 이제 마지막 사진이야. 김치! 아님, 치즈!"

초류가 카메라 셔터를 누름과 동시에 사진 속 초미의 표정이 굳었다. 명준이 아닌 주희가 그녀에게 다가온 것이었다.

"초미야."

"응, 주희야. 졸업 축하해."

초미는 최대한 자연스럽게 인사하려 애썼다. 이제 주희는 초미에게 고통의 존재가 된 셈이었다. 주희를 보면 명준이 떠오르고 이제는 오현까지 떠오르는 탓이었다.

"잠깐 얘기 좀 할까?"

주희의 표정은 그리 가벼워 보이지 않았다.

초미가 전날 좀 차갑게 굴었던 탓일까, 명준은 주희 곁에만 있

을 뿐이었다. 주희의 가족들과 할 말이 좀 있겠다 싶었지만, 친구
로서 초미에게 다가올 법도 한데 그러질 않았다.

　두 사람은 단과대학 건물 뒤쪽의 작은 잔디밭에 섰다.

　"무슨 일이야?"

　초미는 대충 짐작이 가는 마음으로 물었다. 가장 친한 친구도
아닌 주희와 지금 이 순간 매우 강하게 얽혀 버린 느낌이었다. 무
슨 운명 같은.

　"우리 큰오빠하고는 무슨 관계야?"

　"너의 오빠…… 관계?"

　그리고 '관계'라는 단어가 초미의 마음에 껄끄럽게 다가왔다.
그날에는 '접근'이라는 단어를 쓰더니……. 초미는 속물스러운
주희의 본색을 확인하는 느낌마저 들었다.

　"설마 모른다고 하진 않겠지?"

　"……."

　모른다고 대답해 버리고 싶은 마음이었지만, 막상 주희가 이렇
게 운을 떼니 할 말이 궁했다.

　'그래, 그 사람이 얘 오빠였어……. 이 일이 오랫동안 나를 괴
롭힐 것만 같아…….'

　"대답해."

　"뭘 말이야?"

　"우리 오빠하고 무슨 관계냐고."

　"내가 꼭 말해야 해?"

초미는 다그치는 주희에게 강한 반감을 느껴서 이 대화를 우호적으로 이어 가고 싶은 마음이 싹 사라졌다.

"그게 네 대답이야? 우리가 그래도 얼마간 친한 친구였는데, 우리 오빠하고 네가 어떤 식으로든 관계가 있었음에도 불구하고 내게 한 마디도 하지 않은 건…… 상식 이하의 행동이지 않니? 앙큼하게."

"하…… 앙큼? 방금 너 앙큼이라고 했니?"

"그런 식으로라도 우리 집안에 들어오고 싶었던 거야?"

"도대체 무슨 말을 하는 거야? 나는 네 오빠와의 그……. 그래, 관계를 너와 별로 말하고 싶지 않은 것뿐이야."

초미는 주희에게 그날 그녀가 본 장면에 대해 그럴싸하게 설명할 준비가 되어 있지 않았다. 무슨 일이 있어도 그와 벌어진 일을 사실대로 모두 주희에게 말하고 싶지는 않았던 것이다.

사실은 명준에게 보여 주려고 치장을 했고, 두 사람의 커플 선언에 속이 상해 술을 과하게 마신 것이 이 사건의 시작이었다는 것을 말하고 싶지 않았다.

거기다 오현과 한 침대에서 그렇게 되었지만 기절을 하는 바람에 끝까지 간 건지 기억이 나질 않는다, 라고 말하고 싶지도 않은 것이었다.

주희가 그냥 모른 척 넘어가 주면 좋을 것도 같았지만, 그러면 멋대로 상상할 가능성이 있었으므로 그건 더더욱 싫었다.

'그 남자와 말이라도 맞춰 놓았어야 하는 거야?'

초미는 이 상황이 기가 막혔다.

"우리 오빠하고 결혼이라도 할 거야?"

"뭐?"

초미는 진심으로 놀라 눈이 저절로 커졌다. 주희는 원래 작은 일을 크게 확대하는 경향이 있곤 했지만, 이건 너무 심했다.

"오빠 그럴 수도 있다고 하지만, 도대체 둘이 무슨 사이인 거야? 네가 원나잇이라니. 것도 우리 오빠랑……."

"아니거든!"

"그래! 우리 오빠 같은 사람이 너와 그러고 싶진 않았겠지."

"야……."

"그럼 언제부터? 어떻게 접근해서 우리 오빠 마음을 얻은 거야? 정말 결혼까지 생각한다고?"

"지금 무슨 소리를 하는 거니?"

"야! 넌 대답이나 해, 나한테 질문하지 말고!"

주희와 여태 알고 지내면서 이렇게 크게 흥분한 목소리는 처음 들어 본 것 같았다. 명준이 바람났다 해도 이보다 더 화를 낼까, 싶은 생각마저 드는 것이었다.

"더 이상 너랑은 대화 사절이야. 네 오빠부터 만나 봐야겠어."

마지막 말은 초미 저도 모르게 나온 말이었다. 그를 다시 대면해야 하는지 아직 마음이 정해지진 않았지만, 이렇게 되면 한 번은 만나야 할 것 같았다.

'결혼이라니…… 그 아저씨는 무슨 생각으로?'

졸업식을 마치고 어머니, 오빠들과 집으로 돌아온 주희는 화가 나서 핸드백을 침대에 던져 버렸다. 그러고는 아래층 거실로 내려와 차를 마시고 계시는 어머니 장진희 여사에게 가 앉았다.

"큰오빠는 내 졸업식인 거 알고 있었어요?"

"그저께 전화 왔기에 말은 했다만…… 기대는 말았어야지."

장 여사는 별일 아니라는 듯 차를 음미하고 있었다.

그러나 주희는 무척이나 화가 난다는 듯이 벌떡 일어서며 말했다.

"도대체 오빠는 뭐 하는 거예요? 여동생이 둘이에요? 정말……."

그러고는 끝말을 잇지도 못하고 다시 주저앉았다.

"넌 도대체 왜 그렇게 흥분하니? 오현이가 네 졸업식에 꼭 와야 한다는 법도 없잖아. 대신 진현이와 세현이가 참석했고 말이야. 너야말로 그 애들은 네 오빠도 아니니? 그보다 나는 이명준…… 역시 다시 봐도 탐탁치가 않더구나."

장 여사는 아까 졸업식장에서 본 명준을 떠올리며 말했다. 장 여사는 명준의 말끔한 외모나 주희를 눈멀게 했다는 매력들이 마음에 들지 않았다.

어쩌면 명준의 가정 형편을 알고 나서 그에 대한 편견을 가지게 되었을지도 모를 일이었지만, 영 마음이 찜찜했다.

자신의 딸 주희는 겉모습만 빛날 뿐 사실은 철도 안 들었고 순진한 소녀 같은 아이였다.

그에 비해 명준은 주희와 동갑임에도 불구하고 서른은 넘긴 듯한 속된 무언가가 있어 보였다. 장 여사 입장에서는 명준이 음흉하게 보이는 것이었다.

주희가 입버릇처럼 하는 말대로 둘이 정말 결혼을 하게 된다면 틀림없이 주희가 이용만 당하거나 휘둘리며 살 것이 불 보듯 뻔하다고 그녀는 생각했다.

딸에게는 좀 더 여유 있는 심성의 남자, 물질에 초연하면서도 그것을 이용할 줄 아는 그런 남자가 제격이었다. 마치 큰아들 오현처럼.

하지만 그러한 남자란 타고난 심성에 특수한 환경이 빚어낼 수 있는 확률 적은 경우의 수 같은 것이었기에 주희가 제 큰오빠만한 남자를 집안으로 데려오리란 것은 기대하기 어려웠다.

그게 안 된다면 장 여사는 적어도 주희가 넉넉한 집안에서 자라 유한 성격을 가진 상대자를 골라 오기를 바라고 있었다.

"그래도 역시 난 섭섭하단 말이에요, 큰오빠 정말 나빠⋯⋯."

막내인 티를 내려고 투정을 부리듯 주희는 말했다. 일전의 커플 선언 파티에서 주희는 〈갤러리〉의 사장인 큰오빠 오현을 만나길 기대했었다. 주희는 오현을 초대해 놓고 기다리고 있었던 것이다.

"너도 그렇고 네 아버지도 그렇고 왜들 오현이한테 매달리는지 알 수가 없구나. 난 그 애 싸늘한 분위기가 영 싫은데."

"엄마는 그렇겠죠. 오빠가 냉정한 구석이 있고 엄마한테 아부를 안 하니까."

"넌 나를 뭘로 보는 거니?"

"아빠가 두 오빠들한테 소홀할까 봐 겁나는 거잖아요."

"말이야 바른 말이지, 오현이가 네 아버지 도운 적이 몇 번이나 있니? 아버지 사업에 관심도 없고 집에도 잘 들르지도 않고, 경제 사무손가 뭔가 하겠다고 오히려 아버지 회사 씹어 대는 칼럼이나 쓰고……. 진현이, 세현이는 밤낮으로 네 아버지 보필하느라 골머리가 아픈데 말이야."

"오현이 오빠 직업이 그거고 꿈이 그건데 어떡해요. 그렇다고 싫어하는 나이트클럽 사장 자리에 강제로 앉힌 아버지도 잘하신 건 없어요. 옆에서 부추긴 엄마도 그렇고."

"넌 도대체 누구 편이니?"

"가족끼리 누구 편이 어디 있어요? 그냥 사실이 그렇다는 말이에요. 아이, 몰라! 큰오빠 섭섭해!"

주희는 아이처럼 어깨를 흔들며 위층으로 올라가 버렸다.

"저 계집애……."

장 여사는 딸의 뒷모습에 눈을 흘기며 다시금 오현의 존재감이 주변 사람들에게 미치는 영향력이 크다는 것을 알게 되었다. 딸이 방금 한 말들에 장 여사도 마음으로는 공감하기 때문이었다. 그리고 그것은 자신의 친아들들인 진현, 세현에게는 불리하게 작용할 것이 분명했다.

＊

　졸업식이 끝나고 집으로 돌아온 초미는 한참을 책상에 앉아 인터넷을 뒤졌다. 그리고 한참 후에 "찾았다!" 하고 소리쳤다.

　초롱초롱 윤초미의 눈에 들어온 것은 인터넷 유학 안내 사이트의 한 제목이었다.

　미국, 내일 당장 떠날 수 있다!

　"제목이 좀 신뢰가 안 간다만……. 그래. 가자, 가는 거야……."

　중얼거리는 그녀의 목소리에는 비장함이 가득했다. 그리고 결심이 서자, 왼손으로 주먹을 불끈 쥐는 것이었다. 옆에 있던 휴대전화가 기다렸다는 듯이 울렸다.

　"누구지?"

　자신이 내린 결정에 흥분한 초미는 모르는 번호를 보고도 고민하지 않았다. 그리고 건너편 상대방의 목소리를 들었을 때, 그녀의 표정은 완전히 굳어 버렸다.

　— 윤초미 씨?

　"네."

　목소리를 듣는 순간, 확실히 알 수 있었다. 밤새 실랑이를 벌이며 전쟁을 치른 사람, 그 남자 오현이었다.

— 연락을 기다리다가…… 내가 먼저 했어요.

"……."

— 우리 한번 만나야 하지 않을까요?

"그런가요."

조금 비꼬는 듯한 말투로 대답한 초미는, 주희가 한 말이 생각나서 마음을 고쳐먹었다.

"만나야겠네요, 저도 할 말 있고요."

— 그래요. 그럼 그때 그 호텔에서 오늘 저녁 만납시다.

"아뇨, 거기는 싫어요. 저 잘 가는 카페 있어요. 위치 문자로 보낼게요."

— ……좋을 대로 해요.

전화를 끊고 나서, 초미는 자신의 생각 가닥을 하나하나 잡기 시작했다. 생각을 잘 정리하면 그에게 할 말도 일목요연해질 것이다.

"그래……. 여기서 내 인생 1막을 내리는 거야. 다시 시작하는 거라고."

초미는 중얼거렸다. 그녀는 오현과의 오늘 만남 한 번으로 모든 것을 끝내리라 마음먹었다.

초미가 알려 준 카페에 앉아서, 오현은 휴대전화를 다시 한 번 확인했다. 20분이나 먼저 도착한 것은 혹시나 약속 시간에 늦지 않기 위함이었다.

그녀가 알려 준 카페는 그에게는 초행길이고 조금 외진 곳에 있었지만, 전과는 다른 느낌이 좋았다. 마치 초미를 처음 만났을 때처럼.

'그 아이를 닮은 카페로군.'

카페는 평범했지만 더할 나위 없이 편안한 느낌을 주는 곳이었다. 자연주의를 표방한 것 같은 카페의 내부는 벽이며 바닥이며 천장이 모두 원목이었다.

하지만 밝고 세련된 색이 아니라 오래된 나무 본연의 색을 그대로 빌려 온 것이라 인테리어 자체는 산장에 들어온 듯한 기분을 들게 하는 것이었다.

그래도 소파만큼은 산장과는 다르게 너무나 푹신하고 안락했다.

'상대가 편한 사람이라고 생각해 버리면 곤란하지.'

오현은 자신의 생각을 고쳐 잡으며 창밖을 바라보았다.

잠시 후, 약속 시간에 맞추어 골목으로 접어드는 초미가 그의 시야에 들어왔다. 비록 어둠이 내리기 시작한 시간이었지만, 그는 멀리서도 그녀의 모습을 확실히 알아볼 수 있었다.

아니, 직감적으로 느껴졌다 말하는 것이 더 자연스러울 것이다.

멀리서부터 점점 가까워지는 그녀를 보면서, 그는 그날 밤 보았던 그녀의 모습과 완전히 다른 느낌에 놀라워했다.

"지금 이것도 내 진짜 모습은 아니야!"

춤추면서 이렇게 외치던 처절한 그 눈빛이 생각났다.

딸랑거리는 소리와 함께 그녀가 카페 안으로 들어왔다. 한번 실내를 죽 둘러본 초미는 오현이 앉아 있는 자리를 금방 알아봤다.

'내 기억보다 훨씬 깔끔한 모습이네. 하긴…… 술에 완전히 절임이 된 상태에서도 잘생겼다고 느꼈으니까.'

"……."

그녀가 다가왔을 때, 오현은 자리에서 일어섰다.

말끔한 남색 정장에 폭이 좁은 붉은 계통의 넥타이는 그의 큰 키를 돋보이게 해 주고 있었다.

남자다운 큰 눈과 우뚝한 콧날은 얼굴의 균형을 아주 잘 잡아 주고 있어서 살짝 그녀의 호감을 샀지만, 굳게 다문 입술에서 우러나오는 무게감이 어쩐지 잘난 척하는 것만 같아 다시 반감을 샀다.

"왔어요."

"네."

"이리로."

"네."

건조한 인사를 나누고, 자리에 앉자 오현이 미리 주문한 커피가 나왔다. 두 사람은 한동안 말을 꺼내지 않았다.

초미는 머릿속의 생각은 정리했으나 어떻게 말을 꺼내야 할지 몰라 망설이고 있었으며, 오현은 초미가 먼저 말을 꺼내기를 기다리고 있었다.

"연락을 기다리고 있었어요."

결국 그가 먼저 말문을 열었다.

"왜요?"

"뭐…… 그냥…… 우리가 그냥 넘어가기에는 일이 커서."

"그렇다니 다행이네요."

"무슨 뜻입니까?"

"그 일을 그렇게 크게 생각해 주시니."

초미는 자꾸만 빈정거리게 되는 자신의 말투가 마음에 들지 않았지만, 입 밖으로 말이 나가는 것을 제어하기가 힘들었다. 어쩐지 자신의 인생이 이 남자 때문에 너무 변해 버렸단 생각이 들어 문득문득 화가 치밀어 오르는 탓이었다.

아주 작은 한숨을 뿜어내고 오현은 말했다.

"사과를 하고 싶었어요. 그리고 변명 같지만 그날의 내가 평소와는 완전히 다른 놈이었다는 말도 하고 싶었고."

"상관없어요."

초미는 재빨리 그리고 또렷한 목소리로 대꾸했다. 그리고 정말로 '상관' 없었다. 이젠 더 이상.

'내 처녀성이 사라졌냐고 묻지 않겠어. 그런 바보 같은 질문을 하진 않을 거야. 그건 중요하지도 않고, 자칫하면 주희에게 말이 새어 나갈지도 모를 일이야. 육체가 어떻게 바뀌어도 나는 나야. 난 나를 새로 태어나게 만들 거야. 예전의 어리바리한 윤초미는 이제 없다고.'

"그날 웨이터가 사교 클럽에서 보내온 아가씨와 그쪽을 혼동했나 봐요. 하긴 나도 그랬으니……. 그 휴대전화에 뜬 이름을 보고."

초미는 그날 자신의 휴대전화 액정에 뜬 '방 마담'이라는 글자를 떠올렸다. 실제로 그것은 친구 혜준이었지만, 오현의 입장에서는 진짜 어느 클럽의 마담이라 여길 수도 있었을 것이다.

"그리고 초미 양도 많이 취해 있었고, 그래서 오해를……."

"취했으니 당해도 싸다고요?"

"아니, 절대 그런 뜻은 아니에요."

오현은 즉각적이고 강경하게 대답했다. 그는 그녀의 의견을 존중하는 태도를 보여 주고 싶었다.

하지만 그녀 입장에서는 그것이 잘난 척하는 것처럼 보일 뿐이었다.

"모든 것은 오해고 그날은 아저씨도 평소와는 다른 날이었기 때문에, 하필이면 저한테 걸려서 낭패를 봤다는 건가요?"

"그런 뜻은 아니에요, 말했다시피."

초미는 잠시 침묵했다. 이 대화를 다분히 감정적으로 몰아가는 자신을 발견했기 때문이었다. 시종일관 침착하고 진지한 태도를 유지하는 오현과는 달리, 초조함을 그대로 드러내며 대화에 임하고 있다는 느낌이 싫었다.

커피를 한 모금 마시면서 생각을 다듬은 후, 그녀는 말했다.

"그래서 이제 어떻게 했으면 좋겠어요?"

"그 질문을…… 사실은 내가 하고 싶어서 보자고 한 거예요. 초미…… 씨는 이번 일을 어떻게 정리했으면 좋겠는지, 내가 어떻게 보상을 해드려야 하는지."

"하, 보상요? 그 단어 참 거슬리네요."

"아, 기분이 나빴다면 미안해요. 내 입장에서는……."

"어떻게 보상하실 건데요? 돈요? 고소할까요?"

고소라는 단어에 그는 조금 예민한 표정을 지었다.

"고소라……. 하긴 결례라고만 하기에는 너무 큰 실수였죠……. 마음을 상하게 할 의도는 아니었어요."

"마음은 이미 상했고요, 돈으로 해결할 생각을 하실 수도 있다고 생각해요. 주희 오빠라면서요. 그럼 돈 많다는 건 알겠어요. 하지만 그것보다 다른 걸 부탁하고 싶어요."

"……."

오현은 초미의 얼굴을 바라보며 아무런 말도 하지 않았다. 그녀가 느끼기에도 좀 집요하다 싶을 정도로 그녀의 얼굴을 바라보고 있었다.

"다행이군요."

그가 말했다.

"뭐라고요?"

"공격성이랄까, 전투력이 느껴진다고나 할까……. 무너지지 않은 것 같아서 정말 다행이에요."

"무너져요? 제가요? 아니, 왜요?"

"그래서 다행이라는 거예요."

'뭔 소리야……'

초미는 오현이 하는 말에 말려드는 느낌이 들었지만 그리 불쾌하지만은 않았다. 그의 말투에서 진심을 느꼈기 때문이었다.

"전 이 자리에서 오래 이야기하고 싶진 않아요. 다만 아저씨가 주희 오빠라는 걸 알고……."

"이름 불러 주면 고맙겠어요."

"내 맘이에요."

"호칭은 상대방이 원하는 대로 불러 주는 게 매너예요."

"아, 네! 오현 아저씨, 오현 씨……. 내 참, 뭐든 간에…… 결혼 얘기는 뭐예요?"

"결혼?"

"주희가 완전히 화나서 나한테 쏘아붙이는데 너무 황당했어요. 둘이서 나를 꽃뱀 취급한 거 맞죠? 그러고 보니 정말 둘 다 똑같아. 오빠나 여동생이나 뭐든 자기 위주로 생각하고 뭐든 다 돈으로만 해결하려 하고."

"주희 친한 친구라고 알고 있었는데…… 사이가 나쁜가 보군요."

"후우."

초미는 주희와의 지난 일들을 떠올리며 한숨을 쉬었다. 그리고 다시 말했다.

"주희와 내 사이가 어떤지 말하려고 나온 거 아니니까 이 얘긴 그만하죠. 거두절미하고 두 사람 모두 다신 안 보고 싶어요. 그게 내가 오늘 여기 나온 이유예요."

"……."

"그게 제일 큰 보상이에요."

"의외군요."

"하지만 다행이죠?"

"그렇게 생각하진 않아요."

오현은 아주 강한 말투로 초미의 말을 부인했다.

"나 그렇게 나쁜 놈은 아니에요. 친절한 놈이 못 되서 그렇지."

"여자를 돈 주고 사려 했던 건 나쁜 놈들이나 하는 짓이라고 생각해요."

"내 인생 최고의 실수가 될 뻔한 일을 초미 씨가 막아 준 것 같아요."

"네? 제가 뭘 막아요?"

"……."

갑자기 오현이 침묵을 했다.

'잘난 척하며 앉아서 이상한 말을 하고 있어.'

초미는 의심과 탐색의 눈으로 그를 바라보았다. 굳은 표정의 오현은 여전히 말이 없었다. 그녀는 대화의 주도를 잡은 것처럼 자신 있는 표정으로 다시 말을 이었다.

"지금 저는 시간과 비용을 완전히 절약하는 방법을 말씀드렸어요."

"시간과 비용으로 이번 일을 해결할 생각은 추호도 없었어요."

"참나…… 자존심이 엄청 나시군요……."

초미는 혼잣말처럼 상대방을 비꼬며 시선은 딴 곳으로 향했다. 그러다가 뭔가 생각이 난듯 눈을 동그랗게 뜨고 말했다.

"아 정말, 잊을 뻔했다. 결혼 얘긴 진짜 뭐예요? 왜 그런 말을 했냐고요."

결혼을 해야 할 무슨 짓을 했다는 걸까. 잃어버린 기억의 조각을 찾던 초미는 그것이 궁금했다.

하지만 오현의 대답은 그녀의 궁금증을 풀어 주기엔 역부족이었다.

"아, 그거. 주희가 하도 귀찮게 물어봐서, 그럴 수도 있다고 해 버렸어요. 그 애가 좀 귀찮은 구석이 있어서."

건성으로 대꾸하는 오현의 말이었지만 주희에 대한 공감대가 형성된 것 같아, 약간의 속이 뻥 뚫리는 기분이 들었다.

'내가 이럴 때가 아니지! 얼른 할 말 하고 일어나자.'

"아무튼 입단속 부탁하려고 나온 거니까, 헛걸음이 아니었길 바라요. 우리 이제 만날 일 없는 사이예요."

"그럼 주희에게는 그날 만나 그날 헤어진 사람들이라고 설명할까? 아니, 할까요?"

"아뇨! 그냥…… 그냥 좀 만났다가 싫증 나서 그날 헤어진 걸로 하세요!"

"엄청난 아가씨로군. 혹시 이런 게 전문인가?"

"이것 보세요!"

아무리 애써도 초미는 자신이 화를 낼 수밖에 없다고 생각했다. 사람이 이렇게까지 화를 돋울 수 있다니.

"정말 경찰서 가서 콩밥 먹어야 정신을 차리시겠어요? 내가 그날 이후 하루하루를 어떻게 보냈는지 아세요? 충격으로 마음이 얼마나 심란했는지 당해 보지 않은 사람은 모르죠."

명준에 대한 마음에 자신감이 사라진 것은 이제 더 이상 주희 때문만은 아니었다. 오현과의 일이 명준에 대한 마음을 완전히 접게 만든 것이었다.

"그 심리적 부분에 대해 나도 대가를 치르고 싶은 거예요. 책임을 진다고 해도 좋고."

오현이 대답했다.

초미는 말을 잃고 심각한 눈빛으로 그를 쳐다볼 뿐이었다.

오현의 말투는 신념이라는 것이 가득 찬 힘 있는 것들이어서 그냥 가볍게 무시할 수가 없었다.

"혹시 나를 용서하는 겁니까?"

그가 물었다.

"……."

초미는 또다시 아무런 말도 하지 못했다.

"정당한 이유 없이 그냥 용서하는 건 어리석은 짓이에요. 분명히 나중에 큰 후회로 다시 돌아오니까."

"······잠깐만 생각할 시간을 주세요."

초미가 이렇게 말하고서 두 사람은 본의 아니게 서로를 쳐다보기만 하는 시간을 갖게 되었다. 초미는 오현을, 오현은 초미를 서로 말하지 않으면서도 서로의 생각을 추측할 수가 있을 것만 같은 기분이었다.

"세 가지 이유로 이 일을 덮고 싶어요."

이번엔 초미가 침묵을 깼다.

"말해 봐요."

오현은 초미의 다부져진 얼굴 표정을 보며 새로운 활력소를 접하는 기분이 들었다.

"첫째, 내가 판단하기에 그날 밤 성오현 씨는 고의로 내게 그러진 않았어요. 이건 그때도 느꼈고, 지금도 그렇게 생각해요. 그러니······ 고소 같은 건 하지 않을래요."

"······."

"그리고 두 번째. 이 일에 내 친구가 있어요. 일을 크게 만들어서 그 애가 모든 것을 알게 되는 것이 죽을 만큼 싫어요. 어쩌면 이게 가장 큰 이유일 수도 있을 만큼 제겐 자존심을 건 중요한 문제예요, 됐죠?"

그녀의 말에 오현은 동감한다는 뜻으로 고개를 한 번 끄덕였다.

"그리고 세 번째 이유를 오현 씨가 만들어 주셔야 해요. 지금 말이에요."

"얼마든지."

"진심 어린 사과를…… 받고 싶어요."

"……."

오현의 가슴속에 무언가 트이는 느낌이 들었다. 가슴 한가운데 남아 있던 감정의 찌꺼기들이 아래로 쑥 내려가는 그런 기분이었다. 이상한 것은 앞에 앉은 초미와 상관없던 감정들까지도 함께 내려가는 것만 같았다.

"정말 미안합니다. 진심으로 사과할게요."

이렇게 말한 오현은 고개를 조금 숙였다.

"네……. 된 것 같아요. 갈게요. 안녕히 계세요."

미련 없다는 듯 초미는 자리에서 일어섰다. 자리를 떠나기 전, 그녀는 한마디를 덧붙였다.

"그날 밤부터의 일들이 제겐 큰 의미가 있었다고 말씀드리고 싶어요. 잘은 모르겠지만 그때의 일로 성오현 씨 때문에 내가 무너질 것 같진 않아요. 그러니 더 이상 마음에 두지 않으셔도 돼요. 이 말씀 꼭 드리고 가야 할 것 같네요. 그럼 안녕히 계세요."

오현을 남겨 두고 초미는 일어서서 걷기 시작했다.

그녀가 마지막으로 본 그의 얼굴에선 약간의 허무함을 느꼈다. 초미는 그의 표정이 자신의 마음을 조금은 달래 주는 것 같았다. 지금 이 자리에 없는 주희에게조차 한 방 먹인 느낌이랄까.

이것으로 모든 것이 끝이 난 기분이었다.

'다시 태어나자.'

초미는 스스로에게 이렇게 다짐하면서 카페를 걸어 나왔다.

이제 태양은 완전히 자취를 감추었고, 서울 하늘로서는 드물게 빛나는 별들이 가득했다.

❋

순아는 완전히 배신당한 느낌이었다. 졸업식을 치르고 보름 만에 친한 친구 둘이 자신을 떠난다는 생각에 눈물이 앞을 가릴 지경이었다.

"울지 마 순아야. 네가 유학 가니?"

곁에서 혜준이 핀잔을 주었다.

"윤초미 너 미친 거 아냐? 어학연수를 가려면 학교 다닐 때 미리미리 좀 갔다 오든가. 뭐야, 남의 뒤통수나 치고……."

순아는 울먹이며 말했다.

혜준은 졸업 전에 이미 항공사에 취직이 된 상황이었으므로 다가오는 월요일부터 신입 사원 연수에 들어가게 되어 있었다. 이래저래 순아는 자신만 남겨진 기분이 들었다.

"암튼 누나를 누가 말려. 건강하게 다녀와야 해."

초류가 말했다. 초류도 2주 후면 스물두 살의 나이로 군에 입대하기로 되어 있었다.

어머니 이 여사는 남동생의 입대를 뻔히 알면서 유학을 가겠다는 초미의 결정이 너무 서운했던 나머지 몸살까지 걸렸고, 도저히 공항으로 딸의 배웅을 나올 수가 없는 상황이었다.

아버지 역시 믿는다는 말과 함께 자신의 일터로 정상 출근을 하셨다.

특히 아버지가 보여 준 딸에 대한 믿음은 초미가 일생 동안 절대 잊을 수 없는 것이었다.

아버지는 초미의 결정을 묵묵히 듣고만 있다가 며칠 후, 자신의 쌈짓돈을 틈틈이 모아 만든 통장을 내밀었다.

초미는 비행기 값만 어떻게 얻어서 열심히 일하며 공부할 생각이었지만 아버지는 먼 타국으로 공부를 하러 가겠다는 초미를 그렇게 처량하게 보내고 싶지는 않으셨던 모양이다.

졸업 전에 그의 고집으로 외국행을 허락하지 않았던 딸에 대한 미안한 마음도 작용했을 터였다.

"잘 다녀와, 윤초미."

명준이 건넨 인사였다. 초미는 명준을 막상 이렇게 마주하고 보니 자꾸만 가슴이 뛰고 코끝이 찡해졌다.

'이 자식은 모르겠지, 내가 오늘의 유학을 감행하는 까닭도 알고 보면 다 저 때문이란 걸.'

물론 이것은 초미의 과장된 생각일지도 모른다.

하지만 지금 그녀에게 이 유학은 인생을 다르게 살아 보자는 자신의 결심을 실천하는 첫 단계였고, 그 결심엔 분명 명준이 있었다.

좋아하면서도 말하지 못했던 어린 시절로부터 이어 온 사랑. 비록 다른 사람에게 빼앗겼지만 다시 되찾을 수 있을 것만 같았던 명준이었다.

그리고 오현과의 잊지 못할 사건으로 인해 갑자기 생겨난 자기 개혁에 대한 의지까지. 이 모든 것들이 지금의 그녀를 만들었던 것이다.

'착하게만 살면 다 잘될 거라고 생각한 안일했던 예전의 나를 버리기로 한 거야.'

이렇게 생각하면서 초미는 피식 웃었다.

언젠가 이런 상상을 한 적이 있다. 명준은 계속 대학에 남아 공부를 하고, 자신은 취직을 하는 것이다. 그러면 이렇게 말하려고 했다.

'명준아, 너 나한테 장가와라. 이 윤초미가 먹여 살려 줄게. 공부도 시켜 주고.'

그러다가 명준이 졸업하고 취직을 하면 두 사람의 경제적인 면은 개선이 될 것이고, 그 다음은 두 사람을 닮은……

"피이, 내 참! 하하."

초미는 다른 친구들과 남동생이 보는 가운데 명준을 마주 보고 서 있으면서도 스스로가 유치해서 터져 나오는 웃음을 참을 수가 없었다.

"야, 윤초미. 뭐냐?"

명준이 이렇게 말하는 순간, 초미의 마음속에 큰 해방감이라는 구름이 피어나는 것이 느껴졌다. 그리고 숨겨 왔던 말을 할 수 있는 용기도 아울러.

"야, 이명준. 내가 너 좋아한 거 알지? 아니, 친구 말고, 남자로…… 말이야."

그녀는 담담하게 그리고 미소를 머금고 말했다. 그녀가 눌러쓴 오렌지색 야구 모자와 잘 어울리는 밝은 미소였다.

하지만 명준은 확실히 당황한 기색이었다.

"……뭐?"

"대답해. 알아, 몰라?"

"그게 뭐, 조금은……."

그는 흥미진진한 표정으로 두 사람을 지켜보고 있는 혜준과 순아 그리고 초류의 시선을 느끼며 초미를 바라보았다.

"알았단 말이지? 나, 쁜, 놈. 그러고도 주희한테 가냐?"

"야…… 그건……."

"됐어, 주희가 더 좋았나 보지."

"……."

"쫄지 마. 네 탓하는 거 아니고, 곤란하게 만들 생각도 없어. 나 지금 떠나잖아. 거기서 적어도 1년은 안 돌아오고 열나게 공부할 거라고."

"그……그래. 무슨 말을 해야 할지 모르겠다, 솔직히……. 인마."

"아무 말 안 해도 돼."

초미는 망설이다 곧 다시 말을 이었다.

"내가 돌아왔을 때, 혹시나 네가 혼자라면…… 뭐, 주희하고 잘못되라고 비는 건 아니고. 혹시나 말이야…… 혹시 그런 일이 생긴다면 내 생각도 좀 해 줘."

속이 시원했다. 하고 싶은 말을 한다는 것이 이렇게 후련할 줄은 미처 몰랐던 초미였다.

"그…… 그런……."

"대답 안 해도 돼. 난 그저 하고 싶은 말, 내 솔직한 마음을 말했어. 이걸로 난 됐으니까. 이러다가 1년 후에 너보다 몇 배 멋진 남자 친구랑 함께 귀국할 수도 있어."

활짝 웃으며, 초미는 커다란 여행 가방의 손잡이를 다잡았다. 그리고 모두를 시선으로 아우르며 씩씩하게 말했다.

"이제 갈게. 잘 있어, 애들아. 그리고 내 동생 초류야."

속으로 '초미 잘한다!'를 외치던 혜준이 격앙된 목소리로 답했다.

"그래, 기지배. 잘 다녀와. 건강해야 돼!"

"누나, 도착하면 연락해!"

초류는 자신이 듣고 본 것이 아직도 신기했다. 정다운 사람들의 인사를 뒤로하고 초미는 천천히 뒷걸음질 치면서 몇 번 더 손을 흔들었다.

"그래, 그럼 모두 안녕!"

초미는 이내 휙 돌아서 가방을 빠르게 끌며 뛰어가 버렸다.

뛰면서 생각했다.

'그래, 잘했어. 이것으로 윤초미 인생 1막이 내리는 거야! 좋은 나는 그대로 살리고 나쁜 나를 버리고 올 거야! 진짜 '나'를 찾을 거야!'

슬픔이 아닌데도 눈물이 났다.

그리고 5년이란 세월이 누가 집어먹은 떡처럼 훌쩍, 지나갔다.

4화
존재감

제목 : 초미 님이시다

드디어 결혼하는구나, 축하해!

비행기 값은 다 모았어. 고생은 정말 많이 했지.

긴축재정 하느라 너에게든 누구에게든 전화 못한 지는 꽤 되었단다.

네 메일 읽고도 답장 너무 늦어서 또 미안. 변명하자면 내 여건이 인터넷을 자주 접할 수가 없었어. 한국은 인터넷의 천국이라고. ^^;

며칠 후면 서울로 가게 되겠지만 네가 결혼하는 모습을 볼 수 있을까 싶다.

역시 나는 네 녀석이 결혼하는 모습을 보는 게 좀 많이 어색해서 말이야. ^^

솔직히 말하자면, 그동안 주희하고도 사이가 좀. ^^; 하지만 정말로 축하해! 내 마음 알지?

내가 이제 집으로 돌아가도 이웃에 네가 없을 걸 생각해 보면 확실히 세월은 흘렀고 우리도 많이 변했구나 싶다.

이사를 간 건 네놈이니까, 언젠가 우리 집에 인사를 하러 오도록 해라. 캬캬캬.

여하튼 나는 며칠 후엔 서울에 있게 될 거야. 그러면 언젠가 한 번은 얼굴 보도록 하자. ^^

안녕! 그리고 다시 한 번 축하해!

— 너의 왕초, 윤초미

"……."

주희는 모니터에 펼쳐진 초미의 메일을 뚫어져라 노려보고 있었다.

역시 이명준…… 초미하고 여태껏 연락이 오간 게 틀림없었던 것이다. 언제까지 초미의 망령을 붙잡고 씨름을 해야 하는 건지.

주희는 절대 명준을 초미와 나눠 가지고 싶지 않았다. 특히 그의 마음은 더욱.

✻

5년이란 세월은 사람에 따라서 길 수도 짧을 수도 있는 세월일 것이다.

초류 같은 경우에는 제대 후 1년간 아르바이트로 학비를 벌다 현재 대학 졸업반이 되었다.

초미는 초류가 한국에서 고군분투하며 살아가는 동안 단 한 번도 돌아오지 않고 오직 공부에만 매진했다.

초미의 가장 친한 친구인 혜준과 순아는 예전만큼 자주 만나지는 못했다.

초미가 미국으로 떠나고부터 각자 무엇이 그리 바쁜지 시간을 내기가 힘들었던 것이다.

직장 생활, 진로 문제, 결혼 문제……. 그녀들에게는 주변 모든 것이 다 문젯거리였다.

모두가 각자 나름대로 지난 5년 동안 시행착오를 반복하며 그렇게 녹록치 않은 사회생활을 해 오고 있었다.

오랜만에 만난 순아와 혜준은 햇볕이 잘 드는 커피숍 창가에 앉아, 그동안에 선본 얘기며 이런저런 이야기들을 나누고 있었다.

순아는 앞에 놓인 식빵을 죽죽 찢으며 문득 생각이 난 듯 말했다.

"초미 그 독한 계집애, 이제 얼굴도 생각 안 난다. 어떻게 5년 동안 한 번을 안 오냐?"

"이해해야지 뭐. 원래 1년 있다가 돌아온다고 했는데 비행기 값이 없었다잖아. 정말 윤초미답지 않냐?"

"그것보다는 다른 이유가 있었을 거 같아, 난."

가끔 연락을 해 보아도 공부한다는 소리만 반복하는 초미가 낯설었다. 초미가 큰 목적의식을 가지고 생활하고 있다는 것만은 분명히 알 수 있었다.

"초미, 정말 순둥이 중에 순둥이인데…… 이상하게 없으니까 허전하다. 존재감 정말 대단하지 않니?"

"순아 넌, 초미가 그렇게 보고 싶니?"

"너처럼 차가운 여왕님보다는 훨 인간미 흐르잖아? 호호……. 야, 이렇게 말하고 보니 더 보고 싶다, 얘!"

"그래도 이번에는 돌아올 수밖에 없겠지. 이명준이 드디어 결혼을 하니까."

혜준이 의미심장한 목소리로 말했다.

"이명준이 결혼하다고 돌아오는 건 아닌 것 같아. 나도 초미만큼 허술한 인간이라 아는데 5년이나 시간을 보내고, 옛 친구가 결혼한다는 소식에 돌아온다는 건 아닌 것 같다고."

"초미에게 남은 감정이 없을 거란 얘기야?"

"조금 있을 수도. 하지만 전 같지 않을걸."

"그래…… 나는 내가 초미였다면 애초에 정리했을 거라 생각하지만, 내가 또 초미가 아니라서 그 마음을 다 이해할 순 없다고 생각했어."

"혜준이 너처럼 이성적인 인간이 아니더라도 정리할 건 정리할 줄 안다고, 우리 종족도."

"너희 종족?"

"그래, 쓸데없을 만큼 인정 넘치는 우리 종족."

"웃겨."

혜준은 픽 웃으며 커피를 마셨다.

그렇게 두 친구는 초미를 그리워하며 기다리고 있었다.

새벽 3시. 명준에게는 이렇게 늦게 전화를 한 것에 대해 핀잔을 주었지만, 주희는 그가 피곤함에도 불구하고 찾아온 것이 기뻤다.

옷을 챙겨 입고 그녀는 잠든 집안 식구들 몰래 살금살금 밖으로 나갔다.

"왔어?"

차 문을 열고 조수석에 올라타는 주희를 보며 명준이 다정하게 말했다.

그러나 주희는 오늘 무언가에 화가 난 듯 대답도 하지 않고, 시선도 짐짓 피하고 있었다.

"주희야, 나 좀 봐."

명준은 주희의 긴 머리카락 속에 가려진 목덜미를 찾아 쓰다듬으며 말했다.

그제야 주희는 한숨을 쉬며 명준을 바로 보았다. 주희는 차마 명준의 사무실에서 그가 잠깐 자리를 비운 사이 모니터에 남아 있던 초미의 메일에 대해서 말할 수가 없었다.

"왜 그래, 무슨 일이야. 말을 해야지."

언제나 다정한 그의 목소리다. 그럼에도, 주희는 결국 울음을 터뜨렸다.

"흑흑……."

"야, 성주희……."

놀란 얼굴로 명준은 우는 주희를 살며시 끌어와 안았다.

"명준아."

"응?"

"우리 결혼식에 초미 초대해도 돼? 이제 서울로 돌아온다고 했 잖아."

"아, 그게 시간은 맞는데…… 그 애가 올지는 모르겠는데."

"왜? 초미 걔가 친한 친구 결혼식에 안 오겠대? 나랑 결혼하는 거 못마땅해서?"

주희는 속내를 명준에게 흘리듯 보였다.

"아, 아냐. 그런 말이 어딨어?"

초미에 대해 아쉬운 소리를 할 때면 그는 늘 정색을 한다.

"명준아, 너에게 초미는 도대체 어떤 의미인 거니?"

"그게 무슨 소리야, 나 참."

초미를 떠올린 명준은 생각만 해도 재미있다는 듯 어이없다는 얼굴로 웃었다.

"싫어, 그런 얼굴!"

주희가 별안간 소리를 높였다. 그리고 다시 말했다.

"그거야 바로. 넌 초미 이야기를 할 때 그 어느 때보다 얼굴이 밝아져. 못 말린다는 표정, 즐겁다는 표정, 그립다는 표정……. 전부 다 나한테는 고문이란 말이야!"

'오늘따라 주희가 예민하군.'

명준은 주희의 성격을 생각하며 수긍의 의미로 작은 한숨을 쉬었다.

주희처럼 속마음이 여린 여자가 지금까지 알게 모르게 초미를 신경 쓰고 있었을 거란 것은 충분히 추측 가능했다.

주희가 어머니 장 여사의 반대 때문에 했던 마음고생도 말 못할 정도였다.

명준은 이 자리에서 주희의 마음을 오해 없이 달래 주어야 한다고 생각했다.

"주희야."

"……."

"초미는 그냥 친구야. 어릴 때부터…… 남자 친구 같은 녀석이라고."

"……."

"야, 성주희."

"몰라. 변명처럼 들려."

주희의 볼멘소리에 명준이 답답하다는 듯 한숨을 푹 쉬었다.

"후, 너는 내게 연인이고 지켜 주고 싶은 여자야. 그놈은……
가끔 어떻게 지내나 궁금한 털털한 내 친구라고."

"……."

"주희 네가 싫다면 초미를 결혼식에 초대하지 않으면 그만이
야. 나에게 그런 친구가 있다는 것이 마음에 안 든다면."

"그만."

주희가 그의 말을 막았다. 자신의 투정으로 명준이 초미와 연
락을 끊는 것을 원치 않았다. 그것은 어쩐지 더 자존심 상하는 일
이었다.

"명준아, 우리 바다로 가자. 나 오늘 집에 안 들어갈 거야. 나
이런 말 한 번 해 보고 싶었어. 소심해서 못 했지만."

"지금?"

명준이 다소 의외라는 듯 말했다.

주희가 그에 대한 사랑을 숨기는 편은 아니었지만, 집에 들어
가지 않겠다고 얘기할 만큼 대범한 아가씨는 아니었다.

그녀는 비록 투정도 많고 화려하긴 했어도, 누구의 눈 밖에 나
는 돌출 행동은 하지 않는 소심한 여자였던 것이다.

"지금 가지 않으면…… 초미 얘기 다시 시작할 거야?"

귀여운 협박처럼 들리는 주희의 말에 가만히 그녀를 보던 명준
이 빙그레 웃고는 결심한 듯 시동을 걸었다.

다음 날, 오현이 아버지 성규호 회장의 부름에 본가로 갔을 때, 주희는 지난 새벽의 외박으로 하루 종일 제 방에서 근신을 하고 있었다.

성 회장은 아들 오현이 엄연한 이 집의 장남임에도 불구하고 이렇게 일부러 불러들이지 않으면 제 발로 오는 일이 없다고 꾸중을 했다.

오현은 건성으로 죄송하다는 짤막한 대답만 할 뿐 부자간에 의미 있는 대화는 이어지지 않았다.

"저녁 먹고 가, 큰오빠."

주희는 평소 몇 번 보기도 힘든 큰오빠와 이야기를 나누고 싶었다. 어릴 때부터 그랬다.

막내였던 주희는 유독 어머니가 다른 큰오빠를 따랐지만, 오현은 언제나 최소한의 예의 정도로만 여동생을 대하는 느낌이었다.

정확히는 이 집 자체에 동화되고 싶지 않은 몸짓이었다.

"오빠, 내 결혼식 때 올 거지?"

무거운 가족의 저녁 식탁 분위기를 띄워 보려, 주희가 명랑하게 말을 건넸다.

"그래, 가야지."

묵직한 대답에 다소 못마땅한 표정을 짓던 장 여사가 주희에게 잊었다는 듯 물었다.

"참, 청첩장 명단 정리해서 유 비서에게 줘라. 누구지? 그 이름 특이했던, 미국에서 네 결혼식 때문에 일부러 온다는…… 그 친구 한 명만 추가하면 되는 건지 묻더구나."

"윤초미라고…… 일부러 오는 거 아니에요. 그냥 이번에 귀국하는 거예요."

주희의 표정은 냉랭했다.

'윤초미.'

오현은 속으로 그 이름을 되새겼다.

똑똑.

"네."

"오빠, 들어가도 돼?"

"그래."

주희는 식사 후 방으로 올라간 오현을 따라 들어왔다. 그리고 자신을 등지고 서서 책장 앞에 서 있는 오현에게 천천히 다가섰다. 그제야 오현이 돌아보았다.

"훗."

주희가 제 오빠를 올려다보며 미소를 지었다.

주희는 '큰오빠'라는 명칭에 딱 걸맞게 이렇게 올려다볼 수 있는 든든한 그녀의 오빠가 참 좋았다.

오현도 그런 여동생의 미소에 답하듯 가볍게 웃어 주었다.

다른 사람은 몰라도 주희만큼은 자신을 정말 가족으로서 오빠로서 따르고 있다는 것을 그도 알고는 있었다.

"결혼 축하한다. 오빠가 뭐 선물이라도 하고 싶은데."

"정말? 정말이야 오빠?"

주희는 오현의 입에서 나온 뜻밖의 말에 뛸 듯이 기뻐했다. 그러다 곧 어깨를 축 늘어뜨리며 우울한 표정을 지었다.

"왜 그래?"

관심을 바라고 있는 듯한 여동생에게 오현은 툭 던지듯 물었다.

주희가 어머니 장 여사의 반대에도 불구하고 동갑의 남자와 사귄 지 5년 만에 드디어 결혼식을 올리게 되었음을 그도 인정하고 있었다.

철부지로만 봤는데 남자 배경은 보지 않고 순수한 마음으로 끈질기게 교제해 온 주희를 다시금 보게 된 것이었다.

그리고 그동안의 오고 간 대화 속에서 주희의 예비 신랑 명준이 초미의 어릴 적부터의 친구라는 것도 알았다.

"그러니까…… 오빠. 남자에게 여자 친구는, 그냥 친구 말이야. 어릴 때부터 같은 동네서 자라 온 그런 여자는 어떤 의미일까? 그리고 말이야…… 남자는 첫사랑을 못 잊는다는데 정말이야?"

주희는 아무에게도 말하지 못한 고민을 오현에게 털어놓게 되었다. 이편이 제일 나았다. 주희에게는 이런 고민을 함께 나눌 벗이 없었던 것이다.

"그냥 명준이와 초미라고 해. 그렇게 새삼 돌려 말할 건 없잖아."

"차라리 오빠랑 초미가 어찌되었으면 좋았을까도 싶어."

주희는 오현의 책상 옆 작은 1인용 소파에 털썩 앉았다.

"명준이 메일을 내가 어쩌다 보게 됐는데…… 둘이 주고받은 메일이 있더라고. 내용은 별거 없었는데, 이메일 따위에서 어쩜 그렇게 정다운 분위기가 나는지."

"그거 집착 아니야? 5년이나 교제를 했고 이제 결혼할 사람에 대해서 말이다."

책장에서 한 권의 책을 골라 책상으로 돌아온 그는 등받이가 높은 사무용 의자에 천천히 몸을 기대며 주희를 바라보았다.

"……오빠가 내 입장이 안 되어 봐서 모를 거야. 명준이는 항상 나를 사랑한다고 하지만, 그 말에 점점 신뢰가 떨어지는 거야. 있지…… 명준이는 그 애를 말할 때 제일 표정이 밝아. 심지어는 그 애 험담을 하면서도 재미있어 해. 그러면서도 나는 자기한테 그 이상이래. 하지만 난 그렇게 느껴지지 않거든?"

"그래서 초미는 명준에게 여자라는 거야?"

"아냐."

주희는 단호하게 오현의 말에 반박했지만, 다음 순간 한결 작아진 목소리로 덧붙였다.

"남자 친구 같은데 여자일 뿐이라나 뭐라나."

"그 말 그대로 믿어 보지 그래?"

"오빠 내 심정 모를 거야. 미치도록 믿고 싶어……. 근데 역시 마음 한구석이 석연치가 않아. 아마 초미가 죽어 버려야 내 괴로움은 끝이 날걸?"

"성주희, 그런 말이 어디 있어."

"너무 답답해서 그래! 여기에 있지도 않은 애가 날 말려 죽일지도 몰라. 대학생 땐 진짜 존재감 없던 애였는데."

주희는 미간을 찡그렸다.

주희가 한 말 어느 부분에서 불편함을 느낀 듯 오현의 표정도 잠시 굳어졌다.

하지만 그런 오빠의 표정 변화까지 알아채지 못한 주희는, 그동안 쌓아 왔던 말들을 봇물처럼 쏟아 냈다.

"정말 이상한 건 초미는 뭐 하나 뛰어난 구석이 없거든? 그런데도 친구들을 몰고 다니고, 명준이는 정말 좋은 애라고 아직도 말해. 누구나 그 앨 좋아한단 말이야. 게다가……."

주희는 오현의 얼굴을 한 번 바라보았다. 아직도 의문스러운 5년 전 그날 밤 호텔 객실에서의 일이 떠올랐던 것이다.

"초미가 오빠한테까지 인맥이 닿았다는 것이 정말 의아하다고."

"그 얘기는 더 이상 하지 않기로 한 것 같은데."

"더 이상 얘기하고 말고가 어딨어? 시작도 못 하게 해 놓고. 오빠 정말 답답해."

"얘기할 필요가 없었던 거라고 생각하면 돼."

"흥."

주희는 대충 초미가 오현에게 의도적으로 접근했을 거라고 혼자 생각했다. 그러다가 그날 밤, 오현의 방에 찾아간 초미가 그에게 버림을 받았을 것이라고.

이렇게라도 생각하지 않으면 주희는 속이 답답하다 못해 호흡곤란에 빠질 것만 같은 기분이었다.

"명준이하고 초미하고의 일을 말하고 싶은 거 아니었나?"

"아, 그게…… 내가 본 메일에서는 결혼식에 오고 싶어 하지 않는 것 같던데. 걘 나를 싫어해."

"……."

"그런데 명준 씨는 초대하고 싶어 해. 나는 좋은 아내가 되고 싶어서, 그래서 내 자존심을 지키기 위해서 지금 그 앨 초대하려고 노력 중인 거고. 그런데 이런 내가 싫어."

"………."

"명준이에게 따질 수도 없어서 미칠 것 같아! 이걸 얘기하면 내가 자기 메일을 봤다는 걸 다 알 테니까."

"다 듣고 나서 해 줄 조언이 궁색해서 미안하다. 하지만 이런 경우엔 네 솔직한 마음을 명준이하고 이야기하는 방법밖에 없을 것 같은데."

"명준이가 초미를 여자로 좋아하는 거라면?"

"너와 5년이나 반대를 무릅쓰고 결혼을 기다린 걸 보면 그럴

리는 없을 것이고. 또 만약 그렇다면 이 결혼 다시 생각해 봐야겠
지."

'오빠는 참…… 내가 두려워하는 게 바로 그거라는 걸 알면서.
너무 냉정해.'

오현의 마지막 말에는 속으로만 대답하는 주희였다.

※

12시간 비행시간 중 반을 보냈다. 초미는 잠을 잘 자던 옛날
초미가 그랬듯 비행기를 타자마자 잠들고 싶었다. 하지만, 힘들었
다.

"……."

잠깐 그녀는 오른쪽에 앉은 승객을 흘끗 살폈다. 몸매가 둥근
중년의 여성이 작은 소리로 코를 골며 자고 있었다. 다행이라 생
각하며 그녀는 하던 일로 다시 돌아왔다.

그녀는 지금 종이에 '유학 이전의 초미'와 '지금의 초미'를 그
림으로 그려 가며 비교 중이다.

그림이라고 해 봤자, 수학의 집합 같은 동그라미들로 이루어진
일종의 마인드맵 같은 것이지만, 한글을 아는 사람이라면 그녀가
무엇을 하고 있는지 금방 알 것이었다.

스윽, 직. 동그라미를 그리고 화살표를 그리며 인생을 반성하
고 미래의 방향을 잡는 일. 초미는 언제 자신에게 이런 버릇이 생

겼는지 생각해 봤다.

그것은 분명 5년 전 한국을 떠나던 비행기에서부터일 것이다.

미국으로 향하면서, 그녀는 세상물정이라고는 아무것도 모르고 무엇이든 좋게만 생각했던 자신을 바꿔 놓고 싶었다.

그래서 완전히 달라지기로 결심했다.

가장 큰 결심은 무슨 일을 하든지 자신에게 이익이 되는 쪽으로 움직이는 것이었다.

다른 사람을 해치는, 그러니까 그 사람의 몸, 마음, 그리고 재산을 해치는 일이 아니라면 되도록 무언가를 얻어 내면서 살고자 했다.

그것은 지식일 수도 있고 인생의 깨달음일 수도 있었다.

'5년 동안 참…… 파란만장했지.'

그런데 그런 결심에는 예상치 못한 돌발 상황이 발생하곤 했다. 초미는 친구를 사귀지 못했다. 많은 한국인이 모여 있던 지역이었지만, 자신에게만 집중하고자 한 그녀에게 누구도 편하게 접근하지 못했던 것이다.

항상 성격 좋은 친구로 불리던 초미가 미국에서는 좀 달랐다. 이상하게 그녀는 같은 한국인 친구들과 이야기를 나누는 것이 싫었다.

아니, 싫다는 표현은 좀 과할지라도 아무튼 그녀는 새로운 친구를 사귀는 것보다는 공부에만 더 집중하고 싶었다. 태어나 처음으로 공부에 대한 열망이 컸던 시기였다.

'처음에는 마음이 정말 조급했었어. 나 자신을 확 바꾸고 싶었거든. 그 결과 친구를 만들지 못했네……. 항상 혼자 구석에서 책을 보고 영어를 중얼거리곤 했지.'

초미의 머릿속에 공부하다 실신해서 간호사 공부를 하던 당시의 룸메이트에게 수액을 맞았던 기억이 났다.

또 무조건 한국 사람이 아닌 사람들에게 말을 걸어 한 마디라도 더 영어로 말하려 노력했던 자신의 모습도 연달아 떠올랐다.

그리고 그녀의 미국 생활에서 빼놓을 수 없는 또 하나의 인물이 있었다.

'제니스 언니를 한국에서 다시 만나고 싶어. 그러면 정말 좋을 텐데.'

초미는 한 사람을 꽤 오랫동안 추억했다. 지난 5년간 크고 작은 도움을 그녀에게서 받았고 어려운 일에 처해 있을 때 함께 힘을 북돋워 주었던 사람이었다.

제니스를 만난 것은 행운이라 해도 과언이 아니었다.

너무 급하게 미국행을 결정했던 당시의 초미는 미국에 도착한 후 에이전시의 허위 광고에 속았다는 것을 알았고, 공부를 할 만한 여건이 아닌 곳에서 지내야 한다는 사실에 막막해 있었다.

3개월 동안 한국 사람들만 있는 영어 학원을 다니면서 앞날을 모색하던 중 함께 학원을 옮겨 보자고 제안한 학생이 제니스였던 것이다.

30대 중반의 동안 미녀였던 제니스는 초미를 동생처럼 잘 챙겨 주었다.

초미가 나중에는 한국으로 돌아갈 사람이라는 것을 알았기에, 귀국 후에도 도움이 될 만한 교육과정을 권해 주기도 했다.

파트타임으로 일할 수 있는 자리, 한국 음식이 맛있는 식당의 위치 등등, 제니스의 배려는 초미가 타지 생활에 적응하는 데 있어서 큰 힘이 되었다.

"흠."

초미는 비행기 좌석에 편히 기대며 미소를 지었다. 이제 미국에서의 5년을 정리하고 한국으로 돌아간다. 전보다 더 현명하게 살고 싶은 마음을 가지고.

'엄마, 아빠, 초류, 혜준이, 순아…… 다들 정말 보고 싶다.'

그리고 초미는 명준을 떠올렸다.

예상대로 그는 주희와 결혼을 한다. 이제 그와는 어린 시절의 추억으로 만족해야 하겠지, 라고 생각한 초미는 더 이상 가슴 아프진 않았다.

다만, 그의 짝이 주희이기 때문에 멀어질 수밖에 없을 거라는 생각이 들어 못내 아쉬운 마음이 드는 것이었다.

'인간관계라는 것은 참 묘해. 명준이와 쌓은 우정도 내겐 아직 그대로 남아 있는 것 같은데 주희 때문에 완전히 끊어 버리고 살아야 할지도 모르잖아? 사람 일 어찌 될지 모른다더니 어른들 말이 맞네.

하긴…… 유부남을 친구랍시고 자꾸 만나려고 하는 것도 좋은 모양새는 아닐 거야.'

부팅을 새로 해서 말끔해진 컴퓨터를 다시 작동하는 기분으로 초미는 한국으로 돌아오고 있었다.

행복했고, 간혹 힘들었던 그곳으로. 잠시 떠나고 싶었지만 너무나 그리웠던 그곳으로 그녀는 마침내 돌아오고 있는 중이었다.

"아…… 엄마 보고 싶다!"

작은 소리로 외치고 초미는 피곤한 눈을 쉬게 해 줄 요량으로 조명을 끄고 잠을 청했다.

이제 6시간 후면 다시 보고 싶었던 모든 사람들을 만나게 될 것이었다.

"저거 저거…… 저거 아냐? 저거 윤초미 맞지? 저 입술 쭈쭈거리며 아장아장 뛰어오는 거?"

순아가 다소 웃긴 모습으로 이쪽을 향해 손을 흔들며 뛰어오는 한 여자를 가리키며 말했다.

"누나 맞다, 누나! 누나!"

초류가 양팔을 휘휘 저으며 그들을 향해 나오는 여자에게 소리쳤다. 어머니 이 여사는 자신의 딸을 알아보자마자 눈물을 터뜨렸다.

"와아! 엄마, 혜준아 순아야 초류야!"

초미는 막판 스퍼트를 올리는 육상 선수처럼 쏜살같이 달려와서는 마중 나온 그들과 부둥켜안고 폴짝폴짝 뛰었다. 순아도 이미 눈물 바람이었다.

"엉엉, 초미야 왜 인제 온 거야. 얼마나 보고 싶었는데……."

"순아야 잘 있었어? 나도 너무너무 보고 싶었어. 혜준아, 이야, 넌 더 멋져졌는데? 초류 자식 넌 제대했지? 신경 못 써 줘서 미안하다. 엄마……."

이리저리 안부를 묻다가 어머니 이은영 여사에게 시선이 꽂히자 초미는 갑자기 가슴이 뭉클해졌다. 5년 금방 갔다고 생각했는데, 어머니에게 세월이 지나간 흔적이 역력하다는 것이 순간 슬픈 것이었다.

순아는 초미가 입고 있는 찢어지고 낡은 청바지와 가슴이 깊이 팬 빨간 티셔츠, 그리고 특이한 모양의 운동화를 유심히 훑어보며 말했다.

"초미야, 너 살 빠진 거 같다? 외국 가면 햄버거 많이 먹고 살이 찐다던데."

순아의 말에 혜준이 초미의 팔을 잡고 자신 쪽으로 돌리더니 얼굴을 마구 주물럭거렸다.

"그래. 그리고 뭔가…… 굉장히 세련되어졌다 얘. 얼굴을 고쳤나……?"

혜준은 특히 초미의 자연스럽게 틀어 올린 생머리가 마음에 들었다. 신경 쓰지 않은 듯 굉장히 멋스러운 헤어스타일이었다.

"어머 아니야. 그런 돈이 어딨냐? 열심히 아르바이트하며 살다 보니 살이 조금……. 근데 그래 봤자 5kg도 안 빠진걸? 나이 먹어서 젖살이 빠져 그런가? 하하!"

초미는 조금은 쑥스러운 듯 웃었다.

5화
낯설고도 친숙한

10월, 서울은 초미가 5년을 지낸 미국의 도시보다 서늘했다.
낙엽은 거리를 뒹굴었다. 사람의 마음을 차분하게 만드는 가을이
란 계절에 초미의 마음은 그 어느 때보다 열정이 넘쳤다.

"이력서를 대략…… 열 장 정도 준비해야겠지?"

그녀는 카페에 앉아 오늘의 구직 일정을 잠시 쉬고 커피 한 잔
의 여유를 즐기고 있었다.

'헤드헌터 두 군데 등록하는 것도 하루가 걸리네. 바쁘다.'

가족들과 귀국 회포를 풀자마자 이렇게 바삐 움직이는 이유는,
급히 취직을 하기 위함만은 아니었다.

'더 많이 알아보고 더 많은 사람들을 접해 봐야 해. 난 영어 강
사가 되기로 마음먹었으니까. 학원도 어떤 종류가 있는지 하나도

모르고, 연봉이라든가 갖추어야 할 요건이라든가……. 아무튼 열심히 다녀 보면 뭔가 유용한 정보를 얻게 되겠지.'

친구 혜준은 전보다 많은 스펙을 쌓은 초미에게 대기업에 도전해 볼 것을 권유했지만, 그녀는 유학 생활 내내 가르침을 받고 공부하는 것에 익숙해져 이제는 학생을 도와주는 조력자가 되고 싶어진 것이었다.

그리고 아직은 이런 교육 분야에 대한 정보가 없었기 때문에 우선은 발품을 팔기로 하였다.

자신의 꿈에 가까운 직업을 구하기 위해서는 시간과 노력이 필요하다는 것을 몸소 깨달았기에 초미는 오늘같이 열심히 하루를 보내고 피곤함을 느끼는 것이 행복이라 여기고 있었다.

한창 스마트폰 검색을 통해 무언가를 읽던 초미는 전화가 들어온 것을 확인했다.

"여보세요?"

들려오는 상대방의 목소리에 초미는 잠깐 아무 말도 할 수 없었다.

그것은 성주희였다.

명준을 만나 보지도 못했는데 주희를 먼저 만나게 되다니 영 내키지는 않았다. 하지만 만나자는 주희의 제안을 거절하는 것도 어쩐지 자연스럽지 못했다.

"왔니."

주희는 하얀 스커트 정장에 푸르고 큰 보석이 박힌 목걸이를 하고 귀부인처럼 카페 창가에 앉아 있다 다가오는 초미를 맞았다.

"오랜만이네."

"미국에 가 있는 동안 많이 변했네. 앉아."

마주한 두 사람 사이에 한동안 어색한 침묵이 이어졌다. 두 사람 사이에는 무언가 해결되지 못한 앙금이 남아 있는 것 같았다.

'결국 남자 문제로 얽힌 관계라고 해야 하나……. 이런 거 싫다.'

주희는 예의상 먼저 지난 이국 생활에 대해 물었고, 두 사람은 그런대로 대화를 이어 가고 있었다.

"너한테 이걸 주려고 만나자고 했어."

주희는 하얗고 고급스러운 봉투를 초미에게 내밀었다. 청첩장이었다.

"그래…… 축하해. 그리고 초대해 줘서 고마워."

결혼식에 참석할지 아직 결정을 못 내린 초미였지만, 막상 주희가 먼저 청첩장을 주니 마음이 적잖이 편안해짐을 느꼈다.

하지만 그 편안함은 짧은 몇 초였다.

"내 결혼식에 명준 씨 말고 내 친구 자격으로 참석해 줘. 그리고 이후 다시 얼굴 볼 일 없었으면 좋겠다."

"……뭐?"

"이제 명준 씨는 내 남편이 되는 거잖아. 설마 학교 때처럼 가까운 친구 사이랍시고 그 관계 계속 유지하려는 건 아니겠지?"

"물론 결혼한 남자 친구와 결혼 전처럼 지낼 일은 없을 테지. 하지만 얼굴 볼 일 없었으면 좋겠다는 네 말은 정말 불쾌하게 들린다. 외국에서 이제 막 들어온 친구에게 그런 말을 하는 건 예의가 아니지 않니? 하긴…… 넌 원래 좀 예의가 없는 편이긴 했지만."

"그렇게 쏘아붙이다니, 윤초미 확실히 변했구나."

"왜, 쇼핑하는 네 뒤를 졸졸 따라다니며 칭찬이나 연발해 주던 내가 아니라서 당황했니?"

"……애초에 너하고 친구가 되겠다는 내 생각이 틀려먹었던 거 같아."

"친구가 되겠다는 생각이 있었던 건 확실하고? 들러리가 필요했던 거 아니었니?"

두 여자의 분위기는 급격히 냉랭해져 갔다. 초미도 주희도 자신들의 입장을 상대방이 인정해야 한다고 믿기에 화해 분위기는 쉽게 이루어질 것 같지 않았다.

"명준이는 네 남편이기 이전에 내 친구였어. 물론 나도 부인이 있는 남자 친구를 쓸데없이 불러낸다거나 할 사람은 아니야. 이젠 그럴 시간도 없이 나도 바쁘고 귀찮거든. 하지만 네가 먼저 그런 식으로 말하는 것에는 말로 설명하기 힘들 정도로 불쾌감이 밀려오는데? 오늘 네가 하는 말, 명준이도 같은 생각인 거야? 그렇다면 그 자식이 먼저 나한테 그렇게 말을 했어야지."

"너는 왜 명준이가 너한테 꼭 직접 말해야 한다고 생각해? 나도 엄연히 그 사람 아내로서 이런 말 할 수도 있는 거 아냐?"

"5년 만에 만난 친구에게 이런 취급 받아 봐. 아무 생각 없다가 뒤통수 맞은 느낌이라고."

'5년 동안 이메일 주고받은 건 왜 말 안 하니?

주희는 속으로 이렇게 말하고 있었다. 자신을 남자 친구 이메일이나 훔쳐보는 비겁한 사람으로 만드는 이 질문 대신 그녀는 변형시켜 이렇게 말했다.

"지난 5년 동안 명준 씨하고 아무 연락 안 한 건 아니잖아?"

"물론 간혹 이메일은 주고받았지. 하지만 순전히 친구들끼리 주고받는 이메일 수준이지, 뭐 별다른 게 있었을 것 같니? 나 공부하느라 바빠서 답장도 한 달 만에 쓰기도 하고, 5년 동안 주고받은 메일이 손에 꼽을 정도야. 그것도 싫어?"

"솔직히 기분 좋진 않아. 아니, 불쾌했어. 네가 지금 느끼는 불쾌감 정도라고 생각해."

주희의 말투는 화가 난 십 대 소녀가 엄마에게 비꼬는 그것과도 같았다.

"못 말리겠다."

주희와 허심탄회한 대화를 나누려고 생각했던 초미는 주희의 유치한 말투에 갑자기 맥이 풀려 의자에 등을 푹 기댔다. 그리고 말했다.

"명준이를 향한 너의 마음 못 말리겠다고."

"……알았으면 내 말대로 해 줘."

"내가 네 말대로 하는 게 난 더 이상한 거 같은데? 꼭 무슨 내가 지금까지 명준이랑 너 모르게 바람피운 것 같잖아? 넌 왜 이렇게 상황을 이상하게 만드니?"

"너도 지긋지긋하지? 그냥 우리 안 보고 살면 되잖아. 앞으로 보지 말자는데 왜 이렇게 매달려?"

"뭐? 매달려? 참 나!"

화가 머리끝까지 나고야 만 초미는 청첩장을 주희에게 도로 밀어 놓고 벌떡 일어섰다. 그리고 다시 말했다.

"그냥 네 결혼식부터 안 갈게. 그럼 되지? 마침 바빠서 명준이한테도 전화 못 해 봤어. 앞으로 죽 안 하면 되잖아. 그렇지? 갑자기 그 자식까지 밥맛 뚝이야. 너 때문에."

"……."

주희는 격앙된 눈빛으로 대답 없이 초미를 올려다볼 뿐이었다. 그런 주희에게 초미는 안녕이란 인사도 없이 자리를 박차고 카페를 나왔다.

집으로 돌아오는 버스 안에서 초미는 주희에 대해 생각하고 있었다. 같은 과를 다녀도 졸업반이 되도록 남처럼 지냈던 주희와 급히 친해졌던 것은 먼저 손 내민 주희 때문이었다.

"나도 너처럼 여자 친구들과 의리를 나누고 싶어. 오랫동안 너를 지켜봐 왔고 이제 용기 내서 친구가 되고 싶어."

이 말이 너무나 진실되게 들려서 초미는 주희와 오랜 우정을 나눌 수 있을 것이라 생각했었다.

그러다 명준을 소개시켜 주었고 함께 어울렸다. 오래 가지 못한 주희와의 얕은 관계는 오랜 사랑 명준을 포기함으로써 큰 타격을 입었고, 그들이 결혼 약속을 발표하는 파티에서의 '그 일'로 끝이 났다.

"⋯⋯후."

초미는 성오현을 아직도 기억한다. 잊을 수가 없었다. 그날 밤은 그녀 인생에 영원히 기억될 만한 사건이기도 했지만, 더욱 기분 나빴던 것은 그가 주희의 오빠였기 때문이었다.

'정말 꼬였네. 주희하고 내가 전생에 무슨 원수였나⋯⋯. 악연도 이런 악연이 있나. 답답하고 짜증 나는 이런 인연.'

문득, 초미는 성오현을 생각했다. 그의 얼굴과 몸매 실루엣조차 아직 뇌리에 선명하다.

잊히지 않는다는 것이 그리 괴롭지만은 않아 다행이었지만 왜 이렇게 잊히지 않는 건지 불가사의했다.

그리고 과연 그날 밤, 무슨 일이 있었던 건지 여전히 궁금하긴 했다.

'그런 걸 물어볼 기회는 이젠 없겠지. 그게 궁금하다고 만나자 할 수도 없으니.'

초미는 피식 웃었다. 독립적이고 강한 여자가 되기로 했으니,

이젠 처녀성에 목매지 않을 것이다. 다만, 그가 자신의 첫 남자일 수도 있다는 가능성이 마음에 걸릴 뿐이었다.

'결혼식에는 그 사람도 올 거니까, 내가 안 가는 게 좋을 수도 있지. 아니, 내가 왜 피해야 해? 무슨 죄졌어? 야, 윤초미. 주희가 널 그런 취급한다고 너 스스로도 너를 비겁한 애로 만들어야겠어? 당당하기로 했으면서 아직도 눈치 보기야?'

초미는 자신을 질책하며 머리를 흔들었다. 이때 휴대전화가 울렸다.

"둘이 아주 장단이 잘 맞는구만."

초미는 명준의 번호가 뜨는 것을 확인하고 통화버튼을 눌렀다.

— 인마, 왔으면 신고를 해야지.

"온 거 알았으면 네가 먼저 문안을 할 것이지."

— 자식, 변한 거 하나도 없네.

"많이 변했거든? 내가 생각해도 좀 멋져졌다고."

— 야, 얼굴 보자. 지금 너희 집으로 가는 길이야. 어디서 볼까?

"앞에서 기다려."

— 오케이.

잠시 후, 두 사람은 과자와 음료수를 사 들고 놀이터 벤치에 앉아 있었다.

"우리 동네 놀이터에서 참 많이 놀았지?"

"그랬지. 넌 거의 남자애나 다름없었어. 여자애가 다치고 깨지고."

"그랬나?"

"항상 활동적이었지."

"그래…… 그랬구나."

초미가 머릿속으로 잠시 옛 추억을 떠올리고 있었는데, 명준이 낮에 본 그 청첩장을 내밀었다.

에휴, 속으로 한숨을 쉬고 그녀는 일단 그것을 받아 들었다.

"꼭 와라. 혜준이 순아에게도 청첩장 갔으니 같이 와."

"낮에 주희도 그런 말 하더라고."

"주희 만났어?"

"응. 결혼식 오라고."

"주희 녀석 기특한데. 오늘 가서 칭찬해 줘야겠어."

뿌듯해하는 명준을 보며 초미는 차마 주희와 나누었던 대화에 대해 더는 얘기할 수가 없었다. 주희를 생각해 준다기보다 자신의 입으로는 말하기 싫은 탓이었다.

"주희 많이 사랑하니?"

"응."

음료수를 마시며 명준은 만족스러운 목소리로 대답했다.

"어떤 면이 그렇게나 사랑스럽냐?"

"음…… 우선은 나만 바라봐. 그리고 두 번째는…… 하하, 그냥 주희는 나만 바라봐. 그게 다야. 더 이상 설명이 필요 없을 정도로.”

“아…… 무슨 말인지 알 것 같다. 넌 주희가 너만 바라보는 것이 행복한 거구나.”

초미는 잠시 생각에 잠겼다. 얄미운 주희지만 명준을 향한 그녀의 마음만큼은 인정해 줘야 하지 않을까.

초미가 생각에 잠겼는데 명준이 그녀를 불렀다.

“초미야.”

“응?”

“네가 낯설지 않아서 좋다. 미국 가서 많이 변해 왔으면 어쩌나 걱정했는데. 네 말투, 시원시원한 성격 다 그대로야.”

“뭐? 난 내가 더 잘나져서 돌아왔다고 생각했는데, 그대로라고?”

“자신감은 더 충만해졌어. 그건 좀 변한 것 같아. 하지만 변하지 않은 너의 모습들 때문에 친숙함이 그대로라는 것이 참 좋다고.”

“흠. 칭찬?”

“혜준이가 그러더군. 윤초미가 스펙 엄청 쌓아 왔다고. 너의 자신감은 지난 5년을 허투루 보내지 않았다는 자부심에서 나온 걸거야. 그래서 네가 자랑스럽기도 하다.”

“히야…… 네가 내 친구가 맞구나? 자식 너도 여전해서 좋아.”

초미는 명준의 머리를 쓱쓱 빠르게 쓰다듬었다. 주희가 봤다면 성질을 냈을 거라 생각하면서.

'명준이는 명준이. 주희는 주희. 그리고 나는 나야. 나는 내가 옳다고 생각하는 일을 할 거야.'

이렇게 생각한 초미는 받아 든 청첩장을 살짝 들어 올리며 말했다.

"내가 참석해서 자리를 빛내 줄게. 결혼 정말 축하해, 명준아."

그리고 그를 향해 환하게 웃어 보이는 것이었다.

※

"이만하면…… 괜찮겠지?"

초미는 짙고 푸른 블라우스 위에 밝은 스커트 정장을 갖춰 입고 거울 속 자신의 모습을 비춰 보며 약간의 긴장감을 느끼고 있었다.

'내가 왜 떨고 있니?'

그녀는 자신을 가볍게 질타했다. 그러고는 주희가 결혼식에는 와도 좋지만 그 이후 명준을 만나지 말라고 말했던 장면을 떠올리면서 피식하고 입꼬리를 올렸다.

'내 입으로 안 간다고 해 놓고…… 주희 계집애 비웃는 거 아냐? 아니, 어쩌면 자기 결혼식 목격하러 온 내가 반가울 수도 있겠네. 분명 제가 이겼다고 생각할 거야. 유치한 애니까.'

오늘 결혼식에 참석해서 주희 얼굴을 보는 것이 마음 편하지는 않다. 게다가 초미 제 입으로 결혼식조차 가지 않겠다고 말하지 않았던가.

'나는 오늘 명준이 친구 자격으로 가는 거야. 오늘 이후 그 녀석을 만나고 말고는 또 내가 결정하겠어.'

어젯밤에 혜준과 통화하면서, 초미는 이 문제를 의논했었다. 이런 상황에 대해 초미는 이성적인 성격의 소유자인 혜준의 의견이 필요했다.

혜준은 시원한 답변을 내놓았다.

"네가 주희한테 한 소리 들었다고 해서 결혼식에도 참석하지 않는다면 주희를 제외하고 모든 친구들이 네 행동을 이해하지 못할 거야. 네가 명준이의 막역한 친구였다는 걸 동창들은 모두 알고 있고, 또 네가 주희하고도 잘 지냈다는 것도 대부분의 친구들이 기억하고 있잖니. 이제 네가 미국에서 돌아왔다는 소문도 다 퍼졌는데 결혼식에 나랑 순아는 참석하고 너는 안 왔다? 바로 참새들이 입방아를 찧어 댈 거야. 네가 뭐 켕기는 게 있는 거라고 결혼식 피로연에서 수많은 말들이 오가겠지. 명준이와 주희의 친구로서 네가 축하해 주는 모습을 보이는 게 여러모로 훗날을 위해 깔끔할 것 같아."

초미는 혜준의 말에 전적으로 동의했다. 자신이 없는 자리에서 사람들이 자신에 대해 이런저런 말을 만들어 낸다는 것은 생각도 하기 싫었다.

결혼식장에 도착했을 때, 초미는 살짝 입을 벌리고 작은 탄성을 질렀다. 100년의 역사를 자랑하는 호텔에 마련된 결혼식장은 말 그대로 웅장하고 품위가 있었다.

화려하고도 품위 있어 보이는 리본 장식이 홀 가득히 그 아름다움을 마무리해 주고 있었다. 마치 신부의 품격을 대변해 주는 것처럼.

'미안한 말이지만, 주희 같은 아이에겐 어울리지 않아. 걘 그냥 트렌드에 치중해서 유행 타는 예식장이 더 잘 어울려.'

초미의 이런 생각은 차마 말로 꺼낼 순 없었지만, 진심이었다.

"초미야."

먼저 도착해 있던 혜준과 순아가 초미를 발견했다.

"응, 너희들 왔니?"

"대박이야."

순아가 대뜸 말했다.

"그래, 결혼식장 하나 죽인다. 그래도 난 주희 아버님이 운영하는 웨딩홀이 따로 있는데도 이런 웅장한 곳에서 결혼식을 꼭 해야 하나 싶어."

"아니, 그게 아니고 대박 남자 하나 있다고."

"대박 남자? 허이구, 순아를 누가 말려."

초미가 순아를 곱게 흘겨보자 혜준이 순아 편을 들었다.

"순아 말이 맞아. 내가 봐도 반하겠던데? 그런데 그게 주희 가족이라 좀 안타까워."

"주희 가족?"

순간, 초미는 오현을 떠올렸다. 그리고 그 예상은 정확히 맞아떨어졌다.

하객을 맞이하는 주희 부모님 곁에 주희의 세 오빠들이 서 있었고 단연 돋보이는 오현을 쉽게 찾을 수 있었다.

'눈에 띄는 외모, 눈빛, 분위기…… 그 사람 맞구나.'

초미의 머릿속에 5년 전의 일이 단 3초 만에 휘릭, 하고 지나갔다. 그녀의 인생관을 바꿔 놓았던 사건. 처음 겪었을 때에는 충격이었지만 지금에 와서는 큰 전환점이 된.

"저기 맨 앞에 서 있는 오빠가 큰오빠겠지? 야, 정말 멋있지 않냐? 외모가 좀 다른 형제들하곤 다른 것 같아."

"아버지하고는 제일 많이 닮은 것 같은데? 아버지 포스도 장난이 아닌데 저 오빠도 카리스마가 그냥 막 발산되는 것 같아."

순아하고 혜준은 신부대기실에 있는 주희에게 가 볼 생각은 없는지 오현에 대해 무한 관심을 보였다.

초미 역시 친구들의 시선을 함께 타고 어느새 그를 지켜보고 있었다.

몸에 맞는 베이지색 슈트 안에 푸른 체크 셔츠와 짙고 넓은 타이를 매치한 그의 패션은 운동으로 다져진 그의 몸매를 효과적으로 보여 주고 있었고, 깔끔한 이목구비나 깨끗한 피부는 여성의 호감을 사기에 충분했다.

'웃긴다…… 그래도 한 번 봤다고, 친숙하네.'

초미는 그를 바라보면서 전해지는 느낌이 낯설지 않다는 것이 놀라웠다. 미국행을 결심했을 때, 물론 그녀가 그때까지의 인생에 대해 회의적이었다는 것이 가장 큰 이유였지만, 도화선이 된 것은 그와의 예상치 못한 '하룻밤'이었던 것이다.

오늘 그가 저렇게 예의를 차리고 절도 있는 모습으로 서 있는 것을 보자니 조금은 느낌이 새로웠다.

하지만 그래도 초미에게는 익숙한 그의 표정 같은 것이 머릿속 기억 저장소에 남아 있어서 낯설지만은 않았다.

'아니 뭐, 친숙하면 어쩌라고.'

이렇게 생각한 초미는 혜준과 순아를 재촉했다.

"야, 이러고 있지 말고 명준이 찾아봐. 주희한테도 가 봐야지."

"난 저 오빠 좀 더 볼래."

"순아야, 너 주책 소리 듣는다? 아, 저기 명준이."

초미는 두 친구를 끌어서 명준에게로 갔다. 그는 어머니와 함께 서서 하객들을 맞느라 정신이 없어 보였다.

"어머니 축하드려요."

초미는 오랜만에 보는 명준의 어머니에게 인사를 하고 명준을 바라보았다. 그는 감격한 듯 보였다.

"와 줘서 고맙다. 초미야."

"우린 안 보여?"

혜준이 핀잔을 주었다.

"왜 안 보여. 고맙다. 혜준이, 순아 와 줘서."

그러면서 명준은 또 초미를 보았다. 말없이 의미 있는 미소를 지어 보이면서.

그리고 세 친구는 주희가 있는 신부대기실로 향했다.

눈부시게 하얀 차양이 드리워진 그 아래에 아름다운 자태의 주희가 다소곳이 앉아 있었다. 마침 한 무리의 친구들이 나가고 혼자 남겨진 주희는 들어오는 초미 일행을 보고 미소를 지었다. 그녀는 행복해 보였다.

"야, 드레스에 돈을 들이부었다, 야."

순아는 마치 복화술을 하는 것처럼 입술 움직임도 없이 초미 귀에 속삭이더니 주희에게 먼저 다가가 이렇게 말했다.

"주희야, 너 이거 칼리 왕 드레스 아니니? 이번에 나온 신작!"

"응, 맞아. 역시 순아 네가 알아보는구나."

주희는 순아를 향해 웃었다.

"저것들 둘이 친구 하면 잘 어울리겠는데?"

이번에는 혜준이 초미에게 속삭이고는 주희에게 다가갔다.

주희는 혜준, 순아와 잠시 즐거운 대화를 이어 갔다. 그렇다 해도 그것은 결혼식과 관련된 평범한 대화였지 친한 친구들이 나누는 정, 같은 것은 아니었다.

초미에게는 눈길도 주지 않은 채 두 친구와 이야기 나누던 주희에게 초미가 먼저 말을 걸었다.

"기분은 어떠니?"

"……좋아. 나쁘지 않아."

"축하해."

"고마워, 초미야."

이 몇 마디를 나누는데 분위기가 약간 어색해졌다. 혜준과 순아도 느꼈을 만큼.

"우리 사진 찍자."

혜준이 밖에 있던 사진사를 불러왔고, 주희는 주인공다운 우아한 표정으로 포즈를 취했다. 그리고 친구들이 밖으로 나가려 할 때, 초미를 불렀다.

"초미는 잠깐 나랑 이야기 좀 하고 나갈래?"

"그래."

두 친구가 눈짓으로 초미를 독려하며 나간 후, 초미는 주희를 향해 돌아섰다.

"말해 봐. 오늘은 네 결혼식이니까 다 받아 줄게."

"결혼식에 안 온다더니, 왔네? 그렇다면 내 말대로 하겠다는 뜻이야?"

"뭐, 결혼식만 참석하고 이후 명준이하고 연락 끊으라고?"

초미의 말투는 다소 공격적이었다.

"그래."

"미안하지만 그건 안 되겠는데?"

"어째서?"

새 신부의 미소는 어느새 자취도 없이 사라졌다.

"내가 바빠서 연락을 못 하는 경우는 있을 수 있어도 네가 그런 말을 했기 때문에 친구 관계를 끊어 버릴 수는 없다고 결론지었거든."

"난 명준이 와이프야. 아내 자격으로 부탁한 건데 그걸 못 들어주겠다는 거니?"

"명준이 말도 들어 봐야지."

"……"

명준의 의견을 들어 봐야 한다는 소리에 주희는 대답하지 않았다.

초미는 말했다.

"넌 나를 아주 막돼먹은 여자로 취급했어. 내 기분이 그랬다고. 내가 네 남편을 어떻게 한 것도 아닌데, 남의 가정 파탄이나 내는 그런 여자가 남자의 와이프한테 추궁당하듯 그런 취급받았다고. 지금 분명히 말하지만 나는 내 의지대로 행동할 거야."

"결국 내 말을 무시하겠다는 거구나? 넌 그 사람 아내인 나를 무시했어."

"앞서서 넌 내 인격을 무시했어."

두 사람은 침묵 속에 팽팽히 감정의 대립을 하고 있었다. 이때 문이 열리고 누군가 들어왔다.

"오빠."

주희의 표정이 금방 밝아져, 초미는 뒤를 돌아볼 수밖에 없었다.

"⋯⋯."

초미의 바로 뒤에 오현이 서 있었다.

순간적으로 시간이 멈춘다는 표현이 지금 이 상황과 딱 맞아떨어질 것이다.

초미는 주희와 한창 언쟁을 벌이는 중이었다는 사실도 잊은 채, 그를 바라보고 있었다.

'아, 이 얼굴!'

머릿속에 항상 존재하고 있었던 그 얼굴을 마주하자 그녀는 가슴속으로부터 흥분감을 느꼈다.

"오빠, 초미 알⋯⋯지?"

주희는 말끝을 흐리며 오현에게 물었다.

그는 말했다.

"알아. 안녕, 윤초미 씨."

그의 목소리를 듣자마자 초미의 머릿속에는 빠르게 재생되는 영화처럼 예전 그의 모습이 지나갔다.

바에서, 호텔 방에서 또 카페에서 그가 말할 때의 목소리와 얼굴 표정, 그리고 그 입술 모양까지도 5년이 지난 초미의 뇌리에는 선명하게 남아 있었던 것이다.

'왜 이다지도 가깝게 느껴지는 거지?'

그녀는 홀로 당황해 얼굴이 붉어졌다. 그의 인사에는 소리 내어 대답하지도 못하고 그저 목례만 하고는 주희를 향해 돌아서서 말했다.

"결혼 축하해."

그리고 그녀는 신부대기실을 도망치듯 빠져나왔고, 문을 닫은 후 군중 속으로 섞이면서 가빠진 숨을 고르기 시작했다. 자신이 왜 이렇게 숨 막혀 하는지 알 수 없다고 생각하면서 잊힌 그 일들과 저 남자가, 사실은 너무나 선명하게 자신 안에 있다는 것이 놀랍고 당혹스러운 것이었다.

결혼식은 성대하고 진행은 깔끔했다. 많은 사람들이 오늘의 신랑 신부를 칭찬하는 말을 하고 있었지만, 피로연장에서는 오현에 대한 이야기꽃을 피우는 동창들이 많았다.

"경제 연구소를 운영하는 소장이래."

벌써부터 순아는 그에 대한 정보를 모아서 종합하는 일을 하고 있었다.

"주희 아버지가 원래 웨딩홀 사장으로 시작해서 지금은 사업체를 몇 개 가지고 계신데, 큰오빠는 아버지 사업 물려받기 싫어서 집도 나가고 그랬다나 봐. 졸업하고 유명한 경제 연구소에서 직원으로 일하다 아버지가 억지로 나이트클럽을 물려줬는데 그거 바로 팔아서 자기 경제 연구소를 설립해 독립한 지 몇 년 되었다네? 상당히 카리스마 있고 독립적인 인물이래. 주희한테 저런 오빠라니, 아이러니하지 않니?"

순아 이야기를 들으면서 초미는 주희가 그날 밤 본 것에 대해 아무에게도 말하지 않았다는 것을 문득 깨달았다. 5년이 지났어도 소문이 나지 않았다는 것은 주희가 철저히 함구했기 때문일 것이다.

'입 무거운 주희라니…… 뜻밖이네.'

하지만 그렇기에 안도감을 느끼는 초미였다. 오현 자체만으로 이렇게 관심을 받는데, 만약 그녀가 그와 오해로 하룻밤을 보낸 사이라는 소문이 난다면……. 생각만으로도 끔찍했다.

"경제 연구소 소장이래."

순아가 말했으나 생각에 빠진 초미가 대답을 하지 않았다.

"야, 윤초미. 뭐 생각하냐?"

"응? 뭐라고?"

"성오현 씨 말이야. 주희 오빠가 경제 연구소 소장이라고."

"아, 그래? 순아 넌 진짜 정보 빠르다."

"귀동냥이지 뭐. 음식 들고 저쪽 테이블 지나서 오는데 여자들이 그런 말 하더라고. 여기 여자 하객들 장난 아니지 않냐? 죄다 있어 보이는 집안 출신들 같아."

이때 혜준이 끼어들었다.

"성오현 씨는 배다른 오빠래. 어머니가 따로 있다고 하네."

"뭐?"

혜준의 말에 초미와 순아는 놀라서 눈이 동그래졌다.

"혜준이 너 그건 어디서 들은 거야?"

"저기 어른들 테이블에서. 오현이 생모는 어디 절로 들어갔다

더라, 남편한테 버림받고 잘 살 수 있었겠냐, 그런 말 들리더라고. 저 어른들이 친척들인가 봐. 화장실에서도 들은 게 좀 있고."

"……."

초미의 기분이 이상해졌다.

'하긴 여기는 결혼식장이야. 친척이나 친구들이 뒤섞여 온갖 집안의 비밀들을 말하고 다니는 곳이지.'

초미는 그의 모습을 다시 떠올렸다.

처음 만난 날 그는 조금 흐트러진 모습이었지만, 그 후에 다시 만난 그는 다른 느낌이었다.

'감수성이 지나친 주희하고는 역시 다르긴 달라.'

명준의 결혼식에 왔으면서도 초미는 오현에 대한 생각으로 머리를 꽉 채우고 있었다.

'에잇!'

초미는 머리를 세게 흔들었다.

"야, 초미야 너 왜 그래?"

두 친구가 초미의 행동에 조금 놀란 표정이었다.

"어? 아, 아무것도 아냐."

이렇게 대답하며 초미는 5년 전 단 두 번 만난 오현에 대해 이렇게 끝없이 생각하는 것이 옳지 못한 일이라고 속으로 자신에게 몇 번이고 주의를 주는 것이었다.

6화

알 수 없는 남자

취직은 쉽지 않았다. 물론 5년 전보다 훨씬 자신감이 붙은 초미였지만, 그녀 자신에게 꼭 들어맞는 일터는 정말 찾기가 어렵다고 느끼는 중이었다.

겨울이 되기 전에 직장을 찾고 싶었던 초미는 서둘러 지나가려는 가을이 아쉬웠다. 한편으로는 차분한 마음을 가지는 것에 이 계절이 도움이 되기도 하지만.

"아, 다리 아프다."

초미는 오늘 학원 두 군데를 다녀왔다. 정장을 입고 구두를 신었더니 늦은 오후인 지금에는 다리가 조금 부은 느낌까지 들었다.

구청 옆에 있는 공원 벤치에 앉아 다리를 주먹으로 툭툭 치면서 마사지를 하는데 전화가 왔다.

"……."

모르는 번호였다. 스팸이겠거니 싶었지만 혹시나 구직 관련 전화일지 몰라서 그녀는 서둘러 전화를 받았다.

"여보세요?"

— 윤초미 씨?

"네, 전데요."

— 나예요, 성오현.

"……."

뜻밖의 이름에 초미는 하던 행동을 멈추었고 약간의 긴장된 표정을 지었다.

— 잘 지냈어요?

"네."

— 좀 만났으면 하는데.

"무슨…… 일 있나요?"

— 주희하고 명준이 일도 그렇고 우리 일도 그렇고, 할 말이 좀 있어요.

"우리 일이라니…… 무슨 말을."

여전히 얼떨떨하여 그녀는 자신이 어떤 대답을 하고 있는지도 몰랐다.

— 전화로 간단히 할 수 있는 말이 아니라서. 오늘 저녁 어때요?

"오늘은 좀…… 그러네요. 안 돼요."

— 그럼 내일 봐요. 모레는 내가 시간이 없어요.

"아⋯⋯."

오현이 시간 장소를 다시 문자로 알려 주고 나서야 초미의 흐렸던 정신이 돌아왔다.

'나 왜 그렇게 당황했지? 멍 때리면서 말한 것 같아.'

그녀는 아까의 전화 통화에서 좀 더 분명한 어조로 대화하지 못하고 오현이 하는 말대로 질질 끌려갔다는 생각이 들었다.

그는 그녀가 대답을 다 하지 않았는데도 일방적으로 약속을 정하고 통보를 했다.

"만나자는 사람이 더 바쁜 척하네. 날 호구로 보나⋯⋯."

이보다는 더 나을 수 있었는데⋯⋯ 하는 아쉬움이 밀려오는 것이었다.

40층 빌딩의 꼭대기에서 만나기로 한 약속은 잘한 일이 아닌 듯했다. 초미에게는 오현과의 만남이 상당히 어지러운 일이었기에, 고층에 오르면서 더한 현기증을 느끼게 되었던 것이다.

"어서 오십시오."

웨이터의 정중한 안내를 받으면서 전망 좋은 창가 자리로 갔을 때, 그녀는 말쑥한 차림의 오현을 보고 순간 온몸의 피가 빠르게 순환하는 것을 느낄 수 있었다.

그를 만나는 것을 기대하고 있었던 걸까. 초미는 은근히 작아지는 자신을 애써 당당함으로 무장시키면서 자리에서 일어나 자신을 반기는 그에게 목례로 인사했다.

"어서 와요."

"오래 기다리셨어요?"

"아니에요. 초미 씨가 시간 맞춰 잘 온 거예요."

자리에 앉아 그를 마주하고 보니, 그 일이 다시 초미의 머리에 떠올랐다. 불현듯 이 자리에 나온 것이 후회되는 것이었다.

'내가 여길 왜 나온 걸까? 나 스스로도 내가 이해가 안 되네. 맞아…… 할 말이 있다고 했었지.'

무슨 말로 시작해야 할지 몰라서, 그녀는 본론을 먼저 꺼냈다.

"하실 말씀이 뭔지……."

"식사부터 하죠."

오현은 어색해하는 그녀를 별로 신경 쓰지 않는다는 듯 메뉴판을 보고 있었다.

음식이 나오고, 한동안 두 사람은 각자 식사를 했다.

'상황이 좀 웃기다.'

초미는 자신과 오현이 이렇게 한가로이 식사를 나누는 사이라도 되나 싶어 속으로 약간 쓴웃음을 삼켰다.

"저…… 하실 말씀이 있다고……."

"미국 생활은 어땠어요?"

여전히 식사를 하면서 오현은 아주 자연스럽게 물었다. 그는 그녀 쪽은 쳐다보지도 않았기에 그녀의 당황하는 표정 따윈 신경 쓸 필요도 없었다.

"네?"

"미국 생활, 어땠냐고요."

"뭐…… 좋았어요. 영어도 그렇고 그쪽 생활 전반적인 부분도 그렇고……. 모든 것이 저에게는 공부의 대상이었는데, 아마 그 점이 가장 좋았던 것 같아요."

초미는 주저주저하며 대답을 했다. 하면서도 왜 이런 대답을 하고 있는지 의문을 가지면서.

"공부가 즐거웠던 모양이네요."

"네……. 힘든 점도 있었지만…… 공부 자체가 즐거웠던 시간이었어요."

오현은 냅킨을 집어 들어 입을 닦았다. 고급 냅킨을 든 마디가 부드러운 손이 초미의 눈에 들어왔다.

'남자 손이 저렇게 곱냐……. 귀하게 자란 몸이시군?'

저 손의 느낌을 그녀는 기억하고 있었다.

떨쳐 버리려고 애쓴 적은 없지만 그 느낌이 아직도 생생한, 손길의 주인공을 실제로 보고 있자니 긴장감이 몰려왔다.

그가 물었다.

"그래서 이제 무슨 일을 하고 싶어요?"

"아…… 강사가 되고 싶어요."

"강사?"

오현의 눈썹이 올라갔다.

강사 따위? 라고 말하는 것만 같은 자격지심에 초미는 얼른 말을 이었다.

"유능한 영어 강사요. 영어만 가르치는 것이 아니라 제가 가진 지식을 영어에 실어서 알려 주는 거죠."

"초미 씨는 잘할 수 있을 거라 생각해요. 부드러우면서도 꿋꿋한 면이 있으니."

마치 그가 자신의 마음을 읽고 있는 양 내뱉는 말에, 초미는 이해를 받고 있다는 느낌이 들었다. 기분이 이상했다.

"아, 네……. 감사합니다."

대답하면서 문득, 초미는 왜 이런 대화를 오현과 나누어야 하나 싶었고, 다시 한 번 본론을 꺼내 들었다.

"그런데 하실 말씀이……."

"그보다 나한테 초미 씨가 하고 싶은 말은 없나요?"

"네?"

당황하고 놀라서 초미의 동그란 눈이 더욱 동그래졌다.

"우리 5년 전에 만났을 때, 다시는 볼 일 없을 거라 말하고 헤어졌던 거 같은데…… 여기엔 왜 나온 거죠?"

여기에 왜 나왔냐고, 나오라고 말한 오현이 되물어보는 질문에 초미는 조금 뿔이 났다.

"그야 하실 말씀이 있다고 했으니까요."

"단지 그 이유뿐?"

"무슨 이유가 더 있겠어요."

초미는 볼멘소리를 냈다.

'내가 뭐 기대하고 좋아서 여기에 나온 줄 아나? 사람을 어떻게 보고.'

약간 토라진 얼굴로 와인 한 모금을 마시자, 오현이 말했다.

"다행이군요."

"또 뭐가요."

"술이라면 질색할 줄 알았는데……. 트라우마 같은 거 생겨서."

"뭐라고요?"

"게다가 원래 술도 못하던 사람으로 기억하는데."

어째 말투가 시비를 거는 건가. 초미는 오현이 하는 말이 자신을 어리둥절하게 만들려고 의도한 것만 같아서 점점 더 불쾌해지는 것이었다.

"술은 약한 거 맞고요. 오늘 전 와인 딱 한 모금, 방금 그거 마신 거예요. 뭐…… 더 이상 마시면 문제가 될 수도 있겠지만. 그런데 그쪽도, 오현…… 오빠께서도 제가 술 약한 거 알면서 와인 시켜 줬잖아요."

"오빠?"

오현이 의외라는 듯 정색을 하자, 초미의 가슴이 덜컹 내려앉았다. 아뿔싸, 말실수를 했나 싶은 것이었다. 옹색한 말투로 그녀는 대답했다.

"뭐…… 어쨌든 대학 친구의 오빠니까요."

초미는 오현이 술이 약한 자신을 기억한다는 것이 못내 불편했다. 그와의 하룻밤, 그것을 그가 아직도 기억하고 그날의 그녀 모습을 기억한다는 것이 마음에 걸렸기 때문이었다.

"미국에 있는 5년 동안 남자 친구 안 사귀고 뭐 했어요?"

"공부하러 갔으니까요."

"그날 밤의 충격으로 남성혐오증이 생긴 건 아니고?"

"······무슨 말이 하고 싶은 거예요? 좀 무례하다고 생각하지 않으세요? 뭐 좋은 일이라고 자꾸 입에 담는지 이해가 안 가네요. 이런 얘기 하려고 불렀다면 저 그만 가겠어요."

진심으로 불쾌해진 초미는 신경질적으로 냅킨을 뽑아 들고는 입을 쓱쓱 닦았다.

그런 그녀를 보며 입꼬리가 살짝 올라가는 미소를 짓던 오현은 말했다.

"알고 싶었어요."

"뭘요."

초미는 어이없다는 표정이면서도 답을 하고 있었다.

"우리가 결혼할 수 있는지."

아주 담담하고 자신감 있는 어조였다. 오현은 천천히 눈을 들어 초미의 눈을 응시했다.

초미의 가슴은 순간, 불이 난 것처럼 활활 타오르고 있었다.

'이건 분노일 거야.'

초미는 기가 막힌다는 표정으로 그를 바라보았다. 도대체 어떻게 대꾸를 해 주어야 저 자신만만한 얼굴이 당황으로 상기될 수 있을까, 생각하면서.

"지금…… 자기 자신이 누구한테 무슨 말을 하고 있는지 분명히 알고 계세요? 와인 많이 마신 것도 아닌 것 같은데 벌써 주정 부리시냐고요."

"5년 전의 그 일…… 아무리 생각해도 우린 인연인 것 같아서."

"하, 아니거든요?"

오현의 말에 초미는 단번에 반박했다.

"악연도 그런 악연이 없죠. 내 남자 친구를 빼앗아 간 친구의 오빠라니요!"

"일이 그렇게 된 거였군? 추측만 했었는데, 세 사람의 관계가 그렇게 한마디로 정리 되는 거였어."

"……."

"주희가 원래 어릴 때부터 소유욕이 좀 있었지. 독점욕도 있고."

"……."

"하지만 명준이 초미하고 그런 관계였다는 건 금시초문인데. 주희 말로는 그냥 친구라고 했지, 연인 관계는 아니었다고 들었거든."

"……."

"명준이 남자 친구였다는 건 혹시…… 순전히 당신 생각이었던 건 아닐까?"

"아뇨, 남자 친구 맞아요. 친구는 친군데 성별이 남자요. 내 말 틀렸어요?"

초미는 몸을 움찔거리며 소리치듯 대답했다. 자신의 얼굴이 벌 겋게 상기된 것을 느끼면서, 오현 앞에서 이렇게 창피스러운 감정 을 느껴야 한다는 것에 자존심이 뿌리째 흔들리는 느낌이었다.

"훗……."

웃음을 참으려는 듯 미묘한 표정에 주먹으로 입을 살짝 가리는 그의 행동은 그만 초미의 불쾌함을 터뜨려 버리고야 말았다.

그녀는 자신의 휴대전화며 가방을 거칠게 챙기면서 말했다.

"이 미친 소리를 듣자고 내가 이 미친 스테이크를 먹고 앉아 있어야 돼요? 오늘 일은 없던 걸로 해요. 그쪽하고 만나기만 하면 모두 없던 일로 하고 싶어지네요. 우린 대단히 안 맞는 사람들임 에 틀림없어요. 안녕히 계세요."

더 이상 그의 목소리를 듣고 싶지 않아서 초미는 얼른 그 장소 를 빠져나왔다.

※

오현을 만난 이후 초미의 마음은 갈피를 잡지 못했다. 5년 전 에 그와 있었던 일을 잊으려고 많이 노력했었지만, 중간에 명준과 주희가 있다 보니 기억의 연결 고리가 어쩔 수 없이 그 일을 상기 시키곤 했다.

사실 그것만으로도 성오현이란 인물을 많이 원망해 왔던 것인데, 귀국한 지 얼마 되지도 않아서 프로포즈를 하다니.

"잠깐, 그게 프로포즈였나? 나 또 삽질하고 있는 거 아니야?"

오늘은 면접이 있는 날, 초미는 화장대 거울 속 자신의 모습을 가장 자신답게 보이기 위해 노력 중이었다. 열정은 있지만 억지스럽지 않은 자연스러운 사람으로 보이는 것이 그녀의 목표였다.

얼굴에는 자잘한 머리카락이 닿지 않도록 긴 머리를 정수리에서 틀어 말았고, 정장은 비용 관계로 명준의 결혼식 때 입었던 스커트 정장을 다시 선택했다.

하지만 머릿속에는 온통 오현이 던진 말들이 떠다니고 있어서 어지러울 지경이었다. 결국 초미는 얼굴을 찡그리며 머리를 쥐어뜯었다.

"뭐야, 너무 딱딱해 보이잖아? 고등학교 때 우리 교감 보는 것 같아. 말아서 올린 머리에 정장이라니! 아, 정말 그 아저씨 때문이야. 어제라도 쇼핑을 좀 해 두었어야 했는데!"

"알고 싶었어요. 우리가 결혼할 수 있는지."

"5년 전의 그 일…… 아무리 생각해도 우린 인연인 것 같아서."

"아우! 아우! 아우! 아웃시켜 버릴 거야, 정말!"

그가 던진 말에 이렇게 동요하고 있는 자신에게 더 화가 나서 초미는 머리를 쥐어뜯었다. 그러고선 거울을 다시 봤다.

"이왕 이렇게 된 거 머리는 그냥 풀고 가는 걸로 하자."

오늘은 면접은 초미가 가장 염원하는 자리였다.

그녀는 잠시 오현을 접어 두고 자신만을 생각하기로 했다.

〈킴&애쉴리 어학원〉은 서울 한가운데 본점이 있고 전국적으로 50여 개의 분점이 운영되고 있는 프랜차이즈 형태의 대형 학원이었다. 최근에는 영어 TV 채널까지 론칭을 해서 사업 범위를 활발히 넓히고 있는 중이었다.

기업이라 해도 과언이 아닌 이 학원에 빈자리가 생겼다는 것은 초미에게 큰 도전의 기회라서, 비록 갓 유학에서 돌아와 여러모로 경험은 부족했지만 놓칠 수가 없었던 것이다.

"후아……."

크게 한숨을 쉬고 초미는 면접대기실에서 자신의 이름이 불리길 기다리고 있었다.

최종 면접에 이르러 지금 대기실에 함께 있는 사람들은 그녀를 제외하고 세 명. 언뜻 보기에도 그들 모두 그녀보다는 경력이 많아 보였다.

게다가 한 명은 너무나 예쁘게 생긴 여성이었다.

'아, 오드리 햅번! 딱 오드리 햅번이네. 아우, 자신감이 사라지려 한다.'

그리고 무심코 휴대전화를 봤더니 부재중 전화가 두 통이나 와 있었다.

성오현과 성주희였다.

'아, 정말 악연들. 이런 악어 같은 사람들! 무음으로 해 놓길 다행이지. 면접 전에 부정 탈 뻔했잖아?'

한 사람씩 면접 대기자가 불려 가기 시작했다.

순서로 봐서는 초미가 맨 나중인 것 같았다. 심호흡을 하면서 초미는 속으로 굳은 다짐을 했다.

'5년간 공부하면서 느낀 점 많았잖아. 예전에 몰랐던 것들, 알았던 것들이지만 그 의미를 더 깊게 깨닫게 된 것들도 있었어……. 영어 공부만 하고 온 거 아니었어. 윤초미…… 결과야 어떻든 너는 지금 이곳에 있어. 예전의 너였다면 도전도 안 했을 거야. 도전 같은 것에 욕심 안 내고 맹물처럼 사는 것이 자연스럽고 좋은 삶이라고 생각했을 테지. 하지만 지금 너는 여기에 있어. 최선을 다하자! 자신을 믿고서!'

"윤초미 씨, 다음입니다."

이윽고 자신의 이름이 불렸을 때, 그녀는 긴장 대신 당당한 미소를 짓는 것이었다.

밖으로 나오자 시원한 가을바람이 얼굴에 확 와 닿았다. 빠르게 달리는 반대편 차선의 차들과는 달리 이쪽은 꽉 막혀 마치 주차장처럼 차들이 늘어서 있었다.

'지하철 타야지.'

그리고는 언제나 그렇듯 무심코 휴대전화를 꺼내서 무음을 해제하고 메시지를 확인했다.

「좀 만나자. 오늘 저녁 6시. 전화 좀 해.」

주희로부터였다.

"휴…… 얘는 또 무슨 소릴 해 대려고."

면접이라는 큰일을 치르고 결과야 어떻든 이제 좀 가벼운 마음이 되려 했던 초미는, 주희의 문자에 다시 한 번 마음이 무거워졌다.

면접은 나쁘지 않았다. 영어 면접도 그럭저럭 해냈고, 5분간의 영어 시강에서도 원장이 학생인 양 손을 들어 질문을 할 정도로 호응이 좋았다.

원장이 손들어 질문을 한 것은 초미의 경우가 처음이었다는 면접진행요원의 귀띔에 힘을 얻기까지 했다.

"보수는 얼마로 예상합니까?"

하지만 재정이사라는 사람의 마지막 질문에 적절한 대답을 했는지는 확신이 서지 않았다.

"보수는 이 직종의 평균이면 됩니다."

"돈이 중요하지 않나요? 초미 씨는 돈 욕심이 없는 사람입니까?"

"아니요. 돈 좋아해요. 많이 벌고 싶은데 신입이니까 우선은 배우는 자세로 일에 임할 생각입니다."

"여기는 학생 뽑는 자리 아니에요. 우리는 가르칠 사람, 강사가 필요해서 면접을 보고 있어요. 배우는 자세라니."

이 대목에서 재정이사는 쓴웃음을 지었고 초미는 살짝 발끈했다.

"영어나 그에 수반되는 것에는 프로페셔널한 자세로 임할 것입니다만, 그 나머지 사회적 관계에선 제가 프로가 아니라는 것을 인정할 수밖에 없다고 생각합니다."

"그래요?"

"네. 제 목표는 무조건 오래 버티는 것입니다."

그녀가 이렇게 말했을 때, 원장이 크게 웃었고 이사는 코웃음을 쳤다.

'그 이사…… 기분 나빠! 엄청 잘난 사람인가 봐. 재정 담당이면 돈을 관리하는 사람인 모양인데, 원장보다 더 기세등등해서는.'

캐주얼한 차림새와는 다르게 다소 딱딱한 자세를 유지하던 말쑥한 느낌의 그를 생각하며 초미는 어깨를 으쓱했다.

'무조건 오래 버티는 게 목표라니⋯⋯. 마치 예전의 나처럼 대답한 것 같아. 너무 머슴 같은 대답 아니었나? 아후⋯⋯.'

그녀는 자신의 마지막 대답에 후회가 되어 오늘의 면접에 아쉬움이 남는다고 생각했다.

"그건 그렇고, 애는 어떡한다?"

주희의 문자 메시지를 보면서, 그녀는 중얼거렸다.

서울에서 흔하게 볼 수 있는 프랜차이즈 카페, 그것도 마침 창가에 자리를 잡고 앉아, 초미가 보기에는 애써 우아하고 침착한 자세로 차를 마시고 있던 주희를 발견했다.

그녀는 친구의 등장에도 왔느냐는 인사조차 건네지 않았다.

자리에 앉으면서 초미는 그래도 첫마디는 적대감 없이 시작하려고 했다.

"너 볼 일이 이렇게 자주 있을 줄은 몰랐네. 신혼여행은 잘 다녀왔고?"

"명준 씨 일 때문에 짧게. 나중에 다시 가려고. ⋯⋯커피 먼저 가져와."

"그래."

주희는 초미가 커피를 주문하러 가는 뒷모습을 경직된 표정과 노여운 눈으로 바라보고 있었다.

등 뒤의 따가운 시선을 느끼면서 초미는 한숨을 쉬었다.

'쟤는 또 무슨 말을 하려고 분위기를 저렇게 잡고 있는 거야?

명준이하고 싸웠나? 아니지, 내가 저 부부 싸움에 무슨 상관이야?

초미가 자신의 커피를 가져와서 앉자마자 주희가 말을 꺼냈다.

"우리 집 난리 났어. 알겠지만 너 때문에."

"왜?"

"능청 떨지 마. 역겨우니까."

"알기 쉽게 말해. 나도 짜증 나려 하니까."

"너 우리 오빠하고 결혼하기로 했니?"

"뭐?"

이 부분에서 초미는 진심으로 말문이 막혀 말을 할 수가 없었다.

'그 남자 완전 돌았나 봐!'

"아무 관계도 아닌 척 도도하게 굴더니…… 이중인격자."

"뭐? 야!"

"변명할 수 있음 해 봐. 어디 들어나 보자."

"변명? 그런 걸 내가 왜 해야 하는데? 결혼이라니, 난 모르는 일이야."

"네가 모르는 일인데 오현 오빠가 너하고 결혼하겠다는 말을 하고 있다고? 십 대 청소년도 아니고, 사귀고 싶다는 말도 아니고, 결혼 이야기를? 아니지…… 사귀고 싶다고 해도 기절할 판이야. 그날도 그렇고…… 어떻게 우리 오빠 같은 사람이 너하고!"

기절은 초미가 하고 싶은 심정이었다. 오현이 결혼이라는 단어를 던진 지 얼마나 됐다고 주희가 그녀에게 사실 여부를 따지고 있었다.

 '집안이 온통 난리라니!'

 그렇다면 주희는 오현을 제외한 다른 가족을 대신하여 나온 것인지도 몰랐다.

 다른 것을 다 두고라도 오현, 주희의 집안과 초미의 집안은 일반적인 세상의 눈높이에 의하면 전혀 어울리지 않았다.

 초미는 이 대화를 어떻게 풀어야 할지 몰라서 말을 하기가 어렵다고 느꼈다.

 그래도 자신의 생각을 분명히 밝혀야 했기에 침을 한 번 삼키고 말했다.

 "네 오빠가 무슨 말을 어떻게 했는지는 모르겠지만, 나와는 관계없는 일이야. 생각도 해 본 적 없고. 네가 싫은 만큼…… 나도 싫어."

 "흥."

 주희의 이 비웃음은 몇 마디 말보다도 더 기분 나빴다.

 "내가 싫다는 게 너는 가소로운 모양인데, 아무튼 나도 너나 네 오빠랑 엮이는 거 죽도록 싫은 사람이야. 그거 말곤 할 말 없다. 이제 가도 되지?"

 이 자리를 뜨고 싶은 마음이 강해, 초미의 말은 빨라졌다.

 "……너 방금 한 말, 정말이야? 맹세할 수 있어?"

188

"난 누구처럼 거짓으로 접근해서 목표만 이루는 사람은 아니야."

"무슨 소리야? 그거…… 지금 나 들으라고 하는 소리야?"

"네가 내 말을 그런 식으로 듣는다니 유감이구나."

"야, 윤초미!"

"시간이 아까웠다. 나 간다."

초미는 벌떡 일어나서 구두 소리를 일부러라도 또각또각 내려고 노력하며 뒤돌아 걸어갔다. 뒤에 남겨진 주희의 표정을 상상하면서.

'항상 네가 나보다 잘났다고 생각해 왔지? 난 지금까지 뭔가 모르게 너한테 당하고 산 기분이야. 넌 말은 안 했지만 어쩐지 나를 무시하는 듯한 태도를 보일 때가 있었고, 그럴 때마다 나는 혼자 스스로를 다독이며 너에게는 단 한 마디도 못 했지. 하지만 오늘만큼은 터무니없는 말을 하는 너에게 이렇게 단호하게 대할 수 있는 나라서 다행이야.'

이런 생각을 하면서 초미는 카페를 나왔다. 그리고 중얼거렸다.

"성오현, 이 남자…… 정말 무슨 짓을 벌이고 있는 거야? 휴…… 명준이 귀에도 이 말이 들어갔을까? 이 노릇을 어쩌면 좋아?"

그날 밤, 모든 것을 조용히 덮어 두려는 초미에게 명준이 전화를 해 왔다.

— 야, 윤초미. 어떻게 된 거야?

"뭐가?"

— 귀국한 지 얼마나 됐다고 벌써 결혼 얘기가 오가는 거냐고. 그것도 생각지도 못한 우리 형님하고.

"휴우…… 그 얘기야, 또?"

— 무슨 말이야?

"주희하고 아까 만나고 왔어. 아주 화가 났는지 막 따지더라고."

— 화를 냈다고? 주희가? 하긴…… 집안 분위기가 좀…….

"분위기가 뭐?"

— 아버님이 화가 좀 많이 나셨어. 큰형님 혼처로 따로 생각한 사람이 있으셨나 봐.

'그래, 그러고도 남을 집안인 건 알겠어.'

라고 생각한 초미는 명준에게 체념한 목소리로 말했다.

"휴, 명준아, 나 이 일하고는 관련 없어. 결혼이라니."

— 네 생각은 아니란 말이야?

"그래, 난 주희 큰오빠하고 아는 사이도 아닌…… 아니, 아는 사이는 맞아, 맞는데……. 에이! 몰라 암튼 결혼은 절대 아니야. 주희 말 듣고 나도 놀라 자빠질 뻔했다니까?"

— 그래?

"그래! 주희가 아까 막 나한테 뭐라고 하는데 사실 불쾌하기까지 했어."

— 그야, 형님이 너무 확고하게 말씀을 하셨으니까. 큰형님 뜻

이라면 아버님도 꺾으신 적이 없다고 할 정도니 말이야.

"……일이 그렇게 커졌어?"

— 그래. 나도 사실 너한테 따지려고 전화한 거야. 결혼한다는 녀석이 나한테 한 마디 말도 안 해 준 게 섭섭해서.

"그럼, 명준이 넌 내가 정말 결혼할 거라고 생각을 했다는 거야?"

— 그렇다니까.

"우와, 말도 안 돼!"

주희와의 대화에서는 대꾸할 필요성도 못 느꼈는데, 명준이 이렇게 진지하게 받아들이는 것은 아무래도 문제가 있었다.

'그 사람은 집에 어떻게 말했기에 사람을 이렇게 뭣도 아니게 만들어? 입장 곤란하게?'

— 그럼 너는 결혼할 마음이 없다는 거야?

"당연하지, 이제 한국에 돌아와서 내가 결혼부터 하겠어?"

— 형님은 5년간 기다렸다고 하시던데.

"뭐? 기다려?"

— 응. 집안에서는 두 사람이 벌써 예전부터 사귀던 사이인 걸로 인식했어. 그래서 다들 놀랐고. 주희는 더했지. 넌 우리 친구였잖아. 주희가 많이 섭섭해서 너한테 따지러 간 모양이다.

"됐어. 와이프라고 편들기는."

— 내 생각이 그렇다고. 솔직히 그렇게 오래 형님을 사귄 네가 우리한테 비밀로 했다는 게 믿기지도 않았다고.

"몇 번을 말해. 아무 사이도 아니야. 그냥 얼굴 정도만 아는 사이라고."

— 그럼 우리 형님만 너하고 결혼하고 싶어 한다고?

"왜, 못 믿겠냐?"

— 아, 아니. 하 참. 못 믿겠다는 것보다는 쇼킹한 뉴스라서. 형님도 엄청 인기남이신데. 결혼시장에서 말이야.

"속물."

— 그래, 말하면서도 미안하다. 그런데 사실이거든. 너는 결혼할 마음이 없는데 형님만 결혼하고 싶어서 집안에 선전포고하듯 그렇게……. 네가 현장에 없어서 몰라. 얼마나 단호하게 말했는데.

"……어떻게?"

— 주희 친구 윤초미하고 결혼할 예정이니까 차후로 본인 결혼에 대한 다른 어떠한 이야기도 꺼내지 말라고. 자긴 이미 정했다고.

"휴……."

— 너무 성급한 거 아니냐고 아버님이 그러시니 자긴 5년이 넘도록 생각하고 결정한 거라고 더 이상 논쟁은 의미 없다고 말했다니까.

"으휴……."

— 너 뭐 다른 할 말 없어?

"다른 할 말이 너무 없어서 미치겠어!"

초미는 가슴을 치다가 명준과 통화를 끝냈다.

'성오현…… 정말 무슨 생각이야. 대체 머릿속에 뭐가 든 겁니까? 네?'

그녀는 두 손으로 머리를 감싸 쥐며 자신의 침대에 몸을 던졌다.

❋

「내일 방송에 쓸 수치가 하나 불명확해요. 2페이지와 6페이지에 중복되는 항목에 수치가 서로 다릅니다. 검토 후 답변 바랍니다.」

딸칵. 커피를 내리기 위해 버튼을 누르자 따뜻한 액체가 흐르는 소리가 났다. 오현은 자신의 커피를 들고 서류를 검토하기 위해 다시 책상에 앉았다.

"……좀 쓴데?"

낮은 목소리로 커피를 평가하고 그는 검토하던 종이로 눈길을 돌렸다.

사소하지만 중대한 실수를 하나 발견한 그는 곧 인터넷 메신저를 통해 지시 사항을 내렸다.

「2페이지 수치가 맞아요. 내일 칼럼에서는 조금 직설적인 어투가 적당하겠어요. 우리가 전하고자 하는 메시지가 정부 정책에 반대하는 입장이니까.」

곧바로 답장이 왔다.

「저도 그런 생각, 하고 있었어요.」

"······훗."

오현은 답장을 보고 예상했다는 듯 미소를 지었다.

'강유정이 나와 다른 의견을 낸 적은 한 번도 없었지. 단 한 번도 말이야.'

답장을 보낸 강유정은 여러모로 자신과는 아주 잘 맞는 사업 파트너였다. 아나운서 출신의 이 여성이 처음 자신의 경제 연구소에 입사 지원을 했을 때만 해도 오현은 그녀의 역량을 반신반의했었다.

아니, 요즘 대세에 딱 맞는 잘나가는 여성이 자신의 아웃사이더적인 경제 관점에 얼마나 공감하고 협조할지 그것이 더 걱정이었다.

하지만 유정은 그의 사업 마인드, 경제 관점에 정확히 부합하는 파트너였다. 마이너 방송국이긴 해도 꽤 많은 팬을 확보한 방송국에 일일 칼럼을 맡을 수 있었던 것도 그녀가 있기 때문에 가능했다.

또한 오현의 노력으로 구축한 연구소의 입지가 하루가 다르게 상승했고, 여기저기 방송 섭외에 출간 제안까지 의뢰 건수가 많아진 것이 가장 피부에 와 닿는 변화였다.

하지만 오현은 한편으로 유정이 자신과 같은 생각과 성향을 가졌다는 것에 약간의 아쉬움을 느꼈다.

가끔 같은 성향이라는 것에 의심이 가기 때문이었다. 인간이란 백 퍼센트 의견 일치를 볼 수 없는 존재들이라 생각하는 오현으로서는 유정의 그런 태도가 자신을 향한 접근의 한 방법처럼 느껴지는 것이었다.

비록 그녀가 일에 있어서는 경력도 능력도 훌륭하지만, 그녀에게서 여자의 향기를 느낄 수 없는 것도 이 때문이었다.

"반면에 이 여성은 이미 내 사람처럼 느껴진단 말이야……. 이상한 일이지만 인정해야겠지."

오현은 휴대전화 속 초미의 이름을 보면서 중얼거렸다.

조금 집요할 정도로 그녀의 유학 생활이 언제 끝날지를 기다렸던 그였다. 자신이 왜 이런 마음인가를 깊이 생각해 본 날도 많았거니와, 초미의 마음이 어떨지 생각해 본 날도 부지기수였다.

이런 그를 그녀는 모르고 있겠지만 말이다.

이때 한 통의 전화를 알리는 화면이 떴고, 그는 유쾌한 웃음을 토했다.

"훗…… 양반은 못 되겠군."

그가 전화를 받자 저편의 초미가 뿔이 잔뜩 난 목소리로 다짜고짜 말하는 것이었다.

— 저기요! 늦은 시간이지만 전화 안 할 수가 없었네요! 잔다고 해도 지금은 일어나셔야겠어요!

"괜찮아요. 안 자니까."

— 일을 왜 이렇게 만들었어요? 사람 바보 만드니까 좋으세요?

"무슨 말인지 자세하게 말해 봐요."

— 하! 무슨 말인지 알면서 이러는 거 봐?

"하하."

— 웃어요? 지금 웃음이 나와요?

"흠흠."

낮은 헛기침을 하고 오현은 말을 이었다.

"초미 씨, 우리 결혼하는 거 괜찮지 않겠어요?"

— 아니, 어째서요? 왜요, 그쪽이, 아니 오현 오빠가, 아니, 오현 씨가 주희 오빠니까 친구 오빠라서 괜찮다는 거예요?

"그건 아니고."

— 그럼, 예전에 그런 일이 있었으니까 그쪽에서 책임지는 걸로?

"오빠라는 호칭 좋은데. 무난하고."

— 지금 호칭 얘기가 왜 나와요?

"아니, 나를 부를 때마다 뭐라 불러야 할지 몰라 혼란스러워하는 것 같아서."

— 후우…… 푸후…….

수화기 너머에서 초미의 입으로 거센 숨소리가 계속 들려왔고, 그걸 듣는 오현의 입가에는 미소가 떠나질 않았다.

"어지간히 급했던 모양이군. 이 시간에 항의 전화라니."

— 오늘 주희가 만나자고 해서 불려 갔고, 조금 전엔 명준이가 놀라서 전화하고. 집안이 난리가 났다면서요. 내가 이래도 가만히

있어야 해요? 내 명예가 땅에 떨어졌는데?

"주희가 어떻게 했는지는 알겠고, 명준이도 주희처럼 굴던가?"

― 그럴 리가요! 명준인 그런 애 아니에요.

"그래?"

오현의 미간이 약간 움찔거렸다.

― 그리고 지금 반말하고 있는 거 아세요?

"아…… 미안. 그런데 이제 좀 말을 놓으면 안 될까? 우리 모르는 사이도 아니고 그리 먼 사이도 아니고…… 또 나이도 내가 다섯 살 많으니까."

― 아우, 정말! 지금 그런 얘기 할 때가 아니라니까요?

"반말한다고 먼저 지적한 사람은 초미였지."

― 으…… 그래서 지금 이 사태를 어떻게 수습하실 거예요?

"수습? 지금 이 사태를 어떻게 내 방식대로 수습하겠냐고 묻는 건가?"

― 네!

"내 방법은 한결같아. 우리가 결혼하는 거지."

― …….

"여, 보세요?"

무언가 즉각적인 반응을 보일 거라 생각했던 초미가 조용하자 오현은 눈썹을 살짝 치켜들며 확인하듯 말했다. 그는 이 상황도 초미 반응도 재미있어 죽을 지경이었다.

― …….

"무슨 생각 하고 있는 거지?"

— ……무슨 생각이 있겠어요, 지금 제가? 도대체 말이 안 통하는 벽이랑 대화를 하는 느낌이네요. 절망적이라고요.

"절망적이라…… 그럼 작은 희망 하나 주지."

— 또 무슨 소릴 하려고요?

"나는 초미하고 결혼한다는 말은 했지만 언제 한다고는 안 했어. 가족 중 아무도 묻지 않더군. 그게 내 결혼 통보가 너무 놀라워서인지, 아니면 관심이 없는 것인지 모르겠지만. 어쨌든 언제 결혼할 생각이냐고 물어보는 사람은 없었어."

— …….

"내가 일방적인 통보를 하고 다녔다는 것은 인정하지. 하지만 우리 결혼에 충분한 시간이 있다고 생각하면 큰 부담은 덜 수 있을 거야."

— 큰 부담을 덜었다고요? 지금 오현…… 오빠가 벌여 놓은 일 자체가 제겐 엄청난 부담이에요. 생각조차 하기 싫을 정도로요.

"어떤 훌륭한 역사는 생각하기도 싫은 일에서 비롯되었다고 해."

— 아후…… 정말 말로는 당할 수가 없네요. 저는요…… 오빠가 어제오늘 흔들어 놓은 사람들의 마음을 제자리로 돌려놔 주었으면 해요. 모두 없던 일로요. 그래야 제가 마음이 편할 거 같네요. 전 제가 무엇 때문에 아직도 주희 앞에서 당황하며 앉아 있어야 하는지 알 수가 없어요. 이런 일만 아니면 주희를 볼 일도 없

는데 말이에요.

"아직도 주희 앞에서 당황한다면…… 예전에도 그랬다는 말인가?"

— ……그 말은 하고 싶지 않고요.

"그럼, 다음에 듣도록 하지. 잘 자. 나는 일이 좀 있어서 더 길게 통화는 힘들어. 일에 방해가 돼."

— 하…… 정말…….

"잘 자요."

오현은 전화를 끊었다. 잠시 책상에 앉아 가벼운 미소와 함께 생각에 잠겨 있던 그는 책상 서랍을 열어 한 장의 사진을 꺼냈다.

그 옆에는 한 통의 편지도 있었는데, 그것은 이미 그의 머릿속에 암기되어 있으므로 열어 보지 않았다.

사진 속에는 미국에서의 초미 모습이 담겨 있었다.

전화를 끊고도 초미의 가슴이 쉽게 가라앉질 않았다.

오현과 만나서든 전화로든 대화를 할 때마다 그녀의 이성은 움츠러들고 흥분과 당황 그리고 두근거림이 온 가슴과 머리에 휘몰아쳤다.

'사람을 당황시키는 재주가 있어. 나는 왜 또 할 말도 잘 못하고! 따끔하게 한마디 해 주었어야 하는데!'

그와 이야기를 나눈 후에는 꼭 똑같은 후회가 남는다. 무언가 자신이 분명하게 못 하고 나와서 그에게 여지를 주고 있는 느낌인 것이다. 자기 자신이 한심해지는 기분이었다.

❈

다음 날 아침에 초미는 기분이 훨씬 좋아졌다.

「〈킴&애쉴리 어학원〉에서는 귀하를 채용하기로 결정하였습니다. 축하합니다.」

이렇게 시작한 문자는 구체적인 입사 절차를 위해 추가 서류를 가지고 내원해 달라는 말로 마무리되어 있었다.

"야호! 엄마 나 취직했어! 아버지! 초류야!"

가족과 이 아침의 기쁨을 나누고 나서 초미는 오후에 친구들에게 이 소식을 알렸다.

예상대로 혜준은 너무 김칫국부터 마시지 말고 잘 적응해 보라 했고, 순아는 월급날을 먼저 물으며 한턱내라고 했다.

아무튼 오래간만에 좋은 소식으로 하루를 보낼 수 있었기에, 오현의 일에 대해 조금은 걱정을 덜할 수 있었던 시간이었다.

그리고 밤이 되자, 초미는 침대에 누워 지난 세월을 회상했다.

'5년간 열심히 공부하면서 가졌던 소망들 중에 하나가 오늘 이루어졌어. 하지만 이건 시작에 불과해. 내 꿈을 향해서, 내가 원하는 인생, 내가 바라는 내 자신의 모습을 이루어 가기 위해서 정신 바짝 차리고 더 노력하자.'

이런 다짐을 하는 것은 처음이 아니다. 지난 5년의 미국 생활에서 잠자리에 들 때마다 했던 생각이라 해도 과언이 아니었다.

그리고 이상하게도 이렇게 인생에 대해 고찰할 때마다 오현의 얼굴이 떠올랐다.

"아잇. 그 사람이 뭐라고."

초미는 고개를 휘휘 저으며 머릿속 그의 얼굴을 털어 내려 했다. 하지만 곧 포기했다.

'그 사람과의 일이…… 내가 과거의 나를 버리고 새로 태어나고 싶었던 계기가 되었기 때문에 어쩔 수 없는 것 같아.'

그녀는 자신이 지금의 모습이 되기까지 그와 있었던 일이 도화선이 되었다는 것을 확실히 인정하고 있었다.

오현과 그렇게 엮인 날 이후, 그녀는 독하고 영리하게 살지 못하는 자신이 더욱 싫어졌고 그것을 극복하기 위해 그 전까지는 도모하지 않았던 변화를 꾀했던 것이었다.

그것이 한국을 떠난 5년간의 미국 생활을 끈기와 도전으로 이끌었고, 지금의 초미가 있는 것이었다.

'지금 내가 다 성공한 것은 아니지만, 그래도 그 옛날의 물러터진 윤초미였다면 이렇게 살지 못하고 있었을 테지……. 무엇보다도 확고한 자신감이 생긴 것 같아. 그게 너무 좋고.'

이런 이유로 초미는 사실 오현에게 아이러니한 고마움을 가졌었다. 다시 볼 일 없을 줄 알았기에 그 고마움은 유지가 되어 오고 있었다.

하지만 갑자기 그는 그녀의 마음을 혼란시키는 골칫덩이가 되어 버렸다.

"정말 알 수가 없는 남자야……."

7화

변하지 않은 것들

〈킴&애쉴리 어학원〉에서의 첫날은 적응을 하느라 초미 개인적
으로는 정신적으로 매우 바쁘게 지나갔다.

"우리 어학원에서는 경력 1년 미만의 강사에게 풀타임 강의를
맡기지 않습니다. 윤초미 강사님은 월수금에만 수업이 있고 고급
과정 수업은 경력 1년을 채운 후 그때까지의 강의 평가에 의해서
결정됩니다. 급여도 그 수준에 맞춰질 것입니다만, 수업이 없는
화요일과 목요일에도 출근하셔서 수업 준비를 하셔야 합니다. 물
론 출근에 대한 수당은 지급이 됩니다."

이 설명을 원장이 아니라 이사인 '박진우'에게 들었다. 그는
다소 차가운 말투와 눈빛으로 그녀에게 위와 같이 말하고 동의하
냐고 물었다.

초미는 그가 오늘 입은 하늘색 카디건과 베이지색 면바지가 주는 색감과 그의 말투가 매우 상반된다고 느끼면서 동의한다는 대답을 했다.

'사람이 옷은 캐주얼하고 담백하게 입으면서 말투나 표정은 날이 선 것 같아. 서늘해……'

그러면서 초미는 자신도 모르게 오현을 진우와 비교하기 시작했다.

'오현 씨는 좀 강렬하면서도 열정이 있는데, 그걸 차갑게 식혀서 숨긴 사람처럼 보여. 박 이사는 뭐랄까…… 그냥 완벽주의자의 깔끔한 냄새가 풍겨.'

잠시, 멍하게 창밖의 도시 풍경을 보던 초미는 번쩍 정신이 들었다. 지금까지 해 오던 수업 준비 자료가 모니터 앞에서 커서를 깜빡이며 그녀를 기다리고 있었던 것이다.

'나 뭐하니? 두 남자 비교해 가며 생각할 겨를이 어디 있어? 입사 절차 다 끝났고 지금 나는 첫 수업 준비를 하고 있다고. 첫 수업, 정말 열심히 준비해서 잘할 거야. 아니, 시작할 거야. 나만의 수업을 말이야!'

그렇게 그녀는 일에 몰두했다.

학원에 입사하고 이 주일이 지났다.

그동안에 오현이나 주희에게는 별다른 소식이 없었다. 명준은 이미 다른 여자의 남편이란 생각에 전화하기가 뭣했고, 무엇보다 초미 자신이 너무나 바빠서 명준은 물론이거니와 혜준과 순아를 만날 시간도 없었던 것이다.

이 와중에도 시간은 빨리 지나가서, 이제는 12월의 중반에 접어들고 있었다.

"윤 선생님, 퇴근하는 길이세요?"

로비에서 일하는 레이나가 이제 막 그곳을 스쳐 지나려는 초미에게 말을 걸었다.

레이나는 언제나 밝은 얼굴로 여유롭게 사람들을 맞이하곤 했는데, 가끔은 좀 심심해 보일 때가 있었다. 그럴 때면 지나다니는 다른 사람들 중에 유독 초미에게 말을 자주 걸곤 했다. 초미는 〈킴&애쉴리 어학원〉에 아직 적응하고 있는 중이다 보니 그런 말벗이 되어 주는 레이나가 좋았다.

"네. 지금 가요. 레이나는요?"

"전 좀 이따 퇴근하려고요."

"나도 수업이 더 있어서 늦게 퇴근하고 싶어요. 아직은 원장님이 수업을 많이 주지 않으시니……."

"원장님이 수업을 준다고요?"

초미의 말에 레이나가 놀랍다는 표정을 짓더니 의미심장한 얼굴로 말을 이어 갔다.

"수업을 주는 건 원장님이 아니에요. 원장님은 여기서는 그냥 얼굴마담이에요. 몰랐어요?"

"얼굴마담요?"

"네. 유명강사 출신이잖아요. 여기 실질적 주인은 따로 있어요. 그러니까 전국 50개의 분점을 합해서 대장이 따로 있단 말이죠."

"오…… 난 그런 거 까맣게 몰랐네요. 누구예요? 혹시 이 학원, 대기업 계열사?"

초미는 뜻밖의 정보에 눈을 반짝였다. 이런 순간은 늘 흥미롭기 때문이었다.

"가까이에 있으면서 몰랐다니……. 박진우 이사님이잖아요. 이거 그분 거예요. 그분 부모님이 아니라 진짜 그분 거."

"에?"

초미의 눈이 세 배는 커진 듯하다.

어쩐지……. 그녀에게 대하는 그의 사무적인 태도가 상당히 지배적이긴 했지만, 일주일간 별로 마주친 적이 없어서 그저 재정이사의 특이성인가 보다 했었다.

"대단하죠? 젊은 나이에 이렇게 사업에 성공하고, 예쁜 여자가 매달리고."

"네?"

"아, 모르세요?"

"내가 뭘 알겠어요. 예쁜 여자가 매달린다는 건 또 뭐예요?"

"켈리 최, 한국 이름 최지원. 여기 오고 싶어서 입사 지원까지 했지만 윤초미 강사님이 합격하셨잖아요. 그 여자 아마 굉장히 속상했을걸요."

"아, 그 여자분……."

"나이도 열두 살이나 연하예요. 그 여자가 지금 스물일곱이고, 박 이사님이 서른아홉이니까. 낼모레 마흔으로 안 보이죠? 서른 초반 같아 보이지 않아요? 피부가 깨끗하고 이목구비가 아주 말쑥하잖아요."

"에……."

한꺼번에 많은 것을 단박에 알아 버려서 초미는 정신이 어질할 지경이었다.

'하지만 이 모든 게 나와는 상관이 없는 거지. 나는 내 갈 길 가야 하니까, 관심 두지 말자.'

초미는 무언가 더 수다를 떨고 싶어 하는 레이나를 피해 휴대 전화를 확인하는 척했다.

"시간이 벌써…… 친구가 전화를 했었네. 레이나 씨 다음에 또 얘기해요. 저 퇴근할게요."

"네? 아…… 그렇죠. 안녕히 가세요."

초미가 급히 로비 문을 열고 나갔을 때, 레이나는 그제야 생각난 것이 있어 중얼거렸다.

"어떤 남자한테 찾는 전화 왔었는데. 그 말을 못 했네. 여기서 일한다는 사실을 모르다니 애인은 아닌가? 내가 괜히 대답해 준 거 아니야? 에라 모르겠다. 당사자가 알아서 하겠지. 그 남자 전화 목소리 좋던데, 이상한 사람은 아니겠지."

바깥바람은 차가웠다. 검은 코트를 입고 가죽장갑을 꼈지만 전혀 따뜻하다 느껴지지 않아서 초미는 팔짱을 끼고 거리를 걷기 시작했다.

날씨는 차디찼지만, 풍경은 12월의 서울 중심가에서 볼 수 있는 갖가지 조명들로 따뜻할 지경이었다. 조명에 조명이 뒤섞여 어느 가게의 어느 조명인지도 헷갈릴 만큼 불빛이 가득한 거리로 접어들 때쯤, 뒤에서 자동차 경적 소리가 들렸다.

빵빠앙.

길고 큰 소리여서 초미를 비롯한 거리의 많은 사람들이 그 소리의 근원을 찾아 고개를 돌렸다. 그곳에는 은회색 고급 승용차가 초미의 바로 뒤를 따라오고 있었다.

빵빠앙.

다시 한 번 긴 경적 소리가 울리자, 초미는 당황할 수밖에 없었다.

운전자가 바로 오현이었기 때문이었다. 처음 그의 존재를 확인했을 때, 그녀는 그를 무시할 생각이었다.

하지만 다시 한 번 자동차의 경적이 빠앙, 하고 울리고 그의 차가 그녀 뒤를 더욱 바짝 따라오자, 그녀는 더 이상 주변 시선의 무게를 견디지 못하고 운전석의 그를 원망하듯 쳐다보았다.

그녀가 그렇게 발걸음을 멈추자, 그가 차에서 내려 여유 있는 몸짓으로 조수석 문을 열어 주는 것이었다.

"좀 창피하네요."

이렇게 말하면서도 사람들의 시선을 피할 요량으로 그녀는 차에 올랐다. 자신을 향한 일부 여성들의 부러운 시선을 느끼는 것도 놓치지 않은 채.

"내가 때론 좀 저돌적이지. 냉정한 평소와는 다르게."

운전석에 탄 직후, 오현은 말했다.

"네. 그렇죠. 좀 성급하기도 하고."

"뭐가?"

"네?"

아무 생각 없이 대꾸한 초미는 그의 반문에 짐짓 당황했다.

"남들은 내가 성급하다거나 저돌적이라거나 그런 말을 하지 않아. 그런데 초미는 방금 내가 성급하다고 했어. 무슨 근거지?"

"그야…… 뭐……."

오현을 바라보던 초미는 정면으로 시선을 돌렸다.

5년 전 처음 만난 그날 밤 침실에서 그랬다는 말이 목구멍까지 올라왔지만 꺼내지 말아야 했다.

'그때 모습은 이 사람 본모습이 아닌 듯 느껴지네……. 내가 무슨 생각을? 이 사람에 대해 잘 알지도 못하면서!'

"서로에 대해 알아 가는 과정을 가져 볼까?"

"네?"

마치 자신의 마음을 읽어 버린 듯한 그의 질문에 초미는 또다시 당황했다. 그리고 말을 돌렸다.

"그런데 길거리에서 이러지 좀 마세요. 사람 창피하게. 어학원 사람들이 봤으면……. 아니 근데 나 여기서 일하는 건 어떻게 알았어요?"

"명준이한테 말했지?"

"그야 취직했다고 친구들한테 단체 문자……. 명준이가 말해 줬단 말이에요?"

"하하, 아니지. 매부와 나는 그리 친한 사이는 아니니. 명준이 알면 주희가 아는 것이나 마찬가지 아니겠어?"

"아."

이 순간, 초미는 오현이 갑자기 매우 가까이에 늘 존재할 수밖에 없는 사람처럼 느껴졌다. 명준과 주희라는 연결 끈은 오현도 초미도 일부러 끊어 내려고 하지 않으면 계속해서 그들을 이어 줄 것이기 때문이었다.

"저녁이나 먹지. 술은 안 될 것이고."

"약속도 없이 오신 건 너무해요."

"약속이 될 리 없잖아. 초미도 우호적이지 않고, 나는 언제 시간 날지 모를 사람이라서 말이야."

"흥. 잘나가시는 모양이네요."

"그건 모르겠지만 바쁘긴 하지. 하루에 네 시간 넘겨 자 본 적이 언제인지 모를 정도니까. 그러니 밤늦게 전화하는 것에 조금도 망설이지 않아도 돼."

"더 이상은 전화할 일 없거든요."

"세상사 그렇게 장담하면 안 되지."

"하, 참, 나!"

말을 하면 할수록 오현의 말에 자신이 빨려 들어가는 것만 같아 속상한 초미였다.

배가 고프다던 오현이 안내한 곳은 소나무와 조명이 어우러진 한정식집이었다. 따뜻하고 조용한 방으로 안내를 받은 그들은 자리에 앉았다.

'분위기는 좋네.'

초미는 고급스러운 한정식이 어쩐지 오현과 어울린다고 생각했다. 첫 만남이 그녀 일생에 충격으로 남을 만큼 파격적이었던 것과는 달리, 어쩐지 그는 보수적인 사람처럼 느껴졌다.

'정신 차려. 그날 저 사람은 여자를 돈으로 사려 했던 사람이야! 여자 다루는 솜씨도 장난 아니게 능숙한 것이 바람둥이임에 틀림없고.'

'하지만, 모든 일이 끝났을 때를 나는 분명히 기억해. 저 사람 눈빛이 굉장히 공허했어. 그리고 주희에 대한 말이 별로 없는 걸 보면 무조건 팔이 안으로 굽는 성격은 아닌 것 같아. 비판할 것은 비판하고……. 아무튼 이성적인 사람 같아.'

'이 사람 성격이 뭐가 중요해. 사실은 그 사건이 내 인생을 바꾸었다는 것이 중요하지. 그 충격이 아니었다면 나는 아직도 물 같은 성격으로 밍밍하게 살고 있었을 거야. 이 사람과 그런 일이 있은 후에 내 일생 처음으로 가장 길게 나 자신을 돌아보고 변화하고자 하는 욕구를 불태웠으니까.'

초미는 이러저런 생각을 하느라 음식이 차려지는 동안까지도 아무런 말을 하지 않았다.

"무슨 생각을 그렇게 해? 먹을 걸 앞에 두고."

오현의 이 말이 초미를 상념에서 깨어나게 했다.

"저한테 왜 이러세요?"

"왜라니. 밥 같이 먹고 싶은 사람을 오고 싶은 식당에 데려왔을 뿐이야."

"그럼, 결혼 이야기는 없던 일로 된 거예요?"

"그럴 리가."

"휴우."

어깨를 축 늘어뜨리면서도 초미는 숟가락을 들었다. 그리고 가장 먹음직스러운 음식으로 손을 가져가며 말했다.

"우선 먹고 보자고요."

"보면 볼수록, 나는 너의 이런 성격이 좋아."

"그건 또 무슨 소리예요?"

음식을 입에 가득 물고 그녀는 눈을 치켜떴다.

"아니, 아니야. 하하. 먹어."

그는 유쾌하게 웃었다.

잠시 동안, 초미는 거의 흡입 수준으로 식사를 했다. 워낙 추운 날씨에 출출한 저녁 식사였을 뿐 아니라, 딱히 할 말도 없어서 먹는 일에 열중할 수밖에 없었기 때문이었다.

웬만큼 허기가 채워지자 다시 이런저런 생각이 떠올랐다.

'이 사람…… 왜 이러는 걸까? 설마 5년 전 그 일을 책임이라도 지겠다는 거야? 여자 책임지는 남자가 되고 싶어서 지금 이러는 거냐고. 그렇다면 이 말은 즉…… 나 정말 이 사람하고 끝까지 갔단 말이야? 이 사람이 내 첫 남자가 맞다고?'

두 사람 사이의 발단이 되었던 그 일을 입 밖에 내는 일은 없을 줄 알았다.

모두에게 비밀인 것은 물론이고 다시는 만날 일이 없을 거라 생각했기 때문이었다.

하지만 생각했던 것과는 달리, 지금 이 남자와 분위기 있는 한정식 집에서 마주 앉아 식사를 하고 있다는 사실이 무척이나 생경스러웠다.

"식사 맛있네요."

아무래도 마음에 부담이 많은 초미가 말문을 먼저 열었다.

"다행이군. 내가 좋아하는 곳이라 앞으로도 자주 오게 될 테니."

"앞으로도 자주요?"

"응. 당연한 거 아니야?"

"하, 왜 당연해요. 아니, 뭐가 당연해요. 이 집에 식사하러 오는 거요?"

"그렇지. 우리 결혼할 사이니까."

"또 그런다."

초미는 한숨을 푹 쉬며 의자에 등을 기댔다. 그리고 물었다.

"물어볼게 있어요. 우리가 왜 결혼을 해야 하는 거죠? 내가 이렇게 싫다는데, 아니, 오현 씨는…… 오현 오빠는 왜 나랑 결혼하고 싶은데요? 아니다. 결혼하고 싶어서 하자는 거예요? 아니면!"

여기서 초미는 잠깐 말문이 막혔다. 자신의 질문이 자신을 초라하게 만들고 있다는 기분이 들었기 때문이다.

"아니면?"

그러자 오현이 그녀의 말을 받아 되물었다.

"나를 결혼……해야 되는 여자라고 생각하는 거예요?"

초미는 그가 그날의 일 때문에 자신에게 책임감을 갖고 있는 것인지 알고 싶어 에둘러서 질문을 던졌다.

"글쎄……."

오현은 식탁에 한쪽 팔꿈치를 괴고 손으로 턱을 만지며 생각에 잠긴 표정을 지었지만, 초미의 눈에는 그것에도 장난기가 들어 있는 것처럼 보여서 은근히 약이 올랐다.

"결혼하고 싶은 여자, 해야 하는 여자…… 마찬가지 아닌가?"

"저한테는 아니에요."

"나한테는 마찬가지야. 굳이 대답하라면 둘 다고."

"둘 다요? 참 나. 그럼 왜 결혼하고 싶고, 결혼을 해야 하는지 각각의 이유, 말할 수 있어요?"

"남잔 단순한 거 좋아해. 질문을 단일화해 달라고."

"좋아요. 왜 나하고 결혼이 하고 싶어요?"

"……."

질문이 끝나자 오현은 그녀의 얼굴을 말 그대로 뚫어져라 쳐다보는 것이었다.

"왜…… 그렇게 쳐다만 보지 말고 대답하시죠?"

"5년 전에 그 일."

"……."

이번에는 그를 응시하는 그녀의 눈동자가 흔들렸다.

"5년 전에 그 일 때문에 미국으로 간 건가?"

"……그렇다고 봐야죠."

"그렇게 큰 상처였나?"

"그거군요? 내가 상처받았을까 봐 책임지려고."

"대답하는 자세가 나쁘군. 나는 진지하게 묻고 있어."

"웃겨서 그래요. 5년 전 일을 지금 책임지겠다고 결혼 운운하는 오현…… 오빠가."

"그게 웃긴 일이었나?"

"그 말이 아니고요!"

초미의 목소리에 저절로 힘이 들어갔다.

"그런 일이 있었지만, 그때는 힘들었지만…… 지금은 아니에요. 미국으로 가게 된 건 그 일 때문이라고 해도 그보다 더 큰 목적이 있었어요. 그러니까……."

초미는 말을 마무리하기 전에 그의 얼굴을 보았다. 과거의 일에 매여서 지금도 자유롭지 못한 그라는 생각에 갑자기 연민의 감정이 밀려들기 시작한 탓이었다.

"더 이상 그 일로 저를 걱정한다거나 신경 쓴다거나 하지 않아도 돼요. 전 지금이 좋아요. 지금의 저를 만들어 준 일이었으니, 이젠 상처라고 할 수도 없네요."

"그래? 그거…… 참 다행이군."

"네. 그러니까 더 이상 마음 쓰지 마세요. 제 걱정도 마시고요."

"걱정하는 건 아니야."

"그럼 왜 결혼 얘길 해서 이 분란을 만드는 거예요."

"내가 결혼하고 싶은 이유는 5년 전 그날 밤 때문이야. 네가 생각하는 것과는 다른 이유로."

"네?"

"그 밤이."

그는 여유 있게 냅킨으로 입을 닦았다.

"나는 좋았거든."

그리고 그녀를 똑바로 쳐다보는 것이었다.

"에?"

초미는 자라처럼 목을 길게 뽑으며 거의 소리 지르다시피 말했다.

"그날 이후, 그 어떤 여자와도 함께하기 싫더라고."

"뭐, 뭐…… 뭐 이런……."

초미는 할 말을 잃고 심하게 더듬거렸다.

그런 그녀를 오현은 재미있다는 듯 바라보며 말했다.

"하고 싶은 말 있나 본데, 말해."

"뭐 이런…… 변태 같은……."

"변태?"

뒹굴지만 않았지 거의 정신 나간 사람처럼 웃는 오현을 보던 초미는 자리에서 벌떡 일어섰다.

"내 이야기 안 끝났는데."

그는 겨우 진정한 목소리였지만 얼굴은 여전히 웃고 있었다.

그것은 초미를 충분히 불쾌하게 만들었다.

"더 들을 것도 없어요."

그녀는 황급히 옷가지를 챙겨서 방을 나왔다. 갑자기 5년 전 그날 밤에 호텔 방을 도망치듯 빠져나간 자신의 모습이 머릿속에 그려졌다.

"기분 더러워!"

초미는 5년 전의 그날 밤으로 돌아가 진심으로 분노하고 있었다. 어이없게 그와 엮이고, 게다가 주희에게 들켜 버린, 자존심이 땅으로 떨어진 날이었던 것이다.

"정말 짜증 나! 짜증 나! 짜증 나 죽겠어!"

초미는 빠져나온 정원에 서서 발을 동동 구르며 소리쳤다. 그러고는 아주 빠른 걸음으로 택시를 잡아 몸을 실었다.

방에 홀로 남겨진 오현은 이러저런 생각을 하며 미소 짓다가 혼잣말을 했다.

"성격 상당히 급하네……. 사람 말을 좀 들어 주든가 하지."

✖

12월이 막바지에 이르자, 거리는 연말 분위기로 술렁였다. 술을 잘 다스리지 못하는 이들이 거리에서 휘청거리는 모습을 여느 때보다도 더 자주 볼 수 있었고, 함께 가는 연인들이 눈에 더욱 잘 들어왔다.

'커피 생각나네.'

강사 연구실 자신의 자리에 앉아서 한참 수업 준비를 하던 초미는 로비의 레이나로부터 딱 알맞은 문자를 받았다.

「로비에서 같이 한잔해요. 박 이사님만 없으면 되는데, 방금 외출하셨어요. ^^」

"……씁."

초미는 레이나와 커피를 마시게 되는 것에 조금 망설였다. 워낙 말이 많은 사람인지라 같이 있다 보면 시간이 훌쩍 지나가기 때문이었다. 하지만 자신이 대화를 잘 끊고 자리로 돌아오리라 마음먹고 몸을 일으켰다.

"아, 심심했어요."

레이나는 초미를 보자마자 하소연하듯 말했다. 두 사람 몫의 커피도 미리 책상 위에 준비된 채였다.

"커피 맛있어요."

초미는 한 모금 마신 뒤 이렇게 말했다. 그러자 레이나가 기다렸다는 듯 폭풍처럼 말하기 시작했다.

"오늘 최지원 씨 울면서 간 거 보셨어요?"

"아뇨. 왜요?"

"박 이사가 뭐라 했겠죠, 뭐. 이사님은 정말 마음에 없는 건가? 그 여자 진짜 예쁘던데. 똑똑하고, 나이도 스물일곱이면 골든 에이지 아니에요?"

"그야…… 무슨 사정이 있겠죠."

"박 이사님 분명 눈이 엄청 높으신 거예요. 최지원이면 연예인과 동급 취급해도 될 정도라고요."

'괜히 내려왔네. 이걸로 두 시간은 쓰겠는걸.'

초미는 비정상적으로 초롱거리는 레이나의 눈빛을 보고 여기에 온 것을 후회했다. 그러고는 몰래 쓴웃음을 지었다.

'나도 예전에는 이랬었지. 남들 연애사를 내 일인 양 관심 있어 하고 흥분하고 상대 남자 죽어라 욕하고……. 이젠 이런 게 심드렁하네. 정말 내가 변했나? 그렇다면 이건 좋은 변화야. 화제를 좀 돌려 볼까?'

"그나저나 박 이사님은 어떻게 이런 큰 학원 사업을 성공시킨 거죠? 요 몇 년 불경기였잖아요."

"아, 그거요?"

레이나는 또 할 말이 많은 듯했다.

그녀의 말을 요약하자면, 박 이사는 미국의 이름 있는 대학을 졸업한 재미교포 출신으로 아직 한국에 양질의 원어민 강사가 많지 않았던, 10년 전에 처음으로 신분이 확실한 원어민 강사를 직접 영어권 국가에서 모집하여 한국의 학원가로 유입시킨 인물이라 했다.

그의 작은 학원은 1년도 되지 않아 종로의 중심에 자리를 잡았고, 한국인 부모를 둔 덕에 한국 부모의 교육열을 누구보다 잘 이해한 것이 청소년을 대상으로 한, 학원 프랜차이즈를 성공시킨 비결이 되었다고 했다.

"지금 영어교육 시장의 판도를 처음 개척한 사람이나 마찬가지네요."

"에? 그런가요? 아, 그렇구나."

정작 모든 줄거리는 알고 있지만 핵심을 생각해 본 적 없는 레이나는 관심 없는 태도로 응수하고는 다시 원점으로 대화를 돌렸다.

"최지원도 부모님이 교포고 박 이사도 마찬가지니까 둘이 결혼해도 문화적 차이는 별로 없을 거라서 괜찮을 것 같은데 윤 선생님 생각은 어떠세요?"

"저야…… 잘 모르죠."

사실 초미는 최지원이 신경 쓰이긴 했다. 왜냐하면 그녀를 처음 이곳에서 입사 경쟁자로 만났기 때문이었다.

박 이사가 인사권을 모두 쥐고 있다고 전해지는 이곳에서 자신과 연결 고리가 있는 지원을 떨어뜨리고 초미를 선택했다고 하니,

이상하게도 더한 책임감 같은 것이 그녀 안에서 생성되는 것이었다.

'내 5년 유학 스펙으로 그 여자를 따라잡을 수는 없겠지만……. 아무튼 자존심을 걸게 되네. 그런데 박 이사는 도대체 어떤 성격의 소유자인지 감을 잡을 수가 없어. 레이나는 뭐라고 말하려나? 할 말이 많겠지, 말하고 싶은 데이터가 넘치는 여자니까.'

"레이나, 박 이사님 있잖아요……. 어?"

때가 맞지 않았는지, 초미는 박 이사를 언급하는 순간에 바로 그 박 이사와 눈이 마주쳤다.

외출한 줄 알았던 그가 로비 책상 앞에 떡하니 서서 자신의 이름을 언급하는 초미를 바라보고 있었다.

"……."

말 많던 레이나는 꿀 먹은 벙어리처럼 눈만 깜빡일 뿐이었다.

"안녕하세요. 이사님."

변명의 여지도 없는 것 같아 초미는 그냥 인사를 건넸다.

"뭐 잊으신 거 있으세요?"

"네. 윤초미 씨 좀 따라오세요."

모직 바바리를 입어 큰 키가 더욱 돋보이는 뒷모습을 먼저 보이며 그는 엘리베이터로 걸어갔다.

초미는 말없이 그의 뒤를 따랐다.

그의 사무실에는 모던한 디자인의 책상과 그에 어울리는 몇 가지 소품들이 장식의 전부였다. 그래서인지 들어서는 순간 깔끔하다는 인상을 확 받았다.

'사무실이 사람이랑 똑같네. 그러고 보니 오늘 굉장히 사무적인 옷차림인걸? 평소에는 청바지에 티셔츠를 즐겨 입더니. 자기가 무슨 스티브 잡스라고.'

"윤초미 강사님?"

"네."

"거의 한 달이 다 되어 가는데요."

"아…… 네. 그렇죠. 제가 이곳에 들어온 지."

"아직 인상적인 피드백이 들어온 것은 없습니다."

"네?"

"학생들로부터 인기 강사라고 일컬어질 만한 평가가 들어온 게 없다고요."

"네…… 하지만 클레임도 없었던 걸로 압니다."

"차라리 클레임이 나아요."

"무슨……."

"요즘 말로 아웃오브안중이라고 하죠. 학생들이 윤 강사님께 관심이 없다는 말입니다. 다시 말해 윤 강사님이 아주 무미건조한 강의를 하고 있는 게 아닌가, 생각합니다만."

"……."

지금 초미의 기분은 한마디로 갑자기 뒤통수를 망치로 한 대

맞은 느낌이었다. 비판을 받는다는 것은 미래의 발전을 위해 좋은 일이라 생각해 왔던 그녀였지만, 이런 비판도 준비 없이 들으면 아무래도 감정적으로 복받치는 것이 있었다.

"윤초미 씨를 붙이고 최지원 씨를 떨어뜨린 내 결단에 후회 없도록 만들어 주기 바랍니다."

"아…… 네……."

하지만 몇 마디의 날카로운 비판을 이토록 쉽게 내뱉는 박 이사에게 초미는 선뜻 할 말이 없었다.

"차라리 또라이 강사라는 평가라도 들으란 말입니다. 그게 이 바닥에서 살아남는 길이에요. 가 보세요. 지켜보겠습니다."

"……네."

단 한 마디의 반박도 못 하고 돌아서서 나오는 초미의 기분은 처참했다.

자신의 방 창가에 앉아서 어둑한 아파트 단지 내 놀이터를 내려다보던 초미는 문득, 자신이 진정 하고 싶은 일이 무엇인지 생각하기를 멈추었다는 것을 알았다.

'나는 어학원의 강사로 뽑힌 후에 내 미래에 대해 생각하는 것을 멈추고 오직 수업 준비만 했어. 내가 그리는 미래를 계속 생각하면서 그에 맞는 수업을 만들 생각은 왜 하지 못했을까? 내가 어떤 강사가 되고 싶은 건지, 어떻게 배움을 갈구하는 사람들을 이끌어야 할지 아직 깊이 생각해 보지 못했어! 너무 추상적이고

이상적인 생각들은 도움이 안 돼.'

그리하여 초미는 유학 시절 자신이 하던 버릇을 상기하며 다시
그 수첩을 꺼내 들었다. 그곳에는 그녀가 공부해야 하는 이유, 목
표, 다음 단계 등등 자신이 하고자 하는 모든 것의 발상이 적혀
있었다.

'유학 시절에 하던 그 노력보다 확실히 지금은 더 쉽게 살고
있어. 다시 긴장하자! 다시는 박 이사한테 핀잔 따위 듣지 말자!'

그리고 당장 초미는 자신의 긴 머리카락부터 내일 날 밝는 대
로 자르겠다고 결심하는 것이었다.

이때, 그녀의 휴대전화가 울렸다.

"……여보세요."

이름을 확인한 초미는 약간 망설이다 전화를 받았다.

— 나야.

"알아요."

이젠 오현이 전화를 걸어오는 것이 이상할 것도 없다고 느껴져
서인지 아니면 충분히 거부해도 다시 다가오는 그에게 어느 정도
포기가 된 것인지, 그녀의 목소리에는 별 감정이 없었다.

— 오늘 박진우 이사를 만났는데 말이야.

"네?"

— 일 잘하고 있다고 하더군.

"잠깐만요. 우선."

— …….

"일 잘하고 있다는 말은 진심이 아니고요, 그리고."

— 그리고?

"어째서 오현 오빠가 박 이사님을 아는 거예요?"

— 아, 젊은 기업인 포럼에서 한 번 만난 적이 있어. 필요할 때 전화로 대화 정도 나누는 사이라고 해 두지.

"내 참. 세상이 왜 이리 좁아?"

기가 막혀 초미는 말을 그대로 내뱉어 버렸다.

— 그러게. 하지만 우리를 둘러싼 세상이 좁다, 라기 보다는 우리 사이에 교집합이 생각보다 많다고 하는 게 타당한 것 같아. 나는 오늘 또 한 번 초미와 내가 강력한 인연의 끈으로 이어져 있다는 것을 알았지.

"괜히 엮지 말아요. 또 한 번 우연이란 것이 발동되었나 보죠."

— 난 사실을 말하고 있는 거야. 것보다 12월 31일에 시간 비워 둬."

"올해 마지막을 오빠랑 보내자고요?"

— 그러고 싶다면 그렇게 하고.

"이봐요!"

— 하하. 저녁 식사나 해. 난 시간 비워 둘 테니.

"전 가족과 보낼 거예요."

— 식사는 나와 하고 종소리는 집에서 가족이랑 들으면 되겠군.

"멋대로야…… 부모님이 허락 안 하실 거예요."

— 과연 그럴까?

"무슨 뜻이에요?"

— 스물아홉의 아가씨가 나 정도의 남자를 만나 저녁 식사만
한다는데, 일반적인 부모님이라면 그리 부정적이진 않으실 거란
말이지.

"흥, 잘나셨군요. 내가 말을 말아야지."

초미는 손사래를 쳤다.

— 난 얘기했어.

"몰라요."

그녀는 황급히 전화를 끊었다. 그리고 한숨을 쉬었다.

"휴……. 이 사람…… 바람처럼 몰아치면서 대화하는데 나는
늘 밀려."

이렇게 중얼거린 그녀는 문득, 자신이 이 남자를 멀리해야 하
는 이유가 무엇인지 생각하게 되었다.

'이 사람과 그렇게 만난 사이만 아니었다면……. 아니, 주희
오빠만 아니었어도 내가 이러지는 않았을 것 같아.'

진심으로 초미는 오현이 주희의 큰오빠라는 사실이 원망스러웠
다. 주희와의 지난 에피소드를 생각하면 앞으로 다시 얼굴을 보지
않고 산다 해도 아쉽지 않았다.

초미는 자신이 이토록 주희를 싫어하는 줄 미처 몰랐다고도 생
각했다.

'내가 주희를 이렇게나 싫어하다니……. 괜히 사람 싫어하는

사람은 못난 사람이라고 생각했는데 말이야. 내가 한때 주희를 진심으로 좋아했고, 그 아이를 동경했던 것이 정말 어리석게 느껴져. 나는 나 자신만의 매력으로 명준이를 내 것으로 만들어야 했었어. 그리고 그 녀석이 주희를 선택한 것에 대해 겸허하게 받아들였어야 했고.'

"후우……."

초미는 깊은 한숨을 쉬었다. 그러면서 명준에 대해 생각하기 시작했다. 이제 더 이상 그에 대한 안타까운 사랑의 감정은 없다.

"극복했다고 해야 하나, 털어 냈다고 해야 하나……."

미치도록 명준을 되찾고 싶었던 초미는 이제 없다. 5년 전 그 마음으로 오현을 만났다는 것도 마치 거짓말처럼 느껴진다.

그녀는 미국 유학 생활을 하면서 조금씩 명준에 대한 생각을 버리고, 자아를 새롭게 만들어 갔다.

그 결과, 지금의 초미에게 명준이 차지하는 비율은 아주 작아져 버렸다.

"명준이는 이제 정말…… 친구일 뿐이라고."

초미는 중얼거렸다.

그런데도 주희와는 여전히 껄끄럽다는 것에 왠지 모를 패배감이 밀려왔다. 누구에게 또 무엇에게 패배했는지는 몰라도, 자신이 만들었고, 또 극복하지 못한, 한 마디로 실패한 인간관계인 것이었다.

'5년 전 성오현 씨와의 그 사건으로 많은 것이 바뀌었지. 나 자신을 찾는 데 그 일이 오히려 도움이 되었던 거야. 그러니 이제 와서 책임감을 느끼는 그 남자의 태도가 마음에 안 드는 건 당연해.'

초미는 오현이 그 책임감으로 자신과 결혼을 하려 한다면 정말 말이 안 되는 일이라고 생각했다. 그녀의 자존심이 또 한 번 무너지는 일인 것이다. 그것도 주희 앞에서.

"참나, 변태 같은 사람."

오현은 그 밤이 좋았다고 했다. 그래서 결혼을 하고 싶다고. 그런 말을 내뱉다니, 그는 정말 괴짜이거나 그녀를 우습게 보고 있는 것이 틀림없었다.

'그런 말 이전에는 나를 우습게 본다는 느낌을 가진 적 없었는데.'

초미는 속으로 자신에게 확인했다. 여태껏 오현이 초미에게 납득할 수 없는 말을 하긴 했어도 그녀의 인격을 모독하는 언행을 한 적은 없다고 인정했다.

5년 전의 그날 밤에도 그는 실수를 인정했고 또 그 후에는 자신의 과오를 인정하고 만회하고 싶어 했다.

'인간 말종이 아닌 건 확실해. 그리고 주희하고는 성격이 완전히 달라. 걘 너무 자기감정을 앞세우는지라 어쩐지 가까이하고 싶지 않은 성격이고, 성오현 씨는 옳고 그름이나 좋고 싫음이 분명한 사람이라 오히려 마주하기가 안심이 되는 사람이야.'

오현이 주희의 오빠라는 것 외에 또 다른 껄끄러운 관계는 명준이었다.

'내가 명준이를 남자로서 좋아했다는 것은 내 친구들도 주희도 명준 본인도 다 아는 이야기야. 그런 내가 주희의 큰오빠와 사귄다면? 그래서 결혼까지 간다면? 아…… 그냥 서로 안 보고 사는 것이 제일 마음 편하겠어!'

생각할수록 초미는 그가 주희의 오빠라는 것이 안타까웠다.

"아, 모르겠다! 내가 지금 남자 생각에 이러고 있을 때냐. 내 앞날도 아직은 불투명한데."

초미의 머릿속에 박진우 이사의 얼굴이 거의 자동적으로 떠올랐다.

학생들에게 별다른 인상을 남기지 않는 강사라는 말을 하면서 그의 말끔한 얼굴은 더욱 차갑게 보였다. 그의 말 몇 마디를 다시 정리해 보면, 실력 있는 강사만을 원했던 것이 아니라 개성이 있어야 한다고 했다.

초보 강사인 그녀를 뽑으면서 그녀의 개성을 기대하고 있었는지도 몰랐다. 아니, 그녀가 어떻게 학생들로부터 관심을 이끌어내는지를 지켜보고 있었음에 틀림없다.

'신입인 나를 뽑아 놓고 여태까지 잘하나 못하나 팔짱 끼고 보고 있었을 거야. 그리고 진부한 초보 강사일 뿐이라고 결론 내렸겠지.'

이렇게 생각하자 초미의 얼굴은 자신도 모르게 상기되었다.

'특징 없는 강의를 하는 건 나도 싫어. 정말 나만의 스타일로 강의하고 학생들이 그것에서 도움을 받아 갔으면 해. 스타 강사를 꿈꾸는 건 아니야. 아니…… 스타 강사가 되었으면 좋겠어. 나라고 해서 스타가 되지 말란 법은 없잖아?'

초미는 자신이 욕심 없이 살았을 때, 현실적으론 얼마나 초라했던가를 기억해 냈다. 욕심을 내고 노력을 했더니 그만큼 기회가 왔다는 것을 경험으로 알고 있었다.

"그래. 나만의 강의 스타일. 그걸 만드는 거야! 박 이사님, 두고 보라고요."

자신이 두 손을 불끈 쥐었다는 사실도 모른 채, 초미는 교재 연구를 위해 책상 앞에 앉는 것이었다.

그 시간은 새벽까지 이어졌다.

❈

크리스마스이브가 되었다. 초미는 혜준, 순아를 만나고 싶었지만 그녀들은 이미 선약이 잡혀 있었다.

"나, 이번에 남자 친구 생길 것 같아. 잘되면 이야기해 줄게."

"나, 오늘 미팅전문회사에서 주최하는 싱글파티에 나가. 우리 둘째 언니가 거기서 우리 형부를 만났거든. 요번에 남자들 물도 좋대. 다음에는 같이 가자."

혜준과 순아의 각각의 이유는 초미로 하여금 그 약속들을 깨고 자신에게 올 것을 요구하지 못하게 만들었다.

그녀들을 제외한 절친한 친구라면 명준이지만, 그는 이제 주희의 남편이 되었으니 연락을 할 수가 없다. 아니, 안 하고 싶었다.

'이대로라면 크리스마스이브를 가족과 보내게 되겠네.'

하지만 가족들도 모두 약속이 있었다. 초류는 친구들과, 부모님은 계 모임이 있었던 것이다.

초미는 혼자서 집을 지켜야 하는 처지가 비참할 것까진 없었지만, 허전하기는 했다.

그런 그녀에게 뜻밖의 제안을 하는 전화가 걸려 왔다.

— 야, 주희.

"그래. 잘 있었니."

퇴근길에, 초미는 주희의 전화를 받고 기분이 묘해졌다.

— 저녁이나 먹을까?

"언제?"

— 오늘, 지금 말이야.

"크리스마스이브잖아. 신랑은 뭐 하고?"

— 우리 집에 와.

"지금 저녁 초대하는 거니?"

— 그래, 맞아.

초미는 걷던 걸음을 멈추고 마치 주희가 앞에 있는 것처럼 의심스러운 눈길로 허공을 바라보았다.

— 명준 씨하고 얘기 된 거야. 그이도 지금 집으로 오고 있대.
너도 와서 저녁이나 같이 먹자.

"다른 친구들도 초대된 거야?"

— 우리 과 친구들은 아니고, 명준 씨 지금 일하는 곳에 애인
없이 싱글인 동료 두 사람이 오기로 했어.

뭐라고 대답해야 할까, 초미가 생각하는 틈을 기다리지 않고
주희가 또 말했다.

— 단번에 거절하지 않는 걸 보니 약속 잡힌 건 없는 모양이
네. 그럼 그냥 우리 집에 와.

주희의 말투가 초미의 마음에 들지 않았다.

"역시 난 안 가는 게 좋겠어. 너 나한테 다시 보지 말자고 했던
말 기억나지?"

— 그거 가지고 지금 트집 잡는 거야? 우리 부부가 함께 초대
하는 건데도?

'이게 초대냐? 갑자기 전화해서 갈 데 없으면 오라는 거잖아.'

— 못 올 이유 없으면 와. 명준 씨 엄청 기대하고 있으니까.

"뭘 기대해?"

— 집에 손님 초대하는 거.

'그럼 그렇지…… 나 불러 놓고 제 음식 솜씨 과시하고 싶은
거구만?'

— 네가 지금 거절하면 명준이가 또 전화할지도 몰라. 난 그거
싫다.

주희의 한마디에 초미는 피식 웃었다. 잘은 몰라도 주희는 초미를 꼭 부르고 싶은 모양이었다. 남편인 명준 앞에서 체면을 살리고 싶은 마음일 것이다.

"좋은 마음으로 초대한다면 고맙게 생각하고 갈게."

초미는 나름대로 예의를 차리고 싶어 이렇게 말했지만 돌아온 대답은 기대 이하였다.

— 무슨 조건을 그렇게 다니? 친구 부부가 약속도 없는 크리스마스이브에 널 초대한 건데 그렇게 까다롭게 굴어야 직성이 풀리겠니?

'안 간다고 할까.'

초미는 조금 전 자신이 한 말이 곧바로 후회되었다. 하지만 자신 말고도 더 초대된 사람들도 있다 하니 부담감은 줄었다 싶었다. 솔직히 명준 부부의 신혼집도 궁금하긴 했다.

'하지만 어쩐지 판도라의 상자를 여는 느낌이야.'

라고 생각하면서도 초미는 명준과 주희가 사는 집으로 발길을 옮겼다.

초미가 도착했을 때에는 명준과 그의 동료들은 이미 도착해 있었고 식사까지 하던 중이었다.

"초미야 어서 와."

그리고 주희는 전화 목소리보다 훨씬 따뜻한 목소리로 그녀를 맞이했는데 초미는 이게 더 무서웠다.

"초대해 줘서 고마워. 주희야, 명준아."

초미는 주희 뒤에서 따라 나오는 명준을 보고 새로운 감정이 일어남을 느꼈다. 이제는 어엿한 가장이 되어서 살도 좀 붙은 모습의 오랜 친구를 보고 있자니, 세월이라는 것이 무엇인지 실감이 되는 것이었다.

"초미 어서 와. 우리 집 처음이지? 주희가 너 초대하자고 했어. 우리 착한 마누라가."

"어머, 갑자기 내 칭찬을 하고 그래."

"둘이 호흡이 잘 맞네. 그래, 초대해 줘서 고맙다. 그런데 너무 급하게 오느라 제대로 된 선물을 준비 못 했어. 요 앞에서 유기농 주스 하나 사 들고 왔다."

"어머, 잘 되었네. 마침 주스 마시고 싶었던 참이야. 이리 주고 어서 이리 와."

주희는 눈치 빠른 주부가 그러는 것처럼 얼른 초미의 손에서 주스를 받아 들고는 거실로 안내했다.

거실에 차려진 음식들은 성대했고 초보 주부가 할 수 있는 최대한의 노력이 여실히 느껴져서 초미는 주희를 다시 한 번 보게 되었다.

"이거 다 내가 만든 거야. 사람 안 쓰고."

"알았어. 누가 뭐래?"

"사모님 솜씨가 워낙 좋아서 많이 집어 먹느라 벌써 배부르네요."

먼저 도착한 사람들 중 한 명이 주희를 거들었다.

초대 받은 명준의 두 동료는 별다른 특징이 없는 평범한 싱글 남자들이었다. 그의 오랜 친구 초미가 아는 바로도 명준에게는 동성의 친구가 별로 없었다.

그러고 보면, 그는 초미와 가장 많은 시간을 보냈다고 할 수 있었다. 초미가 다른 동성 친구들과도 신나게 어울려 다녔던 것과는 반대로.

'명준이는 남자인 친구들이 별로 없었지. 여자들에게는 참 좋은 스타일인데 자기네 동성끼리는 잘 안 어울리나 봐. 오늘 온 사람들도 회사 동료 이상으로 보이진 않는걸.'

"맛있는 거 보니까 갑자기 배가 더 고프다. 어디 한번 크리스마스의 만찬을 즐겨 볼까나?"

초미는 분위기를 띄우기 위해 애써 유쾌하게 말하고 앉았다.

처음 주희의 초대를 받았을 때의 걱정과는 다르게 시간은 그럭저럭 안정적으로 흘러갔다.

명준은 주희와의 신혼여행 사진을 자랑삼아 보여 주었고 부부도 처음 본다는 결혼식 영상도 틀었다.

오현과의 문제를 이야기할 때의 공격성 있는 모습과는 너무 다르게 시종일관 안방마님처럼 우아한 모습이라 초미는 적응이 안 될 지경이었다.

'예전부터 얘는 상대방에 따라서 보여 주는 모습을 잘 연출했던 것 같아. 내 앞에서와 명준이 앞에서의 모습이 너무 다르잖아?

유감이지만 이것도 능력이라고 인정해야 할 것 같아. 아니, 피나는 노력이라고 하는 게 맞겠네.'

초미는 혼자 생각에 과일을 깎는 주희를 보며 짧은 미소를 띠었다. 그것을 주희가 알아차렸다.

"초미야, 잠깐 나 좀 도와 줘."

이렇게 주희는 초미를 주방으로 불러들였다.

영문을 몰랐던 초미는 주희의 다음 말에 당황할 수밖에 없었다.

"너 방금 비웃은 거니?"

"무슨 소리야?"

"네가 날 보는 표정, 눈빛 모두 다 마음에 안 들어. 너, 나 대할 때랑 우리 오빠 대할 때랑 정말 다른가 봐?"

초미는 자신이 주희를 상대로 했던 생각을 주희가 반대로 말하자 급격히 당황스러우면서도 불쾌했다.

"무슨 말을 하는 거야? 그럼 내가 이중인격자란 소리야?"

"그게 그런 말이 되니? 네 생각이 그렇다면 맞겠지."

"뭐야? 주희 너!"

"야, 초대를 한다고 냉큼 오니? 내가 명준 씨 부탁으로 널 초대하긴 했어도, 나 같으면 끝까지 안 왔겠다. 아무리 명준 씨하고 친구였다지만 지금 나하고는 결코 좋은 사이도 아니잖아? 머리채만 안 잡았지 우리 서로 싫어하지 않냐고."

"그래, 네 말 듣고 보니 지금 망치가 내 뒤통수를 꽝 하고 치는

구나. 어떡할까? 지금이라도 다시 갈까?"

"주접떨지 말고 앉아 있어. 표정 관리나 잘하고."

이렇게 말한 주희는 다시 웃는 얼굴로 거실로 나갔다.

잠시 주방에 남겨진 초미는 진심으로 소름이 끼쳤다.

'뭐 저런 계집애가 다 있어? 자기 할 말만 하고 쏙 빠져나가는 것 좀 봐! 마음 같아서는 정말 한판 붙고 싶다. 진심!'

하지만 주방에서의 불편한 대화를 거실에 있던 명준은 알 리가 없었고, 잠시 후에는 더 나쁜 상황이 발생했다.

명준의 두 동료 중 한 명이 물었다.

"그럼, 초미 씨는 주희 씨의 절친이에요?"

이 물음에 초미는 주희의 표정이 살짝 굳어지는 것을 느꼈지만 거짓을 말하고 싶진 않았다.

"아, 저는요…… 명준이 절친이에요."

"정말요? 우린 오늘 초대되면서 여자분은 사모님의 절친이지 않을까 생각했는데요. 와, 이 실장님 능력 있으시네요. 사모님이 미인이신 데다가 또 친구까지."

명준은 웃으면서 대답했다.

"초미하고는 초등학교 때부터 친구였다고. 중매 설 일 있으면 좀 알아봐 줘. 두 사람이 관심 있으면 나한테 말하고."

"그래요? 어떤 타입 좋아하세요?"

약간의 관심을 표하는 눈빛으로 한 동료가 묻자 잠시 망설이는 초미를 제치고 주희가 대뜸 이렇게 말하는 것이었다.

"초미는 우리 신랑 같은 사람 좋아할걸요?"

순간, 모든 사람들이 잠깐 말을 멈추었다. 명준은 원래 즉흥적인 상황에 약한 인물이었고 초미는 얼떨떨한 기분이었으며 두 동료들은 이 여자 손님의 이상형이자 절친한 친구가 명준이라는 말에 어떤 반응을 보여야 할지 몰랐기 때문이었다.

"하…… 이상형까진 아니지. 그냥 친한 친구였을 뿐인데."

의외로 먼저 말문을 연 것은 명준이었다. 하지만 주희는 다시 초미를 공격했다.

"자기는 그렇게 생각했을지 몰라도 초미는 자기를 남자로 좋아했을걸? 그렇지 않니?"

라고 말하면서 초미를 보는 것이었다.

'이 계집애가 이거 하려고 나 부른 거 맞지? 지금?'

주희의 초대에 응하는 것이 아니었다. 초미는 자신이 왜 오늘 이 집에 왔나 싶었다. 잠시 뜸을 들인 후에 초미는 대답했다.

"그래, 주희야. 맞아요, 저 이 자식 좋아했었는데 지금은 아니고요. 명준이가 천생연분을 만난 거죠, 뭐. 제가 소개해 준 거예요. 이 사람들이 나한테 옷 한 벌 제대로 해 줘야 한다니까요? 하하."

최대한 자연스럽게 말하고 싶었지만, 어쩐지 말을 길게 할수록 멋쩍어짐을 느끼는 초미였다.

다시 주방으로 온 두 여자 사이에는 보이지 않지만 뜨거운 불꽃이 튀었다.

"나 당황시키니까 기분 좋으니?"

초미가 먼저 시작했다.

"우리 신랑이랑 엮여서 남한테 우리 사이 말해 보니 기분 어때? 아무래도 어색하지?"

"그럼, 말 안 하면 되잖아."

"아니, 그것보다는 안 보면 더 좋지."

"야, 초대한 건 너야."

"우리 오빠하고 엮이지 말라고. 내 주변에서 사라져."

"하…… 너 지금 그거 말하려고 이 판을 벌인 거야? 결국 하고 싶은 말은 네 오빠한테서 떨어져라?"

"정확하게 말하면 그렇겠지만 명준 씨와의 관계만으로도 개운치 않아."

"야, 내가 무슨! 뭐, 관계?"

자신이 무슨 불륜녀냐고 말하고 싶었지만 언성이 높아지는 마당에 참아야만 했다.

잠시 굳은 채 서 있던 초미는 결심한 듯 말하고 돌아섰다.

"나 갈게. 정말 다신 보지 말자. 그리고 네 오빠한테 내가 얼쩡거리는 거 아니야. 굳이 따지자면 네 오빠가 내 주변에서 걸리적거리고 있다고 봐야 돼. 그것만 알아 둬."

"야, 그러니까 우리 오빠가 왜!"

라고 말한 주희도 뒷말은 참고 있는 듯 보였다.

"내가 매력이 좀 있잖아. 그러니까 명준이도 오랫동안 가장 친한 친구로 나를 생각한 거고. 사실 여자가 별 매력이 없으면 남자가 친구 삼기라도 했겠니?"

악감정에 초미는 마구 내뱉는 느낌이었지만 이렇게 하지 않고는 배길 수가 없었다. 그녀는 행진하는 군인처럼 박력 있게 거실로 갔다.

"명준아 갈게. 갑자기 약속이 생겨서. 메리크리스마스. 재밌게 놀다 가세요."

초미는 명준과 그 동료들의 대답을 기다리지 않는 빠른 인사를 남기고 옷과 소지품을 챙겨 자리를 떴다.

모두들 바람처럼 말하고 바람처럼 사라지는 그녀를 멀뚱히 바라볼 뿐이었다.

그렇게 밖으로 나온 초미는 찬바람을 맞자마자 허공에 대고 소리치듯 말하는 것이었다.

"왜 자꾸만 5년 전으로 돌아가느냐 말이야!"

미국으로 떠나기 전과 지금의 자신은 많이 바뀌었다고 생각하는데, 주변에서는 아직 인정해 주지 않는 분위기라는 것이 지금 초미가 가지는 가장 큰 불만이었다.

오현도 5년 전의 그 일을 아직도 생각하며 결혼 운운하고 있었고, 주희도 여전히 명준을 놓지 못하는 초미로 여기며 경계를 하다 못해서 공격까지 해 대고 있었던 것이다.

"으, 엔드리스 갑을 관계냐? 정말 억울하잖아. 이건!"

다시 한 번 더 외치면서 초미는 사람 사이의 관계가 바뀌는 게 참으로 어렵다는 것을 실감했다.

이젠 더 이상 남자로 탐나지 않는 명준을 두고도 아내가 된 주희는 자신을 경계하고 있으니, 주변 다른 친구들이야 어떤 입방아를 찧고 있을지 뻔한 일이었다.

'남들 눈에 쿨해 보이고 싶다고 주희하고 친하게 지낼 수도 없고…… 정말 진절머리 나는 상황이야. 나는 내 인생에 걸려 있는 모든 것을 바꾸고 싶었지만 돌아와서 여전히 답답하게 흘러가는 이 판국을 바로잡지 못하고 있어. 아…… 어떻게 해야 되는 거야, 정말!'

속으로 외치던 초미는 문득 오현을 떠올렸다.

'그 사람하고 이야기를 좀 나눠 보는 것도 방법일 수 있겠어.'

그녀는 그와 진지한 대화를 나눠 본 적이 없음을 인정했다. 늘 그는 갑자기 나타나거나 뜬금없는 제안으로 난처하게 만들었기에, 그녀가 진지하게 그를 여기지 않은 것도 사실이었다.

'내 진심을 말하지 않았어. 내 오랜 스토리를 솔직하게 말하면 그 사람도 이해하고 조용히 사라져 줄지도 몰라. 어쩌면 나와 주희 사이를 중재해 줄지도…… 아니야, 이런 캐릭터 아니지 그 사람은.'

여동생과 그 친구 사이에서 자상한 오빠 역할 따위 오현에게 어울리지 않는다 생각하며 초미는 쓴웃음을 지었다.

그리고 다가오는 버스에 몸을 싣고서는 자리에 앉아 오늘 있었던 '크리스마스이브의 대참사'에 대해 혜준, 순아와 수다를 떨기 위해 휴대전화를 드는 것이었다.

✻

12월의 마지막 날이 되었다. 한국에 돌아와서 약 3개월, 나름대로 바쁘게 지냈다고 생각한 초미는 올해의 마지막 날 아침이 되자 문득 불만스러운 감정이 밀려왔다.

'인생을 혁신적으로 바꾸고 싶었어. 미국에서는 그럴 수 있을 것 같았는데, 돌아와 보니 상황은 다시 5년 전이야. 주희는 여전히 나를 자기 뒤나 졸졸 따라다니던 그 멍청이로 보고 있고, 명준이는 우리 관계를 아는지 모르는지 그저 뒷짐 지고 있는 것 같고, 나는 강사 일을 시작했지만 뚜렷한 개성 없이 시간만 보내고 있는 느낌이야. 내가 생각한 건 이게 아닌데 말이야.'

거울을 보면서 초미는 바꾼 헤어스타일을 매만졌다. 주희의 집에서 마음이 상한 다음 날 바로 기분 전환을 위해 헤어숍을 갔던 초미는 자신이 해 보지 못한 가장 파격적인 스타일로 주문을 했던 것이다.

'그런데 좀 브로콜리 같아…….'

그것도 검은색 브로콜리 같다고 하면 더 정확하다. 자신의 검은 머리카락을 좋아한 그녀는 염색을 하지 않고 강한 컬을 넣어 줄 것을 요청했고 결과는 작은 야쿠르트 병이 주렁주렁 달린 듯

한 긴 곱슬머리가 된 것이었다.

그녀의 피부와 검은 컬은 잘 어울렸지만 머리가 커 보여 다소 부담스러운 느낌도 들었다.

'좋은 점도 있어. 확실히 눈에 띈다는 거. 얼굴도 작아 보이고.'

초미는 냉철한 이미지의 강사가 되는 것을 일단 포기하기로 했다. 자신의 성격상 그것이 아주 힘들다는 것을 깨달았기 때문이다.

대신 엉뚱 발랄하면서도 할 말은 정확히 하는 좋은 친구 같은 강사가 되기로 마음을 먹었다. 문제는 엉뚱 발랄한 것은 자신이 있는데 하고자 하는 말을 정확히 한다는 것이 어렵다고 느꼈다.

'그래, 진정성이 있게 말하고 강의하고 대답해 주자. 나처럼 영어에 별 뜻도 장래성도 없던 사람들에게 솔직한 조언을 아낌없이 해 주는 그런 사람이 되어 보는 거야.'

그녀는 자신의 원래 성격을 바꾸는 것보다는 그 성격이 할 수 있는 최선의 성과를 노리기로 한 것이었다.

이렇게 마음을 먹고 나니, 헤어스타일을 바꾸는 것에도 주저함이 없었고, 쇼핑을 하면서 옷이나 액세서리를 고르는 것에도 긴 망설임이 필요하지 않게 된 것이었다.

"엇, 누나. 서른 되는 기념으로 귀신 산발을 하기로 결심한 모양이네?"

라고 초류가 말했었지만 싸움을 걸지 않을 만큼 마음의 여유도
생겼다.

'원점으로 돌아가는 느낌을 싫어하지 않겠어. 내 본연의 모습
이 업그레이드되는 중이라고 믿을래.'

초미는 학원으로 출근하는 길 내내 이런 생각에 빠졌다.

「퇴근시간에 맞춰 차 대기할게.」

오현의 문자가 온 것은 초미의 퇴근시간 한 시간 전이었다.

12월 31일에 만나기로 한 약속을 그녀도 내내 기억하고 있었지
만, 여태껏 아무런 연락이 없던 오현이 잊었을지도 모른다고 생각
했다.

그러다 이렇게 기가 막히게 정확한 타이밍으로 그가 다시 나타
나자, 그녀는 그만 웃어 버렸다.

"참나…… 주희 오빠가 아니라면 얼마나 좋아?"

초미는 오현이 나쁜 남자가 아니라는 것을 알 것만 같았다. 비
록 돈으로 여자를 사려 했다는 그날의 기억이 남아 있긴 하지만,
그가 그날 왜 그런 선택을 했었는지 알고 싶기도 했다.

'오늘도 역시 들이대면 난 또다시 안 된다고 할 거야. 우리 사
이에 있는 주희라는 걸림돌은 영원할 테니까 말이야.'

라고 초미는 그와의 오늘 만남을 거부하지 않기로 했다.

퇴근하고 건물을 나오는 초미의 눈앞에 그의 차가 서 있었다. 그녀는 운전자를 확인하고는 아무 말 없이 자신이 직접 문을 열고 차에 올라탔다.

"내가 열어 줄 때까지 기다릴 것이지."

"안 그래도 돼요. 이 복잡한 거리에서 얼른 빠져나가자고요."

"반항하지 않고 순순히 따르는 것도 느낌 괜찮은데?"

"뭐가 괜찮아요?"

"항상 좀 반항적이었잖아. 그러다 이렇게 먼저 차에 타고 그러니까 어쩐지 마음이 푸근한 것이 좋다고."

"의외로 소심하신 모양이네. 내가 무서웠나?"

"훗, 그럴 리가."

가볍게 웃은 오현은 다시 한마디 했다.

"머리에 무슨 일 있어?"

"아, 못 알아볼 뻔했죠?"

"야상 점퍼에 펑키한 머리…… 난 또 그날처럼 초미가 폭주하고 싶은 날인가 했네."

"아, 또 5년 전 얘기……."

"알았어. 입 다물지."

그는 신속히 차를 출발시켰다.

차는 꽉 막힌 도로를 긴 시간에 걸쳐 간신히 빠져나와 이제는 좀 더 어둑하고 한적한 길을 달리고 있었다.

"어디 가는 거예요?"

"내 별장."

"아…… 별장요."

"겁나지 않아?"

"네."

"하, 안 본 사이 더 당차졌군. 계기는?"

"주희와 연결된 어떤 사람도 이젠 가소롭다는?"

"아, 주희하고 또 무슨 일이 있었군."

오현은 웃었고 거울에 비친 그의 눈동자는 모든 것을 알고 있다고 말하는 것 같았다.

그의 별장은 다행히 깊은 숲속이 아니었다. 겨울이라 황량해진 강이 보이는 높은 언덕에 위치하고 있어서 지나가는 차량들이 펜션으로 오해할 수도 있을 것만 같았다.

"관리인에게 정리를 좀 시켜 놨지. 따뜻해서 좋군."

별장 안에는 사람이 살았던 것처럼 온기가 있었고 게다가 음식까지 마련되어 있었다.

"고기하고 와인이면 괜찮겠지?"

별장에 들어와서 초미는 내내 대답을 하지 않고 그저 주변을 두리번거릴 뿐이었다.

'이 사람은 여기 자주 오는 것 같진 않아. 관리인이 부부인가 봐. 여기저기 아저씨, 아주머니 물건들이 놓여 있는 걸 보니.'

쟁기, 고무장갑, 고무장화 같은 것들이 마당 한편에 놓여 있고 거실에는 촌스러운 벽걸이 시계가 걸려 있는 것을 보면서 초미는 빙그레 웃었다.

"배고파요. 우선 밥부터 먹어요."

식사를 마치고 두 사람은 테라스에 앉아 와인을 따랐다.

"난 커피 마실게. 약속대로 집에 데려다줘야 하니."

"그래요."

두 사람은 오늘 따라 대화 속에 공백이 많았다. 다른 때 같았으면 오현이 초미를 자극해서 그녀가 말을 마구 쏟아 내곤 했지만, 오늘만큼은 두 사람 다 차분한 분위기를 유지하고 있었다.

"5년 전과 달라진 게 없어요."

강을 응시하며 의외로 초미가 먼저 말을 꺼냈다.

"무엇이?"

"그냥…… 모든 게요. 나는 많은 것을 획기적으로 바꾸고 싶어 떠났던 것인데…… 어쩌면 나 자신이 안 변했을 수도 있어요."

"흠."

"사람 관계라는 것이…… 정말 한번 정의되면 계속 가나 봐요. 갑을 관계처럼 말이에요. 늘 어떤 사람은 호구로 살고 또 어떤 사람은 다른 사람을 업신여기고……."

"내 동생 이야긴가?"

"글쎄요. 그냥…… 제 얘기예요. 각자의 성격이 변하지 않으면 처음 형성되었던 관계도 변하지 않나 봐요."

"이건 어때?"

오현이 이렇게 말을 하자, 초미가 비로소 그의 눈을 바로 쳐다보았다.

"무얼 바꾸려고 하지 말고, 또 다른 사람 눈치도 보지 않는 거야."

'어? 내 생각과 같아.'

초미는 정확하게 생각이 일치하는 그의 말에 속으로 저릿함을 느꼈다.

"그리고 우리도 5년 전의 그 시점에서 다시 시작하는 거지."

"……"

"우리가 어떻게 그렇게 만나서 시작하게 되었는지."

"잠깐, 시작이라뇨? 우린 거기서 끝난 거예요."

"그래, 거기가 시작인 거야."

"지금 말장난하세요? 시작이니 끝이니."

"그냥 우리가 시작하기 위해 만났다고 생각하면 간단해."

"암튼 결국 자기 생각으로 말 돌리는 건 선수예요."

"내 말은 초미를 둘러싼 모든 것이 5년 전에 끝났다고 생각하지 말고, 끝났기 때문에 다시 시작하기 위해 미국에 간 것이 아니라는 거야. 너의 역사는 여전히 이어지고 있으니 계속 쓰라는 것이지. 갑자기 변하는 것은 없다고."

"오늘은 철학하시기로 마음먹었나 보죠?"

"철학이 아니라 모든 일이 그래. 실제로 네가 미국에서 돌아오자, 여전히 변하지 않은 것들이 너를 맞아 줬잖아, 안 그래? 우리 관계도 역시 마찬가지인 것이고."

그는 커피를 한 모금 마셨다.

"마찬가지라……."

오늘도 들이대면 매몰차게 거절해 주리라 생각했던 초미는 그 매몰찬 거절 대신 와인을 마셨다. 그리고 생각했다.

'그럼 당신은, 우리가 끝난 그 지점에서 변하지 않은 채로 날 기다리고 있었단 말인가요?'

8화

당당하게 그리고 화려하게

가는 해의 마지막 날은 깊어지려 하고 있었고, 오현이 약속한 대로 초미를 서울의 집으로 데려다주기엔 넉넉한 시간은 아니었다.

"오늘 내가 너에게 하고 싶은 말이 있어. 시간이 충분치 않으니 지금 해야겠군."

그는 다소 의미심장한 얼굴로 초미를 바라보았다.

"그렇게 정색하니 긴장되네요. 또 무슨 결혼 운운하시려는 건 아니죠?"

"결혼은 내가 하고 싶은 말의 일부라고 해 두지."

'아, 그놈의 잘난 척!'

그녀는 속으로 외쳤지만 그의 다음 말을 듣고서는 진지해질 수밖에 없었다.

"너는 내가 내 이야기를 털어놓고 싶게 만든 첫 번째이자 유일한 여자야."

"……."

초미는 그의 말이 하는 참뜻을 생각하느라 눈을 동그랗게 뜨고 그를 바라보았다.

그러자, 그런 그녀를 알아차리고 그가 부연 설명을 해 주었다.

"너 이외의 여자하고는 내 사적인 이야기를 하고 싶지 않다는 말이야. 아니, 이건 남자를 포함해야겠군. 나와 사적인 친분을 가진 남자도 없으니까."

"인간관계 되게 안 좋으신가 봐요?"

"내 말뜻을 알면서, 그런 반응은 유감이야."

"……뭐예요. 그럼 정말 나와 진지한 만남, 진솔한 대화, 뭐 이런 걸 하고 싶다는 말이에요?"

"아울러 결혼까지. 빙고."

고백처럼 들리는 그의 말에 초미는 잠깐 말문이 막혔다.

'뭐지? 이 장난스럽지만 진지한 분위기는?'

"하지만 전 오현…… 오빠를 그런 사람으로 생각해 본 적이 없는걸요. 난 그냥 오빠를 친구 오빠로만 생각했을 뿐이에요."

"담백하게 친구 오빠로만 생각하기엔 우리 사이에 큰 사건이 있었지."

"그 얘긴 그만하죠."

"……."

"제가 싫은 게 그거예요. 그에 대한 책임감 때문에 지금 이러는 거라면…… 정말 질색이라고요. 어떤 부분을 책임지고 싶은 건지도 모르겠고요."

이쯤에서 초미는 자신이 기절한 사이 벌어진 일들에 대해 물어볼까 싶었다.

'당신이 내 첫 남자예요? 그래서 책임지려고?'

그녀가 이런 질문을 하고 싶어 한다는 것을 오현은 알아차리지 못한 것 같았다. 아니면 그녀가 기억을 하고 있을 거라 생각하는지도 몰랐다. 그의 대답은 초미의 궁금함을 비껴 나갔다.

"나도 그런 거라 처음에는 생각했었지. 책임감이라…… 잘은 모르겠지만 내 마음속에 너에 대한 부채가 있다고 생각했어. 그래서 너에게 자꾸 관심이 간다고 말이야."

"아니에요?"

"아니라는 걸 너를 만날 때마다 깨닫게 돼."

"……."

"그 사건으로 네가 큰 상처를 받은 것은 사실이잖아. 그래서 내내 신경이 쓰였고 책임감도 느꼈었지. 그러던 어느 날, 이런 생각이 드는 거야. 나는 왜 너를 이렇게 다시 만나고 또 만나길 바라는 걸까. 왜 너를 생각하면 웃음이 나고 네 하는 일에 응원을 하게 되는 걸까."

"정……말 그런 생각을 했어요?"

"그건 책임감이나 죄의식하곤 다른 것이라는 걸 너를 다시 만나고 나서야 확실히 알게 되었지."

"……."

초미는 무슨 말을 해야 할지 몰랐다. 오현의 말에서는 진실이 느껴지고, 자신은 그에 합당한 대답을 해 줘야 하겠지만……. 그래도 어떤 대답을 해 줘야 할지 알 수가 없는 것이었다.

확실히 거절하겠다고 했던 그녀의 결심이 자연스럽게 기억 저편으로 희미하게 사라지고 있었다.

"대답을…… 할 수가 없어요."

"대답을 원한 건 아니야. 내 솔직한 마음을 그동안 말할 수 없었기 때문에 오늘이란 날을 잡은 거지. 몇 번 만나도 네가 먼저 휑하니 자리를 떠 버렸잖아."

"그야, 오빠가 얼토당토않은 말을 먼저 해 버리니 화가 나서……."

"훗."

"무슨 대답이 정답인 거예요? 오빠한테는."

"나에게 마음을 열겠다는 말 정도? 그런 말을 듣는다면, 지금 당장은 만족할 수 있겠군."

"아……."

정곡을 찔렸다는 느낌이 들었다.

사실 초미는 그에게 마음을 열 수가 없어서 그가 신경 쓰이고 불편했다. 둘 사이에 '그 일'과 '성주희' 때문이었다. 아니, 더 정확하게는 주희 때문이라 해야 겠다. 엮이기 싫은 관계를 시작도 하고 싶지 않은.

'그런 장애물이 없다면 이 사람…… 지금 보니 놓치기 아까운 사람 같기도 한데…….'

"생각을……."

초미가 입을 열자, 오현이 집중했다.

"생각을 해 보긴 할게요. 기대는…… 하지 마세요. 나는 오빠가 돈으로 여자를 사려 했다는 것을 분명히 기억하고 있으니까요."

"그것에 대해서는 따로 시간을 내어 변명을 하도록 하겠어."

"설명 아니고 변명요? 갑자기 겸손해지셨군요?"

"그래, 내가 한 일은 분명히 비난받아야 할 일이었어. 그에 대해서는 설명이라 할 수 없지. 변명에 지나지 않아. 넌 그 변명을 들을 권리가 있고."

초미는 살짝 미소를 지으면서 눈썹을 올렸다.

"흐음…… 겸손의 표현을 쓰는데도 잘난 척으로 보이는 건 뭐죠?"

그녀의 말을 듣고 오현은 잠깐 생각하는 얼굴이더니 커피를 마셨다. 그리고 말했다.

"아마 나 자신이 너무 수치스러워서 이런 가면이라도 쓰고 싶은 거겠지."

"……."

초미는 그가 조금 아파한다고 느꼈다. 그의 눈빛과 표정이 그 어느 때보다 쓸쓸하게 느껴졌기 때문이었다.

"그 변명 갑자기 궁금해지네요. 지금 해 주시면 안 돼요? 아님, 돌아가는 차 안에서라든가."

"미안해, 오늘은 하고 싶지 않아."

"뭐예요……."

그녀는 곱게 눈을 흘겼지만, 말하고 싶지 않은 오현의 마음을 이해해 줘야 한다고 생각했다.

"일어서지. 서울로 들어서면 차가 막힐 거야."

지나는 해 마지막 날, 또한 마지막 순간은 오현의 아찔한 운전 솜씨 덕분에 가족과 함께할 수 있었다.

"브로콜리 머리가 웬 말이야?"

타박하는 초류와 동조하는 엄마, 그리고 별말 없는 아버지와 함께 초미는 치킨에 맥주 한잔을 기울이며 가는 해와 오는 해의 뒤바뀜을 축하했다.

"우리 딸 한국에 와서 엄만 너무 좋다. 취직해서 더 좋고. 근데 머리는 마음에 안 들어."

"머리한 지 얼마 안 되었으니깐 자꾸 바꾸라고 하지 마세요. 본전치기는 해야죠."

"딱 이 개월만 하고 머리 바꿔. 봄 되면 바꾸라고."

"엄만 내 머리가 그렇게나 싫어?"

"야, 사람 머리 같지 않고 초류 말대로 그 뭐냐…… 브로, 브로콜리 같아."

"참나, 귀엽지 않아요?"

"있잖아, 누나 혹시 이제 서른 된 거 알고는 있지?"

어머니와 초류의 비난 속에 초미는 아무래도 현재의 머리 모양을 오래 고수할 수 있을 것 같지는 않다. 그들의 비난이 문제가 아니라, 초미 자신이 추구하고 싶은 이미지가 이 머리 모양은 또 아닌 듯싶었다.

'내가 되고 싶은 강사의 이미지를 만들겠어. 올해는 반드시 나만의 강의 스타일을 확립시키고야 말겠어.'

엉뚱 발랄하면서도 전문적인 이미지. 그것이 그녀가 추구하는 모습이었다. 일단 사무적이고 차가운 이미지는 자신이 아무리 노력해도 자연스럽게 우러나는 것이 아니라는 것을 안다.

'차갑고 도도한 이미지의 강사라면 혜준이 딱인데……. 하지만 나는 이도 저도 아닌 내 성격, 내 모습을 바꾸려고 노력해 왔잖아. 그걸 그대로 솔직하게 표현할 거야. 잘난 척은 하지 않겠지만 내가 전달하고자 하는 지식만큼은 누구보다도 자신감 있게 강의할 거고.'

이런 지침을 세우자, 갑자기 구체적인 행동 전략이 저절로 머리에서 떠오르기 시작했다.

"여러분 새해가 밝았습니다. 올해는 하시는 모든 일이 잘 되시기를 희망합니다!"

TV에서는 이런 멘트가 나왔고, 초미의 가족들은 동시에 건배를 했다.

그리고 초미의 마음에는 일에 대한 열정의 불이 뜨겁게 타오르기 시작했다.

※

"강의를 하기에 앞서서 여러분들 앞에 서 있는 이 브로콜리 머리를 한 강사가 과거에는 얼마나 찌질했는지 말씀드리죠."

초미가 이런 말로 강의를 시작하자, 몇 안 되는 학생들의 얼굴에 웃음이 번지고 간혹 그 웃음이 소리로까지 새어 나왔다.

'힘을 빼고 자연스럽게. 최대한 나답게. 철저한 준비는 기본이고!'

새해 첫 강의를 시작하면서, 그녀는 결심한 것을 한 번 더 속으로 외쳤다. 마음가짐이 새로워진 덕분일까. 강의마저 새로워진 느낌이었다.

스스로 생각해도 기분 좋을 만큼 낯선 그런 강의를 마쳤다.

'일을 하면서 즐거운 기분을 가질 수가 있다니, 이게 바로 내가 원한 거야. 약간의 아쉬움은 다음 강의에서 더 철저하게 준비해서 만회하기로 하자!'

뭔가 모를 에너지가 그녀 안에서 샘솟는 느낌. 초미는 한 겨울의 매서운 바람마저 시원하게 느껴졌다.

그 에너지가 학생들에게 전달이 되었던 것일까. 1월 중순이 되어 다음 달 수강 신청에서 초미의 강의는 정원을 채우고도 몇 명의 대기자가 생겼다.

그에 대한 반응은 안내 데스크의 레이나가 가장 먼저 알려 주었다.

"어머, 윤 선생님. 완전 대박이에요. 입사한 지 얼마나 됐다고 벌써 줄 세우는 강사라니요."

점심 식사를 같이하면서 그녀는 접수 데스크에서 일어나는 많은 일을 초미에게 전해 주었다. 같은 강사들보다 편한 점도 있고 몇 가지를 빼면 성격도 잘 맞는 레이나는 초미에게 주된 점심 친구였다.

"이 정도면 다른 강사들이 눈치 주지 않나요? 라이벌 의식 완전 심할 텐데?"

레이나는 걱정스럽게 물었다.

"그래 봐야 같은 강사들인데 눈치를 주나요?"

"웬 걸요? 십 원짜리 욕을 아예 들으라는 듯 크게 할 때도 있어요. 누군 좋겠네, 이러면서 책도 손으로 주는 게 아니라 책상에 던져 버리기도 하고."

"그래요?"

초미는 잠깐 생각에 잠겼다. 그것도 그럴 것이 학습준비실에 함께 있는 강사들과 현재 잘 어울리지 못하고 있었기 때문이었다.

"박 이사님이 윤 선생님 좀 더 두고 보시다가 TV 강의 제안하실 수도 있어요. 그러다가 완전 인기 강사 반열에 오를 수도 있겠죠? 그 정도 되면 다른 강사들은 선생님 추켜세우고 대접해 주겠지만 그 경지에 이르기 전까지는 견제 많이 받으실 거예요. 새겨들으셔야 해요. 항상 조심하시고요."

레이나는 경고라도 하듯 눈을 동그랗게 뜨고 말했다.

"그…… 그런가요. 좋은 강사가 되고 싶은 마음은 있지만 인기 강사까지는……."

초미가 이렇게 말하자, 레이나는 더욱 격앙된 목소리로 말했다.

"어머, 당연히 윤 선생님 가능성 있으세요. 외모도 그 뭐야, 너무 예뻐서 재수 없는 정도까진 아니고, 적당히 정이 간다고나 할까? 실력도 있으니까 여기 뽑힌 걸 거고요. 박 이사가 눈이 아주 높으니까 미래성 없는 분이었으면 뽑지도 않았어요. 암튼! 선생님 잘하실 거예요."

"아, 하하. 고마워요."

초미가 쑥스럽게 웃자, 레이나는 정색을 했다.

"쯧쯧, 그런데 가끔 너무 순진해 보일 때가 있어요. 지금처럼 말이에요. 어떨 때 보면 참 사무적이신데 말이야……."

'감추려고 해도 안 되는 게 있구나. 바로 내 본래 성격.'

이렇게 생각하면서 초미는 말했다.

"내가 원래 사람 좋아하고 친구 좋아하고 좀 촌스러우면서 털털해요. 그걸 숨기고 사무적인 척하느라 고생 좀 하는 거고."

"역시, 그렇죠? 하지만 아세요? 그게 바로 선생님 매력이에
요."

"매력요?"

"네! 반전 매력요."

"호호."

웃으면서 초미는 많은 생각을 했다. 반전 매력이란 말을 뜻밖
의 사람에게 듣게 되었지만, 기분은 더할 나위 없이 좋았다.

박 진우 이사는 초미의 가능성을 처음부터 알아봤다. 영어 강
사를 하기에 아주 좋은 스펙을 쌓고도 수줍음이 많으면서 동시에
자존심도 가지고 있던 새내기 강사가 훌륭한 날개를 달고 날아오
르는 것은 다만 시간 문제였다.

"생각보다 빨리 날아오르려는 모양이군."

다음 달 수강 신청 현황을 보고 받은 진우가 중얼거렸다.

'강의 시작한 지 이제 두 달을 못 채웠는데 벌써 인기 강사가
될 조짐을 보이다니. 이 정도면 대박 강사 타이틀을 붙여 줘도 되
는지 모르겠어. 아직 더 지켜봐야 알겠지만 말이야.'

한편, 그는 초미의 잠재력이 예상보다 빨리 발휘되고 있다는
것에 대해 그 원인을 깊이 생각해 보는 것이었다. 분명 그의 눈에
보인 그녀의 첫인상은 열정은 있되, 아직 뭣도 모르는 사람이라는
느낌이 들었었다. 가능성도 자신감도 있었지만 어떻게 써먹어야
할지 곤란한 경우랄까.

'성 소장과는 어떤 사이일까. 윤 선생에게 영감을 불어넣어 주는 역할? 뒤를 봐주는 역할? 아니면…… 미래를 생각하는 관계?'

진우는 오현이 드러나지 않게 초미를 도와주고 싶어 한다는 것을 알고 있었다. 물론, 오현이 그에게 대놓고 이런 말을 한 적은 없다. 하지만 그가 가끔 세세하게 물어 오는 몇몇 질문들 속에서 진우는 한 가지 확신을 가질 수 있었다.

오현이 초미를 보통의 여자로 생각하고 있지 않다는 것.

'남의 일에 참견하는 걸 극도로 싫어하는 성 소장에게 윤초미 씨는 특별한 사람임엔 틀림이 없어.'

남 일에 참견하길 극도로 꺼리는 것은 진우도 둘째가라면 서러운 사람이지만, 오현과 초미의 관계가 특별할 것 같다는 예감이 드는 것이었다.

✖

승승장구라는 말은 이럴 때 쓰는 말일까.

3월이 되자, 초미의 전 강의가 매진이 되었다. 강의 수를 두 개 더 늘였음에도 불구하고 나온 결과였다. 학원 내에서도 센세이션이라 여겨졌고, 그녀의 급여가 월등히 상향되었음은 물론이었다.

"음음…… 라라라."

강의실로 가는 복도에서 초미는 저도 모르게 콧노래를 부르기도 하고 무슨 말만 해도 웃음이 터졌으며 밥맛까지 너무 좋았다.

그리고 이런 좋은 기분일 때마다 이상하게 오현이 떠올랐다.

'요즘 가장 자주 만나는 사람이라서 그런가?'

올해 초부터 갑자기 바빠진 초미에게 친구들을 만날 시간적 여유는 없었다. 주말 강의까지 있으니 일요일에는 다음 주 수업 준비와 부족한 잠을 보충해야만 했던 것이다.

그런 초미에게 유일한 만남 상대는 늦은 시간에도 학원까지 차를 몰고 와 거의 반 강제적으로 그녀를 픽업하기 일쑤인 오현이었다. 늦은 밤에 그를 만나 그날 있었던 일 이것저것을 이야기하면서 집으로 가는 길은, 그녀에게 하루를 정리하는 좋은 방법이 되어 버린 것이었다.

물론 그 역시 바쁘게 사는 사람이라 주중에 만남이 어려울 때도 있었지만, 그럴 때면 그 주 일요일 저녁 때 그녀의 집 앞으로 와서 기다리곤 했으니 그렇게 저녁 식사도 서너 번 했다. 다른 사람이 보기에는 데이트나 다름없어 보일 것이었다.

이런 관계에 초미는 약간 두렵고 걱정이 되었지만, 사실상 너무나 바쁜 스케줄이 일상이 되다 보니 생각할 겨를이 없다는 말이 솔직한 심정이었다.

'주희 계집애 난리 날 텐데……'

라고 생각하다 오현이 운전하는 차 안에서 피곤에 못 이겨 잠이 들어 버리는 것이었다. 지금도 그렇다. 주린 배를 끌어안고 퇴근하며 나오는 길에 영락없이 그가 대기하고 있었다.

"얼마나 기다린 거예요? 연락도 없이."

"별로. 금요일 수업이 이 시간에 마친다는 걸 잘 알고 있으니까."

라고 답한 오현은 너무나 자연스럽게 조수석 문을 열고 그녀를 기다렸다. 더 이상 승차 거부를 하지 않는 초미를 잘 알고 있다는 듯이.

'계속 이런 식으로…… 괜찮은 걸까?'

라고 생각하면서도 초미는 이미 그가 이끄는 곳으로 가고 있었다.

배고픔을 해결하면서도 무겁지 않은 식사를 하는 곳을 그가 몇 군데 알고 있었다.

초미는 일단 배를 채우고서야 비로소 그의 시선에 눈을 맞추었다.

"배가 많이 고팠던 모양이군."

"티가 났어요? 최대한 교양 있게 먹은 건데."

"나 아는 사람 중에서 제일 맛있게 먹는 사람이야."

"칭찬하는 거 맞죠? 아니, 아니라도 그냥 그렇게 들을래요."

냅킨으로 가볍게 입술을 훔치고는 초미가 그에게 더 이상 말 말라는 듯이 손사래를 쳤다. 그리고 문득 주희가 떠올라서 그에게 이렇게 말했다.

"우리가 이런 식으로 만나고 밥 먹는 거…… 주희는 모르는 거죠?"

"왜, 신경 쓰이나?"

"아뇨 뭐…… 알았다면 벌써 날 물고 늘어졌을 텐데."

크리스마스이브의 초대 이후, 주희와는 뜸했다. 중간에 나와 버린 탓에 명준이 한 번 전화를 했었고, 간단히 얼버무리며 초미는 전화를 끊었었다. 그리고 지금까지 너무 조용한 그쪽 부부들이 오늘따라 떠오르는 건 왜일까.

'그날 이후, 명준이가 부재중 전화를 두 번인가, 했었는데 나는 바빠서 답도 못 했어. 오해하고 있는 건 아니겠지?'

설사 오해하고 있다 해도 지금 초미가 그를 만나 이러쿵저러쿵 이야기할 시간은 없었다. 그저 명준을 믿고 또 명준이 초미 자신을 믿고 있다는 것을 믿으며, 그냥 이대로 있는 수밖에.

'주희 아니어도 이렇게 바쁘다가는 친구고 뭐고 관리 못 하겠는걸?'

잠이 부족한 초미는 즐거우면서도 부담이 되었다. 아침 기상이 새벽 4시가 되고 퇴근이 10시가 되어 버렸으니, 몸이 언제까지 견뎌 줄지 의문일 지경이었다.

게다가 성인을 대상으로 하다 보니 주말에도 꽤 수업이 있었고, 일요일에는 밀린 잠을 자며 축 늘어져 있는 것만으로도 시간이 훌쩍 갔다. 그나마 일요일 저녁에는 또 수업 준비를 해야 하고 말이다.

"그런데 그렇게 살면 언제 결혼을 준비하나?"

오현이 그녀의 생각 사이로 파고들었다.

"무슨 뜬금없이 결혼 이야기를 하고 그래요?"

"우리가 결혼할 사이라는 것은 사실이니까."

"참나. 전 아니거든요."

"난 그래."

"주희 때문에 싫다고요."

"난 주희하고 상관없어."

"아니 왜 상관없어요? 안 보고 살 수 있어요?"

"그럴 수도 있지."

"기막혀. 동생인데? 안 보고 산다고? 여자 때문에?"

초미는 이해할 수 없다는 듯 요란한 몸짓으로 자신을 막 가리켰다.

"내 여자와 주희가 그런 사이라면 난 주희를 안 볼 수 있다는 거야. 어차피 우리는…… 어머니가 다르니까."

"……."

갑자기 초미의 말문이 막혔다. 그리고 예전 주희의 결혼식에서 어머니가 다르다는 말이 떠돌았다는 사실도 생각이 났다. 오현에게 물어보고 싶었지만 차마 물어보지 못한 이야기였다.

'주희가 배다른 여동생이어서 신경이 덜 쓰인다는 건가? 하지만 그렇다면…… 그건 가족끼리 너무 슬픈 일 아니야? 주희는 이 사람을 둘도 없는 오빠로 여기는 것 같던데…….'

초미의 마음이 여러가지 생각으로 복잡해졌지만, 그런 그녀와는 다르게 오현은 여유로운 표정으로 말하는 것이었다.

"이거 괜찮군. 한꺼번에 설명하는 것보다 조금씩 그때그때 설명해 주면 초미도 천천히 이해할 거고."

"어머니가 다르다는 건?"

"내 어머니가 전 부인이지. 나는 내 어머니의 유일한 자식이
고."

"그럼 오빠는 지금의 가족과는 좀……."

"겉도는 사람이지. 별로 집에 들어갈 마음도 없고 말이야. 법적
인 의무만 하려고 해."

"아…… 다른 가족도 그런 가족이 있긴 해요. 그래도 잘 지내
는 사람들도 있는데……."

"맞아, 난 그런 케이스가 아니야. 우리 어머니가 좀 혹독하게
내쳐져서."

"……."

"아버지가 그래도 나만은 인정하고 계시지만, 나는 사양이고."

"그럼 5년 전 그날 밤에는……."

"나와 집안의 갈등이 최고조일 때였고, 당시 우리 어머니가 실
종되었었는데 다시 찾고 보니 너무 망가져 있었지……. 그래서
나도 막가던 때였고."

"……."

초미가 말이 없자, 오현도 말을 멈추었다. 더 이상의 말은 불필
요한 것 같다고 생각한 그였다.

"이상이 그날에 대한 내 변명이야. 생각보다 변명이 짧게 끝나
는군."

"그런…… 변명이 그런…… 내용일 줄은 몰랐어요. 전 그냥 돈 많은 집 아들이 한번 놀려고……."

"아, 그랬겠지. 그 당시 함께 있던 놈들이 그런 놈들이었으니까. 지금은 상종도 안 하지만 말이야."

어쩌면 자신의 이야기와 비슷하다고 초미는 생각했다. 주희를 닮고 싶어 따라다닌 자신을 돌이켜 보면서, 독립적인 자아를 가지지 못한 사람의 일상이 얼마나 싸구려가 될 수 있는지 새삼 느끼게 되는 것이었다.

'오현 오빠 본연의 모습이라면 그런 짓을 안 했을지도 몰라. 아니, 절대 안 했겠지.'

"내 인생 최대의 실수를 할 뻔했지만 네가 막아 주었지."

"에? 막아…… 주다니요?"

"넌 내 결혼 상대니까."

"아니, 이것 보세요! 그런 이유로 결혼이라니요? 정말 불쾌하네요! 절 오빠의 인격 세탁용으로 쓰고 싶은 모양인데, 절대 안 됨, 이에요!"

초미는 자기도 모르게 자리에서 벌떡 일어서서 양손을 허리에 얹었다.

"섭섭하군, 인격 세탁용이라니……. 난 진심이라고."

"……."

그녀의 숨소리는 아직도 거칠었다.

"내가 늘 얘기하잖아. 너를 볼 때마다 나는 느낀다고. 결혼하고 싶은 여자가 바로 너라고."

그는 초미의 눈을 바라보았다. 그 눈빛은 깊고 강했다.

'흔……들리고 있어. 내가!'

초미는 그의 눈빛이 자신을 마구 흔들어 대고 있다는 것을 감지했다. 이대로는 위험하다고 경고등이 울릴 만큼.

"주희가 껄끄럽다면, 나는 그 애를 보지 않을 수도 있다고 말했어."

"……."

"내 진심이 거기까지 전해지지 않나?"

그는 손가락으로 초미의 심장을 가리켰다.

"……몰라요."

초미는 두 손을 교차해서 자신의 가슴을 가렸다.

그것을 본 오현은 못 말린다는 듯 웃었다.

오현과의 최근 만남 이후, 초미의 마음은 갈피를 잡지 못하고 있었다.

'인연…… 맞았을까?'

잠깐의 쉬는 시간 동안 식사를 바람처럼 끝낸 그녀는 속으로 하는 이 질문에도 미처 답할 시간이 없었다. 생각할 시간이 절실히 필요하다고 느끼면서 혜준과 순아에게 문자를 보냈다.

「일요일에 만나자. 무조건 나와. 내가 다 쏠 테니.」

"이제는 친구들에게 말할 때가 온 것 같아."

라고 중얼거린 초미는 다음 수업 준비를 위해 빠르게 움직였다.

9화
인연

친구들은 말이 없었다.

혜준은 째려보느라, 순아는 놀란 입을 다물지 못해서였다.

"그······그래서 그 성오현 씨가 청혼을 했다고?"

혜준이 재차 확인하려 물었다.

"응."

"그러니까 5년 전에 너 미국으로 도망간 이유도 그 사람 때문이고?"

"도망은 아니고······. 응······ 맞아."

"참 나 원."

혜준과 순아는 합창을 해 버렸다. 자신들의 친구 윤초미에게 이런 드라마틱한 비밀이 있을 줄은 상상도 못 했기 때문이었다.

"너희들에게 오랫동안 말할 수 없었어. 비밀을 만들어서 미안하긴 하지만, 나로서도 감당하기 버거워 입 밖으로 내뱉는 것조차 힘들어 그랬겠구나 이해해 주면 안 되겠니?"

"몰라, 너! 힘들 때 서로 의지되는 사람들이 아니었단 말이잖아, 우리가."

순아는 아이처럼 미간을 찌푸리고 입술을 모았다.

"난 이해해. 우리 모두는 비밀을 가질 권리가 있으니까."

시원한 성격인지라 예상대로 혜준은 쉽게 초미의 입장을 이해해 주었는데, 다만 한 가지 이유가 더 있었다.

"나도 비밀 있는데 뭘."

"뭐?"

이번에는 초미와 순아가 혜준을 바라보았다.

"나 결혼할 것 같아. 세 살 연하 회사 동료랑."

"……뭐야 니들!"

가만히 숨만 쉬던 순아가 발을 굴렀다.

혜준이 깜짝 발표를 하는 바람에, 초미의 고백은 조금 충격이 무마되는 듯했다. 누구에게나 비밀이 있다는 사실을 순아가 곧 받아들이면서 세 친구는 현실로 돌아와 다시 대화를 나누었다.

두 친구 모두 오현에 대해선 어느 정도 알고 있었기에 보다 더 궁금해한 것은 바로 이것이었다.

"주희는 어떤 반응이니?"

혜준은 말 안 해도 조금은 알 것 같다는 표정이었다.

"주희는 뭐…… 늘 그렇지. 제 남편 때문에 더 그런 것 같기도 하고."

"어머, 초미 너, 명준이 하고 아직 만나니?"

"그렇게 말하면 꼭 불륜 같다 야. 내가 만날 시간도 없지만, 못 만날 이유도 없잖아. 내가 뭘 잘못했다고."

초미는 순아의 말이 조금 서운했다.

"네가 뭘 잘못한 건 아니지. 그냥 모양새가 그렇다는 거지. 내 생각에는 네가 오현 오빠하고 정말 결혼을 하게 되면 주희 집안 사람이 되는 건데…… 그걸 그 애가 가만히 두고 보기만 할까?"

"그럼 어쩔 건데? 제 오빠가 선택한 사람인데 무슨 할 말 있어? 자기도 친구 남자 꼬셔서 결혼한 마당에."

순아의 이 말을 초미가 정정했다.

"내가 명준이하고 본격적으로 사귀던 사이는 아니니까. 지금 그 말은 주희가 억울해하겠다."

그리고 이상하게도 이 말을 하고 보니, 주희가 조금 이해가 되는 것이었다. 남의 남자 빼앗은 것도 아닌데 계속해서 뒷말을 듣고, 또 상대 여자를 경계하게 되는 상황이라면…… 이미 결혼한 지금에도 기분은 썩 좋지 않을 것이다.

'내가 주희 마음을 헤아릴 때도 다 있네.'

마음이 이상해지면서 초미는 가슴 한구석에 잔잔한 물결이 이는 느낌이 들었다.

"가장 중요한 건 당사자들의 마음이겠지. 그 성오현이라는 사람은 분명 너를 특별하게 생각하고 있음에 틀림없어. 그럼 네 마음은 어때?"

혜준의 물음에 초미는 선뜻 대답하지 못했다.

"스펙으로 보면 완전 대박이지 뭐."

순아는 다리를 꼬면서 초미의 대답을 기다렸다.

조금 더 깊은 생각을 끝낸 초미가 말했다.

"그 사람뿐이라면…… 이게 인연인가…… 하는 생각도 드는데, 솔직히 명준이나 주희를 본다는 게 마음이 안 편해. 그래서 결정을 못 내리겠어."

초미는 먼 산 바라보듯 자신의 음료를 물끄러미 바라보았다. 어떤 결심을 해야 하는데, 쉽지 않았다.

그런 초미를 위해 혜준이 결단을 내려 주었다.

"나라면 잡겠다."

"야! 쉽게 말할 일이 아니지."

순아가 혜준을 팔꿈치로 툭 치며 정색을 했다.

"쉽게 하는 말 아니야. 내 살아 보니 인연 만나기 참 어렵더라고. 순아 봐라. 허구한 날 선을 봐도 그 뭐냐, 돈 많으면 얼굴이 아니고 얼굴 되면 천박하기 짝이 없고……. 그런 남자만 걸린다고 매일 징징거리잖아."

"내가 언제!"

잠시 발끈했던 순아가 금세 안정을 되찾아 이렇게 말했다.

"휴, 하긴 성오현 그 사람만 한 사람도 없고 그 정도 인연이면 충분한 것 같긴 해. 내 나이 서른에 깨달은 건 세상에 남자는 많아도 내 남자 만나긴 어렵다는 거야. 그게 하필 주희 오빠라서 좀 그렇긴 해도…… 뭐, 서열이 오빠가 더 높은 거 아니야? 네가 그 집안에 들어가면 주희가 널 윗사람으로 모셔야 할걸?"

"휴, 그런 건 바라지도 않아. 그냥 안 보고 살면 제일 좋을 애야. 좋지도 나쁘지도 않은데 마주 보기는 껄끄러운."

"애매한 사이이긴 하지. 너희들이."

혜준이 공감했다. 그러면서도 처음 자신의 의견을 철회하지는 않았다.

"하지만 상황이 이쯤 되면 돌파구를 마련해야 하지 않을까? 주희와의 어색함을 뛰어넘어야 할 만큼 네가 그 남자를 잡고 싶다면 말이야."

"그럴까……. 하지만 혜준아, 아직 결정을 못 내리겠어. 그 사람…… 괜찮은 사람 같긴 해. 내 인생에 중대한 변화를 가져다 준 인물이기도 하고 말이야. 정말 주희만 아니었다면 잡고…… 싶기도 해. 그런데……."

"야야."

순아가 초미의 말을 막았다.

"보아하니 너도 결정이 안 섰네. 너 계속 그런데, 그런데, 주희가 어쩌고, 사람이 괜찮다는 건 맞지만 결정적이진 않다는 말이잖아."

"……응. 그래서 너희한테 조언 구하는 거잖아."

"그래서 나라면 잡겠다고 말했지. 하지만 너는 내가 아니니까 결정은 네가 해야 하는 거고."

"그래, 맞아. 순아…… 넌?"

"나야 성오현 씨와 선본다면 무조건 잡는 거지. 딱 내 스타일이거든. 주희 결혼식장에서 봤을 땐 좀 도도해 보이긴 하더라만……. 하지만 너한테 하는 거 들어 보니 자기 여자는 잘 챙기는 사람인 거 분명해. 나라면 내가 유혹해서라도 잡겠다."

사람만 본다면, 초미는 오현이라는 사람 자체가 자신에게 아까운 사람이라고 느껴졌다. 항상 이 사람 때문에 고민하는 자신을 돌이켜 보면 더 그러했다. 그녀는 말했다.

"주희뿐만 아니라 그 사람 집안도 좀…… 그러니까 주희 집안이잖아. 나에게는 어렵다고……."

"게다가 그 둘은 배다른 남매고."

친구들이 또다시 합창했다.

"주희 집안이 좀 어마어마하긴 하지. 중심가에 사람들이 다 알 만한 건물 소유주이기도 하잖아. 하지만 초미야, 너도 조금은 더 잘난 척할 필요도 있어. 노력으로 지금 네가 이룬 것도 평범한 것은 아니야. 너도 좋은 며느릿감이라고."

"그래, 중매쟁이들이 딱 좋아하지. 이름난 학원의 잘나가는 영어 강사."

그쪽을 좀 잘 아는 순아가 인정했다.

"후…… 고마워."

초미는 한숨을 쉬었다.

그것을 본 혜준이 초미에게 도움이 되는 조언을 했다.

"시간이 좀 더 지나가길 기다려 봐. 남녀 관계는 물이더라. 흐르게 되어 있더라고. 흘러가는 곳이 어디인지는 지금 알 수가 없어. 너 자신에게 어떤 확신이 드는 순간이 반드시 올 거니까, 좀 더 기다려 봐."

"혜준아, 네 말이 맞는 것 같아. 고마워."

초미가 진심으로 말했고, 혜준은 순아에게 이렇게 말했다.

"순아 너는 입조심하고. 어디 가서 오늘 얘기 하지도 말아. 성오현 씨 일로 초미가 고민한다는 사실이 주희 귀에 들어가면 얘 꼴만 우스워지니까."

"알았어!"

순아는 괜스레 혜준에게 눈을 흘겼다.

친구들에게 비밀을 털어놓길 잘했다. 오현과의 일을 혼자 고민하고 결정하기에는 초미에게 부담이었기 때문에 지금은 한결 마음이 편해졌다. 비록 변한 것은 없지만 말이다.

'친구란 이런 것이구나. 내 일처럼 생각해 주고 조언해 주고……. 난 복 많은 사람이야.'

초미는 새삼 혜준과 순아 역시 소중한 인연이라고 생각되었다. 이런 생각을 하다 보니 마음을 터놓을 친구 하나 없다던 예전의의 주희가 생각났다.

'안쓰러운 것……. 지금도 친구 없긴 마찬가지겠지…….'

생각이 여기까지 미치자, 초미의 마음에 또 한 번 부드러운 파도가 일었다. 지금까지 주희를 이해해 보려는 노력은 하지 않았다. 그저 명준이 그녀에게로 간 것이 속상했고, 그녀의 큰오빠 오현과 그렇게 된 것이 창피스러웠다.

'그런 감정의 찌꺼기들…… 내가 노력만 하면 좋은 쪽으로 바꿀 수 있지 않을까?'

이러저런 생각에 버스 창밖을 바라보노라니 휴대전화가 울렸다. 오현이겠지, 라고 생각한 초미는 낯선 번호를 보고 조금 주저하면서 통화버튼을 눌렀다. 그리고 발신자의 목소리를 확인하는 순간, 더할 나위 없이 활짝 웃는 얼굴로 이렇게 말하는 것이었다.

"지금이라도 만나고 싶어요. 웬일이에요, 제니스 언니!"

초미의 미국 생활에서 없어선 안 되었을 인물, 제니스가 한국에 왔다는 소식이었다.

✻

초미의 일주일은 시간과의 싸움이라 일컬어도 좋았다. 늘어난 강의 수, 기다리는 학생들, 그리고 부족한 잠으로부터 늘 쫓기는 그녀였다. 그러기에, 제니스가 왔다는 반가운 소식을 알고도 바로 달려가지 못했다.

제니스가 없었다면 어땠을까. 초미는 그 생각만으로도 끔찍해하며 가슴을 쓸어내렸다. 미국에 처음 갔을 때, 그녀는 정말 아무 것도 몰랐다. 싸구려 유학 대행사의 말에 속아서 한국 사람들만 있는 영어 학원을 다니면서도 뭐가 잘못된 것인지를 몰랐던 것이다.

강의에 늦은 아주머니 학생 제니스가 초미의 옆자리에 와서 앉은 것은 지금 생각해 보면 큰 행운이었다.

"한국 사람들만 있는 학원이라니⋯⋯. 난 이럴 줄 몰랐네. 이 봐요, 우리 학원 옮기지 않을래요? 아니면 그냥 관둡시다."

제니스의 첫마디였다. 이런 식으로는 영어를 해도 늘지 않는다며, 진로를 과감하게 개척하자고 했다. 본인이 미국에서는 좀 더 살았으니 도와주겠다고.

'어려워도 한국 사람 없는 곳에만 있으라고 했지. 1년은 안 되고 최소한 3년은 공부하라고. 제니스 언니가 아니었으면 평범한 언어 연수였겠지만, 그 언니 덕분에 나는 비스니스, 인문, 정원 관리 학원 수료증까지 있어.'

강의를 할 때, 영어만 가르치는 것보다 그 분야의 지식을 설명 하면 더 각광을 받았다. 학생들이 더 잘 이해하고 받아들였기 때 문이다. 특히 실용 영어에 있어서는 초미가 수료증을 받은 분야들 이 영어 공부를 함에 크나큰 밑바탕이 되었던 것이었다.

"제니스 언니가 한국에 오다니."

초미는 믿어지지가 않아서 호텔 로비를 빙 둘러보았다. 아까부터 와서 기다리고 있었지만 커피가 반쯤 사라질 때까지 제니스는 나타나지 않았다.

그리고 마침내 범상치 않은 분위기의 그녀가 등장했다.

"하이! 시스터!"

"어머, 언니!"

초미는 귀부인 같은 자태로 계단을 내려오는 제니스를 향해 뛰어가서 안겼다.

"언니, 이 호텔 사모님 같으세요!"

초미는 제니스의 드레스와 챙이 있는 모자를 보며 말했다. 초록과 연두 바탕에 꽃밭이 수놓인 듯한 드레스는 외출용으로 입어도 좋을 만큼 개량된 이브닝드레스 같았다. 목가적인 분위기 물씬 나는 밀짚모자는 큰 보라색 리본이 둘러져 있었는데, 이제 마흔 후반에 접어드는 제니스는 이 패션을 아주 잘 소화해 냈다.

"누가 언니를 사십 대……."

"쉬쉿!"

제니스는 초미의 말을 과장된 몸짓으로 막았다.

"난 아직 삼십 대라고."

그녀의 평소 생각이었다.

두 사람은 자리에 앉았다. 그리고 서로를 쳐다보았다.

"감격스럽다, 얘."

제니스가 먼저 말했다.

"저도요."

"네가 이렇게 멋지게 살고 있다니. 그런데 너 너무 바쁘다!"

제니스의 귀국을 알고도 한 주를 보낸 일요일이 되어서야 둘은 만날 수 있었다. 평일에는 초미가 거의 10시 넘어 퇴근을 했고, 제니스는 그 시각이면 어김없이 숙면을 취해야 하는 사람이었기 때문이다.

"미안해요. 저 나름대로 지금 열심히 하는 시기라."

"그러다가 더 바빠질라! 인생은 즐기는 거라고."

"맞아요. 언니가 그랬죠."

초미는 웃었다.

제니스는 무엇이든지 즐기라고 했다. 즐거운 것도 즐기고 괴로운 것도 즐기고, 즐기는 사람 이길 자는 없다고. 처음에 초미는 제니스의 말들이 자신에게 위로가 된다는 것이 신기했다. 여러 가지 일들을 겪고 미국행을 결심한 초미의 마음을 다 안다는 듯이, 제니스는 안성맞춤의 위로를 해 주었다.

"괴로운 것도 즐기라고 했잖아요. 지금 몸은 괴로워요, 잠을 못 자서요……. 그런데 일하는 것이 너무 즐거워요. 저 지금 은근 상승세거든요."

"I know, I know."

"작년 10월에 와서 처음 잡은 직장인데, 인지도 있는 학원에 쟁쟁한 사람들 틈에서 한 명으로 뽑힌 것도 행운이고, 올해 들어 제 강의에 학생들이 몰리는 것도 행운이에요. 신참이 이렇게 하는 거 드문 일이래요. 제가 생각해도 그렇고요."

이렇게 말하는 초미의 눈에 만족감이 가득했다.

제니스 역시 두 눈에 웃음을 담고 그녀를 바라보고 있었다.

"언니가 조언해 주신 대로 학원 옮기고 실용 과정을 수료한 것이 큰 도움이 되었어요. 제가 얼마나 감사한지 몰라요."

"그래서 이렇게 몸이 축날 정도로 바쁜데도 나한테 감사한다고?"

"네, 그럼요."

"훗, 고맙네. 하지만 그런 일들을 해낸 건 초미 자신이니까 정말 감사해야 할 사람이 있다면 초미 자신이겠지?"

"길을 알려 주신 것을 무엇으로 대신해요."

"내가 알려 준 것이 아니라 초미가 선택을 한 거지. 난 초미가 영리하고 인간적인 사람이라는 것을 알고 좋아했던 것뿐이라고."

"언니도 참……. 그런데 한국에는 어쩐 일이세요? 가족들은요?"

"나 혼자 왔어. 한국에서 만나고 싶은 사람들이 있어서 시간 냈지. 올 때가 되었는데……."

제니스는 호텔 창 너머 사람들을 살폈다.

어리둥절한 표정으로 초미가 물었다.

"누가 또 오기로 했어요?"

그리고 그녀는 놀라서 눈이 휘둥그레졌다.

"아, 왔네. 오현아!"

제니스는 벌떡 일어나더니 그를 향해 두 팔을 벌렸다.

웃으며, 말없이 걸어온 오현이 마지막엔 빠르게 제니스를 껴안는 것이었다.

정신이 멍했다. 친언니처럼 여기고 그리워했던 제니스를 예상치 못한 때에 한국에서 만난 것도 얼떨떨한데 오현의 등장이라니……

'뭐가…… 어떻게 돌아가는 거지?'

이렇게 초미가 어리둥절해서 말을 잃은 동안, 제니스와 오현은 서로를 환영하고 있었다.

"오현아 역시 넌 멋지구나. 내 기억 속에는 멋진 십 대 녀석이었는데 지금은 더 멋진 삼십 대 녀석이 되었네!"

"이모도 누가 중년 바라보는 여자로 보겠어요? 이러고 다니면 이모부가 화내시겠는데?"

"중년 얘기는 하지도 마. 나 아직 삼십 대야."

"누가 말리겠어요."

여전히 서로를 안은 채로 오현과 제니스는 놀란 눈으로 서 있는 초미를 보았다.

"아, 초미가 놀랐다 보다."

제니스는 웃었다.

"어…… 언니."

"우리 조카야 성오현. 우리 큰언니의 아들이지."

제니스의 말을 듣고서도 초미는 정신을 차릴 수가 없었다. 지난 일들이 주마등처럼 스쳐 지나가면서 자신이 어떤 계략에 빠졌었다는 생각만이 머리에 가득 찬 것이었다.

"나를 속였어요! 내 미국 생활이 가진 의미를 퇴색시켰다고요!"

"어떤 점에서?"

오현은 푹신한 소파에 몸을 기대고 앉아 다리를 꼬았다.

제니스가 잠시 호텔 방으로 올라간 사이, 두 사람은 대화를 나누고 있었다.

"나는 내 힘으로 내 인생을 바꾸고 싶었는데……."

흥분된 목소리의 초미는 편히 앉아 있을 수가 없었다. 몸을 돌진하듯이 앞으로 숙인 그녀의 표정은 실망으로 얼룩져 있었다.

"이게 다 오빠의 계략이었다니요! 믿었던 제니스 언니까지!"

"계략이라니, 억울한데."

"억……울해요? 지금 그런 말이 나와요? 오빠는 내 자존심을 무너뜨렸어요. 또다시요!"

"나는 도움을 주고 싶었을 뿐이야. 네 미국 생활은 네가 다 해낸 거고. 제니스는 우연이었고."

"또다시 우연요? 말이 되는 소리를 하세요."

"아, 그건 인정하지. 주희에게서 네가 미국 어느 지역으로 갔다는 말은 들어서 알고 있었어. 한국 사람들이 많은 곳이야 뻔하니까 거기 사는 제니스 이모에게 알아봐 달라고는 했지만, 정말 널 만나게 될 줄은 몰랐지."

"……."

"네가 놀란 건 인정해. 나도 처음에는 우리에게 이렇게 쉽게 다시 연결 고리가 생긴 것이 신기했으니까 말이야. 하지만 미국 한인 사회는 서울의 한 동네만큼이나 작을 수 있다는 건 사실이야. 어떤 유학원을 통해 진학하는 학원이나 학교가 뻔하지."

"그래서 제니스 언니를 나한테 보낸 거예요?"

이때 호텔 방에 가서 옷을 갈아입고 내려온 제니스가 다시 나타나 대화에 끼어들었다.

"아니야. 나도 필요해서 학원을 간 거야. 그리고 엉성한 수업에 실망해서 그만두고 싶었던 순간에 초미 네가 마침 내 곁에 있었고."

손가방을 들고 선글라스를 착용한 것이 외출을 할 모양이었다.

"초미야, 내 말 잘 들어."

그녀는 초미를 응시하며 진지하게 말했다.

"오현이 전화해서 너를 찾아봐 달라고 한 건 맞아. 그렇다고 해서 저 애가 사람이라도 풀어서 찾아 달라고 부탁했던 건 아니었어. 내가 널 만난 건 우연이야. 내가 간 학원에 네가 있었던 거라고. 그러니까 너와 나는 오현이와는 별개 인연이야. 그러니까 오현이에게 화내지 마."

"화……내는 게 아니에요."

초미는 울상이 되었다.

"언니…… 저는 제가 잘나서 미국 생활을 다 잘해 낸 것으로 생각하고 자긍심을 가졌었어요. 하지만 이제 와서 보니 두 분의 도움 덕분이 되어 버린 거잖아요. 그곳에서 지낸 5년이 갑자기 의미가 없어 보여요."

그녀의 어깨가 처졌다.

오현과 제니스는 그런 초미를 말없이 바라보다가 또 서로를 쳐다보았다. 그리고 오현이 말했다.

"차를 가져왔어요. 두 분 다 함께 갑시다."

어디로 가는지 알지 못한다는 것이 중요하지 않았다. 초미는 오현이 운전하고 제니스가 곁에 앉아 있는 차 안에서 이 상황을 이해하기 위해 안간힘을 쓰고 있었다.

'내가 미국으로 갔다는 걸 주희를 통해 들었을 것이고, 이모 제니스를 통해 내가 어디에 있는지 구체적으로 알게 되었다……. 그리고 내가 어려울 때 도와주라고 제니스에게 부탁했다…….'

초미는 추측 가능한 시나리오를 생각했다. 오현이 자신의 인생을 설계해 주었다고 생각하니, 소름이 돋을 지경이었다.

'나 이 사람하고는 안 되겠어. 자존심이 허락하질 않아. 나를 우습게 봤어.'

친구들에게 고민으로 털어 놓을 만큼 그를 진지하게 생각했던 초미였지만, 지금 이 순간만큼은 분노로 모두 놓아 버리고 싶었다. 그가 자신을 도와주었다는 것이 왜 이렇게도 기분이 나쁜지,

그 이유 따위는 생각하기조차 싫었다.

"......"

제니스는 한 마디도 하지 않는 초미에게 생각할 시간을 주기 위해 말을 걸지 않았다. 그것은 오현도 마찬가지였으므로, 차 안은 그야 말로 엔진 소리 이외에는 적막 그 자체였다.

그의 미끈한 차가 도착한 곳은 이름 모를 산 속의 작은 사찰이었다.

"내리지."

"여기가 어디죠?"

"일단 내려서 얘기 좀 하고 소개시켜 줄게."

이 순간의 오현은 평소보다 부드러운 말투였다.

"나는 먼저 올라갈게. 기도하고 계실 것 같네."

제니스는 누군가를 염두에 둔 듯 이렇게 말하고는 앞장서서 올라갔다.

"내 어머니는 대단히 감성적인 분이었어."

소나무 숲으로 접어들어 오현이 꺼낸 첫마디였다.

"어머니라고요......"

무언가 마구 퍼부을 생각이 굴뚝 같았는데 그의 어머니라는 말에 한순간 열기가 가라앉는 느낌이었다.

"우리 아버지에게는 원래 결혼을 약속한 분이 계셨지. 지금의...... 주희 어머니 말이야. 하지만 부유한 집안의 딸이었기에 우리 아버지를 사위로 맞을 순 없었나 봐. 그래서 아버지는 그 여자가 아닌 내 어머니와 결혼을 하셨어. 그것으로 끝이 났으면 좋았겠지만."

"……."

"끝내 아버지는 원래 정혼자에게로 돌아가셨지. 이미 세상에 나온 나와 어머니를 버린 채."

"……."

"내 어머니는 나를 위해 매달렸고, 다시 사랑하는 사람을 되찾은 여자는 내 어머니에게 혹독하게 굴었지. 아주 고약하게 말이야. 임자 있는 남자를 가로챈 파렴치한 여자로 몰면서."

"너무……했네요. 어머니 죄는 아닌데."

"친구 사이였거든."

"……."

"내 어머니는 어머니대로 그 여자는 그 여자대로 아버지를 놓을 수가 없었던 거지. 선택은 아버지의 몫이었는데 보다시피 지금의 모습으로 그렇게 정리가 되었어."

"그래서…… 오빠의 어머니는……."

"망가질 대로 망가지셨지. 네가 나를 처음 만났던 5년 전에 내 어머니는 스스로를 버리고 아들이 보기에도 민망할 정도로 망가지셔서……. 훗…… 나를 좌절하게 만드셨어."

"……그래서 그런 모습이었던 모양이네요……. 그날, 오빠 역시."

초미는 그를 처음 만난 날, 끝도 없이 술을 마시던 그의 모습과 자신의 모습을 떠올렸다. 명준을 잃었다는 생각에 좌절했던 자신과 무너져 버린 어머니를 보고 좌절했던 그가 만났던 것이었다. 슬픈 얼굴로 미친 듯이 웃다가 야수처럼 돌진하던 그 모습도 아직 생생하다.

"내 잘못이라는 것을 너를 통해 알게 되었어. 너에게 돌이킬 수 없는 잘못을 저질렀지만 너는 망가지지 않았지. 나는…… 너를 존경하게 되었어."

"……."

대답을 하지 않았지만, 초미의 가슴이 흔들리고 있었다. 그의 입에서 '존경'이란 말을 듣게 될 줄은 상상도 못 했던 것이었다.

"네가 한국에 있었다면 나는 당장 너를 책임지겠다고 달려들었을 거야. 하지만 너는 멀리 가 버렸고 나는 혼자 남아 절망하고 있었어. 집요하게 주희에게 물었고 네가 있는 곳을 알았을 때, 마침 그 지역에 살던 제니스 이모에게 너를 알아봐 달라 부탁을 했어."

"이제야 실토를 하시는군요."

"하지만 그랬다고 해서 지금의 네 모습이 내가 만든 모습일까?"

"……."

"모든 선택은 네가 했고 공부를 한 것도 너, 노력한 것도 너야. 너는 네 힘으로 여기까지 온 거야. 내 힘이 아니라고."

"……"

"그래도 내가 용서가 안 되나?"

"저……."

"오현아!"

초미가 무슨 말을 하려고 할 때, 제니스가 나타났다.

그리고 그 옆에는 승복을 입은 중년의 부인이 서 있었다.

오현이 어머니를 쏙 빼닮았나 보다. 그녀의 이지적인 눈매와
도톰한 아랫입술을 보노라면, 마치 오현의 얼굴을 보는 것만 같았
다. 키가 크고 늘씬한 이 부인에게 어떤 일들이 있었는지 알 수
없으나, 목 부분에 칼에 베인 흉터가 남아 있어서 보는 것만으로
도 마음 아팠다.

"나는 오현의 어미 되는 사람이에요. 이미 알고 있겠지만."

"……말씀 놓으세요."

"초면에 그럴 수야 있나……. 하지만 앞으로 차차 그렇게 하도
록 해 볼게요."

오현의 어머니 유민정 여사는 초미의 얼굴을 한번 보더니 천천
히 발걸음을 옮겼다. 초미가 그 뒤를 따르며 자연스럽게 두 사람
은 산책길에 올랐다.

"내가 오현이에게 모범이 되지를 못했어요. 보통은 자식이 방
황하면 엄마가 잡아 주는데…… 우리 집은 그 반대였어요."

"……"

"우리 오현이가 어디까지 말했는지는 모르지만…… 분명 몇 마디 안 했겠지. 그 녀석 과묵하니깐."

유 여사는 걸으면서 조용히 웃었다.

"네……. 사실 전 아는 것이 별로 없어요."

"막내 동생 민희가 미국에 있으면서 아가씨를 만났다고 하더군요. 좋은 아가씨라고 칭찬에 입이 마르던데."

"아니에요. 많이…… 부족합니다. 제가 도움을…… 많이 받았습니다."

유 여사는 발걸음을 멈추진 않았지만 곁눈으로 초미를 뿌듯하게 바라보았다.

"인상이 좋아요. 윤초미 양."

"감사합니다."

그리고 두 사람은 넉넉하게 큰 바위에 나란히 앉았다. 흐르는 물소리가 청아하게 들리고 공기가 깨끗해서 기분이 새로워졌다.

"나는 내 인생이 버림받았다는 느낌에 한때 죽음을 생각했었어요. 그런데 용기가 나질 않아 대신 죽도록 나를 망가뜨렸죠."

"……."

"술에, 약에, 자해에…… 안 해 본 짓이 없을 정도로 오현이를 아프게 했어요. 아직 어린 녀석을 붙잡고 밤새 넋두리와 저주를 퍼부은 게 셀 수도 없이……."

'많이 아픈 어머니를 가진 사람이었구나.'

"그러다가 어느 날 녀석이 내게 와서 그러더군요. 어머니, 힘든 일을 겪는다고 모두 어머니처럼 자신을 망가뜨리지 않습니다. 고난을 발판 삼아 다시 뛰는 사람도 있더라고요."

"……."

"그리고 자기가 한 여자를 불행하게 만든 것 같다고…… 겁이 난다고 하더군요."

"……."

"우습게도 나는 그 이야기를 듣고 나서야 내 아들 오현이가 불쌍해 보이더군요. 오현 아버지에 대한 원망으로 눈이 멀었던 내가 아들이 괴로워하는 표정을 보고 나서 뒤늦게 눈이 떠진 거지……."

그리고 유 여사는 초미를 바라보았다.

"오현이가 나에게도 역시나 자세히 말해 주진 않았어요. 하지만 분명한 건 초미 양이 본인 인생에서 가장 중요한 사람 중 하나가 될 것 같다고 말했다는 사실이에요. 오현이의 그런 말은 천 개의 바위돌보다도 더 무겁고 진지한 마음이에요. 우리 아들…… 부탁해도 될까요?"

"저……는……."

초미는 당황했다.

"지금 대답하지 않아도 돼요. 부담이 되었다면 미안하군요."

유여사는 일어섰다. 그리고 다음을 기약하자는 말을 남기고 자신의 거처로 발걸음을 옮겼다.

그 자리에 남아 있던 초미 앞에 오현이 다가왔다.

"무슨 얘기 했냐고 물어보지 않을 거죠?"

"이제는 나를 너무 잘 아는군."

"오빠가 내 인생을 망쳤다고 생각했나요? 그래서 괴로웠냐고요."

"……."

"그런 생각 하지 마세요. 절대 그렇지 않아요."

이런 말을 하게 될 줄은 몰랐다. 극복했다고 생각하면서도 아픈 기억이라 여겼던 그날의 일에 대한 느낌이 오늘 완전히 다른 형태로 바뀐 것이었다. 그러자, 그가 안쓰러웠다.

"나 때문에 괴롭다면 전혀 그럴 필요 없어요. 나는 완전히……좋으니까요."

"……."

설명하기 힘들 만큼 열렬한 눈으로 바라보던 오현이 말없이 그녀를 꼭 껴안았다.

※

며칠이 지났다.

"아, 잠을 설쳤다!"

늘 그렇듯 바쁜 평일의 새벽. 오늘도 잠은 모자라지만 마음만큼은 후련하다. 결정을 내렸기 때문이었다.

'오현 오빠와 함께하겠어. 결혼이든 뭐든.'

혜준의 말이 옳았다. 시간을 흐르는 대로 두었더니 초미 스스로가 그 답을 찾은 것이다. 이제 주희에 대해서도 진저리 쳐지지 않는다.

"주희는 뭐…… 그때그때 알아서 하지 뭐. 걔 반응 봐 가며."

내면에서 결정을 내리자, 마음이 한결 가벼워진 초미가 거울 속 자신을 바라보며 혀를 쏙 내밀었다.

10화
이해

"어머니, 역시 아버지는 형이 결혼하는 순간 이 집에 들이시고 는 사업을 물려줄 생각이신 거예요. 장남에 큰며느리라고 하시는 말씀이 바로 그런 뜻이 아니고 뭐겠어요?"

세현의 말에 장 여사는 힘겹게 숨을 쉬면서도 고개를 끄덕였다. 그리고 셋째 아들 세현의 얼굴을 똑바로 바라보았다.

"세현아."

"네."

"일은 잘 되고 있겠지?"

"걱정 마세요, 중국에 계신 할아버님과 외사촌들이 잘 알아보고 있으니까요."

"그래……. 그 일이 잘되어야 할 텐데."

"걱정 마세요, 어머니. 일이 잘되면 아버지도 형에 대한 미련은 깨끗이 버리실 거니까요. 30억이 300억으로 돌아올 거예요, 반드시."

세현은 아버지 성규호 회장이 반대하는 사업에 투자하려 했다. 그 사업에 대한 자신의 확신이 옳은 결정이라는 것이 밝혀지는 날, 성 회장이 자신을 후계자로 지목할 것을 기대하는 것이다.

그런 아들을 전적으로 믿고 의지하는 장 여사는 자신이 가진 모든 능력을 이번에 쏟아붓기로 했다. 친정의 돈까지 끌어들여서 말이다.

그녀는 오현에게 절대로 남편의 믿음과 회사를 나누어 주고 싶지 않았다. 오현이 초미를 데리고 본가로 인사를 왔을 때, 뜻밖에도 아버지 성규호 회장은 흔쾌히 허락을 했다.

하지만, 장 여사는 아니었다.

주희로부터 초미에 대해 전해 들은 그녀는, 유치하다는 남편의 말을 들으면서도 반대의 의견을 굽히지 않았다. 두 사람이 결혼을 전제로 사귈 것을 허락받으러 온 것이었으니, 사실상 결혼을 반대한 것이나 다름없었다.

사실 그녀의 마음에는 장남이 결혼을 함으로써 지배 구조에 큰 변화가 올 것이라는 염려 때문이었다.

'오현이 결혼을 안 하면 좋겠지만…… 강 의원님 딸 유정 양이라면 또 모르지. 그 집은 유정 양 하나니까 사위를 데려가서 쓰려 할 거야. 그러면 오현이 우리 집안에 아무래도 관심이 적어질 테고…… 내 아들 세현이가 실력을 발휘할 기회가 더 생기는 거지. 윤초미하고 결혼을 하면 저 녀석, 제 여자와 가족을 지키겠다고 우리 집 재산을 삼키려 들지도 몰라. 지금 하고 있는 경제 연구소는 이 집안에 도움이 안 돼.'

장 여사는 강 의원 집안에서 오현을 탐내고 있다는 것을 믿을 만한 소식통으로부터 들었다.

무남독녀 강유정의 남편이 된다면, 거의 데릴사위 삼아 정치 후계자로 키울 것이라는 것도. 그렇게 된다면 오현에게도 좋고 자신의 아들들에게도 좋을 것이라고 장 여사는 생각했다.

또한 귀한 딸 주희의 자존심도 살릴 수 있을 것이고.

※

인사를 마친 초미는 오현을 본가에 남겨 두고 혼자 동네를 내려왔다. 그리고 큰길이 시작되기 전 후미진 곳에 밝은 햇살이 인상적인 카페에 들어갔다.

"성공?"

혜준이 그녀를 보자마자 이렇게 묻는다.

사실 오늘 초미는 친구들을 이곳까지 불러냈다. 이유는 모르겠지만 그녀들이 필요할 것만 같았다.

"오현 오빠 남겨 두고 왔어. 아버님이랑 더 할 얘기 있는 것 같더라고."

지금쯤 오현은 아버지 성 회장과 담판을 짓고 있을지도 몰랐다. 결혼 승낙의 대가로 사업을 물려받을 것을 종용받았기 때문이었다.

갑작스러운 제안에 장 여사가 우선 난리가 났고 오현도 자신의 자유의지에 반한다며 강력하게 항의했다. 주희 역시 초미에게 적대적이었으므로 집안 분위기는 엉망이 된 것이었다.

"허락을 받은 거야?"

순아는 빨리 답을 듣고 싶어 안달이었다.

"그게…… 아버지는 허락은 하셨는데 회사를 물려받는 조건이셨고…… 오현 오빠는 절대로 그럴 일은 없다고 하고…… 어머니는, 그러니까 주희 어머니는 그냥 내가 싫으신지 반대셨고, 주희도 그렇고."

"허락을 받은 거라고 봐야 하나?"

혜준이 고개를 갸웃거렸다.

초미는 한숨을 쉬었다.

"휴…… 그냥 넘어야 할 산들을 확인하고 왔다고 봐야지."

"그나저나 너 대단하다. 결심을 하고 이렇게 금방 행동에 옮기다니."

"오빠가 하도 닦달을 해서 말이야……. 난 좀 더 물밑 작업이라도 하고 싶었는데. 아무튼 오늘 그 집안에 명준이 없어서 다행이었어. 분위기 험악했거든."

"명준이는 없었어?"

"응, 일이 바쁘대. 주희 말로는 엄청 바쁘고 잘나간다고 하더라고."

세 친구는 말없이 커피를 마셨다. 크고 좋은 집들이 많은 널찍한 골목 끝에 위치한 카페는 동네 사람들이 지나다니면서 자주 들를 것 같아 보였다. 큰 창으로 카페 내부가 다 보이고 또 안에서도 골목이 훤히 내다보였다.

"후유, 그래도 니들 보니까 맘이 편하다."

"그래, 어쩐지 우리가 너 보고 싶더라고. 딱 오늘이 인사 가는 날인 줄 어떻게 알았겠니?"

오현의 본가로 간단하게 인사만 하고 오자는 그의 말에 두 친구의 전화를 받은 초미는 오후 시간은 그녀들을 위해 비워 두기로 했다. 요즘처럼 마음이 변화무쌍한 때에는 친구들의 공감이 큰 힘이 되는 까닭이었다.

"혜준이 이야기도 좀 들어 보자. 네 연하의 애인은 어떻게 지내고 있니?"

이렇게 연하의 애인을 두고 나온 혜준이나 수다가 고팠던 순아, 그리고 누구보다 마음이 바쁜 초미는 거짓말 조금 보태서 입이 안 보이게 수다를 떨고 있었다.

"부러운 것들 도대체 나에게는 언제……. 어?"

달랑, 하고 앙증맞은 종소리와 함께 카페의 문이 열리는가 했더니 한창 떠들던 순아가 무심코 그쪽을 보다가 하던 말을 멈췄다. 초미와 혜준도 순아의 반응에 함께 그쪽을 쳐다보았다.

그것은 주희였다. 골목을 내려오던 그녀가 세 친구를 발견하고는 발걸음을 급히 카페로 돌린 것이었다.

"어? 네가 여기 웬일……."

초미가 주희를 보며 자리에서 일어났을 때였다.

"나쁜 계집애!"

짝, 하고 주희는 궁극의 힘으로 초미의 뺨을 갈겼다. 그 소리가 너무 커서 카페 안에 있던 손님들이 일제히 그녀들을 쳐다보았다. 초미의 얼굴이 옆으로 휙 돌아가서 돌아올 줄을 몰랐다.

"감히 굴러 들어온 게 박힌 돌 뽑아내려 들어? 우리 오빠한테서 떨어져! 내 눈앞에서 사라지란 말이야!"

초미는 순간의 충격과 아픔에 차마 얼굴을 돌려 다시 주희를 볼 수가 없었다. 맞은 쪽 뺨에 떨리는 손을 대니, 그제야 놀란 피가 미친 듯 뺨에 도착했고, 열기가 손에 그대로 전해지면서 욱신거리기 시작했다.

초미가 맞는 것을 보고 놀라움에 입을 벌렸던 혜준과 순아가 서둘러 인상을 쓰면서 자리에서 벌떡 일어섰다. 혜준이 초미를 끌어안고, 완전히 분노한 순아가 주희의 가슴을 손으로 퍽퍽 밀면서 말했다.

"야, 이 기지배야. 야, 야!"

주희는 자기보다 작은 순아의 힘에 밀려 분노에 부르르 떨며 그대로 몇 번의 뒷걸음질을 쳤다.

"야, 네가 뭔데 왜 초미를 때려? 너 깡패야? 엉?"

하지만 진정한 깡패는 순아 같았다.

"제삼자는 빠져. 이건 집안일이야. 얄량한 친구들이 나서서 참견할 일이 아냐."

주희가 약간은 겁을 먹은 목소리로 말했다. 하지만 주희 역시 물러설 생각은 없는 모양이었다.

순아가 기가 막히다는 듯이 허리에 손을 얹고 정신없이 콧방귀를 뀌더니, 극도의 경멸에 찬 시선으로 주희를 흘겨보다가 말했다.

"야! 여기서 언성 높일 수는 없고…… 어 그래 저기! 놀이터로 가자. 잘됐네, 이참에 어디 한번 시원하게 해보자. 이야기든 싸움이든!"

순아가 카페 창밖에 보이는, 길 건너 놀이터를 마구 가리키며 말했다. 초미는 순아가 꼭 골목대장 같아 보였다.

번잡한 도심이 싫어서 한적하면서도 부유한 이 동네에 작은 카페를 개업했던 40대 초반의 여사장은 지금과 같은 일을 처음 겪는다.

카페를 이용하는 주 고객들의 성향이라는 것이 있는데, 이곳은 그저 조용히 앉아 있다 가거나 교양 있는 말투로 대화를 하거나 언성이 높아져도 오래가지 않는, 대체적으로 정적인 손님들이 많이 이용해 왔던 곳이었다.

처음에는 아름다운 세 젊은 여자들의 수다를 흐뭇하게 바라보았지만, 나중에 들어온 화려한 여성과 시비가 붙고 따귀를 때리고 밀치는 육탄전이 벌어지자 당황함을 감출 수가 없었다.

따귀를 맞은 여성과 그녀의 키 큰 친구는 아직 남아 있고, 귀여운 외모지만 성질 있어 보이는 친구가 나중에 들어온 여성을 끌고 대단한 기세로 건너편 놀이터로 걸어가는 모습을 보면서 주인은 가슴이 두근거렸다.

그녀는 남아 있는 여성들에게 다가갔다.

"손님 괜찮으세요?"

"네? 아…… 괜찮아요. 감사합니다."

초미는 간신히 대답했다.

"초미 괜찮아? 고맙습니다."

혜준은 찬물을 가져다주는 여사장에게 대신 인사를 건넸다.

"아…… 그러지 말아."

창밖으로 순아와 주희가 서로 밀면서 악을 쓰는 것이 보이자, 초미가 정신이 퍼뜩 드는 모양이었다. 이런 초미를 보며 카페 주인이 한마디 참견을 했다.

"손님은 여기서 냉찜질하시고, 여기 키 큰 친구분이 가서 말리시는 게 어떨까요? 원래 다툴 때 머릿수가 많아지면 일이 더 커져요."

그러자 혜준도 동의했다.

"그래 초미야. 아무래도 당사자인 네가 빠져야 싸움이 안 될 거야. 좀 진정한 후에 이야기하는 게 낫겠어."

그러자 초미가 고개를 천천히 저으며 비장하게 말했다.

"아니⋯⋯. 나도 감정 많아⋯⋯. 순아하고 둘이 싸우게 하는 건 옳지 않아. 나가 볼래."

"야! 네가 사장 딸이면 딸이고 네가 어떻게 살든 내 상관할 바는 아니지만, 네가 초미하고 이리저리 얽힌 거는 진짜 나도 거슬린다! 뭐 너만 불쾌한 줄 알아? 세상일이 뜻대로 되니? 초미가 일부러 너희 오빠 만난 거야? 인연이 그렇게 된 거 아냐 인연이! 지금 그걸 가지고 애를 저렇게 개 패듯 패냐? 엉? 야! 그러는 너는 그 옛날 명준이 일부러 꼬인 거 아냐? 엄밀히 말하자면 더 나쁜 건 너지 이 기지배야!"

현장에 도착했을 때 순아는 한창 말문이 터져 있었다. 놀이터에는 다행히 이 볼썽사나운 광경을 볼 아이들은 없었으며, 단지 몇 사람이 간혹 지나가다 이 광경을 구경하듯 발걸음을 늦추곤 했다.

"내가 이명준을 꼬셨다고? 누명 씌우지 마! 내가 유혹한 게 아니라 명준이 스스로 나를 선택한 거야! 그렇게 좋았으면 먼저 사귀지 왜 안 그랬대? 그랬으면 그만이지 이미 부인이 생긴 사람을 몇 년 동안이나 계속 좋아한다고 옆구리 쿡쿡 찌르는 게 제정신이니? 사이코 아니냐구!"

"사이코? 사이코라고?"

주희의 말끝에 화가 나서 초미가 따지며 걸어왔다. 주희는 초미가 다가올 때까지 말없이 노려보다가 그녀가 가까이에 오자 다시 달려들 기세로 말했다.

"그래 이 기지배야! 지금 우리 집이 너 때문에 분위기가 어떻게 돌아가는지 알아? 아버지하고 어머니도 서로 돌아서 계신단 말이야. 네가 포기해, 포기하고 네 갈 길 가!"

"무슨 말이야. 무슨 원수 집안끼리 결혼하는 거니? 명준이 그냥 내 친구잖아⋯⋯. 너도 알면서 지금 와서 내가 오현 오빠하고 결혼하겠다는 걸, 아니지 사귄다는 걸 막는 저의가 뭐니?"

초미의 말에 순아가 나섰다.

"주희 이년이 원래 욕심이 많잖아. 학교 때부터 세상 고민 지가 다 해 대고 감상에 젖은 척 남자란 남자는 다 제 편 만들려 하고⋯⋯. 야 너 그러다가 벌받는다. 아니꼽고 재수 없고⋯⋯ 여자 애들이 네 엄살 때문에 죄다 너라면 먼저 피하고 다녔어. 알기나 해?"

"뭐⋯⋯뭐야?"

순아의 말에 충격을 받은 것인지 주희가 숨을 거칠게 쉬면서 되물었다.

순아는 주희가 못 알아듣는 척한다고 생각했는지 더욱 심하게 해 줄 말을 고르면서 말했다.

"너 한마디로 재수 없는 애라고, 알아? 너 그렇게 허구한 날 우울하다고 남자 선배들이나 동기들 붙잡아 놓고 신세 한탄 하는 척, 약한 척, 착한 척⋯⋯. 으, 재수 없어 정말! 솔직히 네가 그런 애라는 거 인정하지? 쳇, 그래 놓고는 제일 비싸고 좋은 것들은 네 몸에 다 감고 달고 다녔잖아. 좋은 차에, 물 좋은 남자 친구들까지!"

말인 즉, 아마도 유감은 순아가 제일 많았던 듯했다. 초미는 왠지 이야기의 방향이 다른 곳으로 간다는 생각이 들었다.

이번에는 혜준이 말했다.

"주희 네가 좀…… 유난이긴 한 것 같아. 네가 사실 남부러울 게 없어 보이는데 항상 너만 불쌍한 척 그랬잖아. 그런 너…… 좀 짜증도 나고……."

주희는 눈에 눈물이 그렁하더니 뜻밖에 충격을 받은 듯 중얼거렸다.

"내가 유난했다고……? 재수가 없었다고……."

"그래. 그런 주제에 남의 친구나 빼앗아 가고! 우리한테는 초미가 얼마나 소중했는데!"

순아가 오래전에 가슴에 담았던 이야기를 꺼냈다.

"무, 무슨 소리야. 내가 무슨 친구를 빼앗아 가?"

"네가 처음에는 초미 꼬여서 데리고 다녔잖아, 이리저리 몸종 부리듯이!"

'몸종이라니 순아 이년…….'

초미는 순아를 은근히 흘겨보았다.

"내가 왜 얘를 꼬여? 얘가 날 따라다닌 거지!"

주희도 그때 상황이 생각나는지 반항을 했다. 초미는 주희의 말도 기가 막혔다.

"야, 따라다니다니? 따라다니다니! 네가 나하고 친구하고 싶다고 먼저 접근했잖아!"

초미는 주희에게 강력히 항의했다. 처음엔 그렇게 부드럽게 다가와서 친구하고 싶다고 그래 놓고, 예전부터 초미 너랑 친구하고 싶다고 그래 놓고……. 그래서 초미는 주희를 받아들인 것이었다. 물론 주희처럼 되고 싶다는 욕심도 있었지만.

"흥. 그렇지만 애들하고는 전혀 어울리지 않고 나한테만 온 너는…… 그런 너는 뭐니? 얘네들 싫증나서 그런 거잖아! 안 그래? 내가 좋은 식당 데려가 주고, 매일 차로 집까지 태워 주고 좋은 옷 고르는 거 도와주고, 내가 만나는 남자들하고 같이 어울리고, 그런 게 너도 좋아서 그랬던 거잖아. 그러다가 내가 명준이하고 사귀니까 바로 얘들한테 돌아간 거 아니니? 윤초미 너 정말 웃기는 애구나? 하!"

기가 막힌 건지 비웃는 건지 주희가 웃었다. 순아는 그런 주희를 더 이상 참고 봐줄 수가 없는지 힘을 다해 주희를 밀어 버렸다.

"이게 정말 보자 보자 하니까! 더 이상 초미를 모욕하지 마!"

주희는 놀이터 모래밭에 뒤로 손을 짚으며 힘없이 쓰러졌다. 자존심이 완전히 구겨진 주희는 "으앙!" 하고 곧 울음을 터뜨렸다.

"얘 봐라? 또 이래? 왜 네가 울고 지랄이야? 우리가 협박이라도 했어? 다 네가 성질이 못되어 이런 거잖아. 그만 울어!"

순아의 흥분이 극에 달해 목소리가 찢어지듯 나왔다.

혜준이 이 사태를 진정시키려고 나섰다.

"야, 순아. 그만해. 주희 울고 있잖아. 저렇게 우는 애한테 더 하지 말자."

"야, 저 눈물도 다 거짓이야. 자기가 얼마나 많이 가진 줄도 모르고 더 가지겠다고 저리 우냐고!"

순아의 흥분이 쉽게 가라앉지 않고 있었다.

이때, 주희가 울면서 소리쳤다.

"그때 난 너희 모두하고 친구가 되고 싶었단 말이야!"

'헉!'

'엥?'

'이게 뭔 소리냐?'

순아와 혜준이 그리고 초미는 동시에 이렇게 생각했다. 주희의 외마디소리가 세 사람에게는 일종의 충격이었다.

한참 울고 있는 주희를 내버려 두고 세 사람은 선 채로 서로 눈치를 보았다.

지나가는 사람들이 보기에는 세 여자가 주희 하나를 못살게 구는, 딱 그런 모습이었다.

"너희 모두하고…… 너희 너무 부러웠고…… 사총사가 되고 싶었다고……. 엉엉…….."

주희의 울음은 끝이 없었다. 울분이 터져 나와 막을 길 없어 보이는 것이었다.

"야, 혜준아, 어떻게 좀 해 봐."

순아가 당황스러워서 혜준이 귀에 속삭였다. 혜준이는 한숨을 쉬면서 우는 주희를 내려다보았다. 주희는 모래밭에 주저앉아 아예 다리까지 죽 뻗고, 아이처럼 목 놓아 울고 있었다.

"무슨 말이니? 넌 그럼 우리하고 친구가 되고 싶어서 초미한테 접근한 거란 말이야?"

혜준이 무릎을 구부리고 주희와 눈을 맞추며 물었다. 주희는 여전히 울먹이며 말했다.

"나는…… 그래 니들 말대로 내가 문제가 좀 있나 봐. 항상 외로웠으니깐. 집에서도 밖에서도 나 혼자라는 생각밖에 안 들었거든. 여자 친구들은 나와는 어울려 주지 않았고, 그나마 내 말을 들어주는 건 친절한 몇몇 남학생들뿐이었어."

'친절한 몇몇 남학생들이 아니라 대다수의 남학생들이었겠지. 돈 많고 예쁜 네가 유혹하는 줄 알고 속으로 좋아라 했던……. 그리고 소문은 안 좋았고.'

순아는 생각했다.

주희는 숨을 한 번 삼키고 말을 이었다.

"우리 과에서 제일 부러운 게 너희들이었어, 너희들……. 너무 의리 있고 항상 같이 다니고 웃고 밥 먹고…… 보기만 해도 부러워 죽겠더라고……. 너희 삼총사에 내가 낄 수만 있다면 다른 친구들도 많이 생길 것만 같았단 말이야. 그래서 용기 내서 초미에게 말을 걸었는데, 초미는 마치 기다렸다는 듯이 나를 반겨 주었어. 근데 이상하게 초미에게 잘해 주면 줄수록, 친해질수록, 너희 두 명하고는 점점 더 멀어지더라……. 정말 내 의도는 그게 아니었는데."

주희의 말에 초미는 일말의 책임감을 느꼈다. 자신이 솔직히 주희의 인간적인 면보다는 외모나 사생활에 지대한 흥미로 대했다는 것은…… 인정할 수밖에 없었다.

하지만 그때는 정말 어쩔 수 없었다. 주희처럼 남자들에게 인기가 많은 여성이 되어 명준에게 다른 모습을 보여 주고 싶었던 마음을 생각해 보면 철없는 모습이었던 것이다.

"후……."

혜준이 한숨을 쉬었다. 주희에 대해 품었던 많은 생각들이 자신의 편견이었다는 것을 깨달았기 때문이다.

"……."

초미 역시 혼란에 빠졌다.

'결국 나는 친구 하나 제대로 이해하지 못하고 내 것도 아닌 남자를 빼앗겼다고 흥분했던 못난 애였어. 지금의 내가 되기까지 나 혼자만 잘나서 그런 줄 알았고…….'

제니스의 도움이 실은 오현과 연관되어 있다는 사실을 알았던 순간만큼 충격이었다. 초미는 진심으로 주희에게 어떤 말을 해 줘야 할지 몰랐다.

누구도 완벽하게 잘못한 사람 없고 또 완벽하게 잘한 사람도 없었다.

"서로가 조금씩 오해하고 있었을지도 모르지⋯⋯."

뜻밖에도 먼저 말을 꺼낸 사람은 울먹이고 있던 주희였다. 그녀의 표정 속에도 많은 생각들이 교차하고 있음이 보였다.

열 받아서 펄펄 뛰던 순아는 갑자기 차분해져 버렸다.

"그런 줄 모르고 나는 네가 초미를 우리에게서 빼앗아 갔다고 엄청 분노했었어⋯⋯."

"맹세코 절대 그런 거 아니었어. 자연스럽게 너희 무리에 끼고 싶었던 것뿐이었어. 그리고 초미가 명준 씨를 소개시켜 주면서 원래 목적이 희미해지게 된 거지⋯⋯."

지난 일을 떠올리듯 주희는 빨개진 눈으로 하늘을 응시했다.

'나 자신이 부끄럽다.'

초미는 주희를 보며 이런 생각을 했다. 주희가 여리고 착한 사람이라는 것을 그때도 알고 있었다. 그랬기에 친구가 되기로 결심했던 것이었고.

"내가 잘못했어."

초미가 말했고, 친구들이 그녀를 쳐다보았다.

"내가 잘못한 거야. 모든 걸 주희 탓으로 돌린 건 나야. 어차피 명준이는 내 연인도 아니었는데⋯⋯ 그렇게 되지 못한 것도 주희 탓이 아니란 걸 내가 인정하지 못했어. 못난 내가 일을 여기까지 끌고 왔어. 처음부터 우리 네 명 허심탄회하게 이야기하고 만나고 부대꼈으면 오늘날 이렇게 되지는 않았을 거야."

"초미야……."

순아가 초미의 팔을 잡았다.

얼마간, 네 명의 여인들은 몇 명의 구경꾼들도 사라지고 이제 완전히 어두워진 놀이터에서 모두 주저앉아, 말없이 한숨만 번갈 아 쉬며 난감한 시간을 보내고 있었다.

대충은 정리를 해야겠다 싶은 혜준이 제안했다.

"얘들아, 떠나자!"

"응?"

나머지 세 명의 여자들이 혜준을 의아하게 쳐다보았다.

"어차피 나는 오늘 우리 연하의 애인을 독수공방 시킬 예정이 고 그렇다면 그에 보상이 될 만큼 멋진 주말을 보내야 해! 내 차 타고 바다에 가자!"

"그래, 가자!"

순아가 초미를 보았고, 초미는 주희를 보았다.

"나도…… 갈래."

주희는 어렵게 말을 꺼냈다.

혜준이 모는 차는 강릉을 눈앞에 두고 있었다. 강릉을 벗어나 7번 국도에 접어들면 오늘의 목적지 경포대에 도착할 것이었다.

서울을 벗어난 지 3시간 동안 혜준은 지독히도 막히는 고속도 로를 투덜거리며 차를 몰았다. 그리고 지금은 비록 잘못 들어선 도로이긴 하지만 뻥 뚫린 구간을, 레이서처럼 밟아 대며 빨리도 차를 몰고 있었다.

혜준이 운전하는 동안 초미는 잠이 들었고 조수석의 순아도 떠들다가 졸다가를 반복하다 다소 침체되어 있었다. 초미의 곁에 앉은 주희는 뒤늦은 미안함에 초미의 볼을 간혹 쳐다보다가 차창 밖 어두운 풍경을 내다보며 내내 생각에 잠겨 있었다. 다들 지금까지는 꽤 조용했다.

"고만 좀 일어나 윤초미, 하여튼 얘는 차만 타면 잔단 말야."

어느새 정신이 깬 순아가 초미를 향해 핀잔을 주었다. 이제 다들 침묵에서 깨어나는 분위기였다.

"그래, 얘기 좀 하자. 운전하기 정말 힘들었거든? 그만들 자고 좀."

혜준이 불평을 했다. 모두들 이제 정신을 차리고 차창을 내리더니 뭐라고 한마디씩 시작했고, 금방 차 안은 수다로 시끄러워졌다.

학교 때 누가 누구랑 사귀었는데 결혼은 다른 사람이랑 했다는 둥, 그 교수는 실력도 없는데 아직도 눌러앉아 있는 것이 신기하다, 왜 우리가 졸업하니까 학교가 더 나아졌을까 등등……

"근데 주희야 나 한 가지 궁금한 게 있는데. 너 말이야 네 오빠하고 초미 끝까지 반대할 거니?"

혜준이 운전하다가 거울로 뒷좌석의 주희를 보며 아주 자연스럽게 물었다.

주희가 편안한 얼굴로 슬슬 말을 하기 시작했다.

"오빠가 열다섯 살 때…… 그때 처음 왔거든 우리 집에. 나는 그때 열 살이었고……. 내가 처음 본 오현 오빠는 키가 크고 지적이고 완벽한 남자였어. 초미도 알다시피 어머니가 달라서 그런가 내 마음속에는 오빠를 가족보다는 동경의 대상으로 여긴 것 같아. 오빠한테 여자 친구 생기는 걸 극도로 싫어할 정도였으니까 말이야."

"야, 너 그거 병이야. 정상 아니라고."

순아가 끼어들었다.

"그래, 알지. 그래서 우리 오빠라고 굳게 믿고 내가 제일 좋아하는 큰오빠라고 생각하면서 살았어. 오빠 주변 여자들에게 엄청 질투하면서 말이야."

'주변 여자들?'

초미는 신경을 곤두세웠다.

"오현 오빠는 절대 우리 가족에게 마음 주지도 않았고, 한 번도 내게 다정한 적이 없었는데 나는 그런 오빠를 늘 기다리고 함께 놀아 주길 기대했어. 내 입장에선 짝사랑이고 첫사랑이었지. 내가 열 살 때부터 너무 좋아했던 오빠를, 그러면서도 나에겐 한 번도 친절한 적이 없던 오빠를……. 네가 낚아챈다는 것이 너무 속상했어, 초미야."

침착한 음성으로 주희는 말하고 있었지만, 이상하게 초미는 주희의 속마음이 얼마나 시끄러웠을까 하는 생각이 드는 것이었다.

"명준 씨 만났을 때, 비로소 그런 내 마음이 끝이 났어. 그런데 그런 명준 씨가 내 남편이 되고 나서도 초미를 일생의 친구라고 말하는데 정말 화가 나더라고."

"명준이가 그런 말을 했어?"

"더한 말도 했지. 부부니까 무슨 말이든 오갈 수 있잖아…….
그래서 나는 너를 더 질색하게 되었던 거야."

두 사람의 대화를 들으며 혜준과 순아는 입을 다물었다. 그리고 혜준은 다시 차를 몰아 얼마 후 까만 밤 허옇게 파도 거품이 이는 경포대에 도착했다.

바닷바람이 비릿하게 코에 닿으면서 전신을 제법 싸늘하게 만들었다.

초미와 주희는 혜준과 순아와 조금 떨어져서 모래사장에 앉아 있었다.

"그래서 큰오빠에 대한 집착이 사라진 게 명준이, 네 남편 때문이라고?"

"응. 큰오빠는 처음 본 열다섯 살 때부터 이미 굉장히 잘생겼고 또 굉장히 냉정한 사람이었어. 나는 그런 오빠한테 사랑받고 싶어서 갖은 아양을 다 떨었지……. 훗, 사실 우리 쌍둥이 오빠들은 무지 철이 없었거든. 정말 한심했어……. 내가 성숙한 남자를 좋아하는 타입인가 봐. 그런데 오현 오빠는 지나치다 싶을 정도로 우리 가족과 섞이질 못했어. 한 5년 같이 살긴 했나? 오빠가 스무 살이 되자 바로 집을 나가 버렸으니까. 그러니 친남매라는 감이 잘 오지도 않더라구."

"성질이 못되었었구나, 예전에도……. 네가 마음고생 많았겠다, 인정."

초미는 주희의 어깨를 장난스럽게 툭툭 쳐 주었다. 주희는 어깨를 으쓱했다.

"뭐 별말씀을. 그런데 그런 나에게 명준 씨가 위안이 되었어. 난 그게 첨엔 참 신기했어. 오현 오빠에게 눈높이가 맞춰진 나는 우리 집의 돈을 보고 덤비는 가벼운 남자들에게는 마음이 전혀 가질 않았고, 오히려 상처만 입었었거든……. 그래서 아무런 욕심도 없이 오직 서로를 챙겨 주는 너희들하고 진실한 친구가 되고 싶었어. 니들 떼 지어 다니는 것도 참 재미있어 보이고."

"떼 지어 다녀? 야, 그렇게 말하니까 꼭 우리가 저 바닷속 물고기들 같아."

초미가 이렇게 말하고 웃자, 주희도 따라 웃었다.

"근데 명준이는 곁에 같이 앉아만 있는데도 마음이 따뜻해지더라……. 그래서 그렇게 생각했나 봐, 이 남자만은 절대 놓치지 않을 것이다, 라고. 결혼하고 나서 알았어. 명준이 이상형은 초미너라는 걸, 씩씩하고 밝은 너 말이야."

"야, 웃기지 마. 그런 놈이 너랑 결혼하냐? 명준이 똑똑하거든? 자기 자신이 누굴 사랑하는지 정도는 잘 안다고."

초미가 웃었다.

"좋아하는 건 너고 사랑하는 건 나다?"

314

주희가 이렇게 말하자 초미가 핀잔을 주었다.

"뭐니? 그 자신감은. 훗, 맞아. 명준이 나를 좋아하긴 했지. 그래서 오랫동안 친구였던 거고……. 하지만 생각해 보면 나를 사랑한 건 절대 아니었어. 널 보자마자 내뺐으니 말이야."

"훗."

"명준이는 어려운 환경을 극복한 훌륭한 녀석이야. 너 복받은 줄 알아."

"우리 큰오빠도 훌륭해. 너도 복받은 줄 알아."

초미는 주희의 대답에 놀라 동그란 눈으로 바라보았다.

"뭘, 놀라. 우리 오빠하고 잘해 보라는데."

"너…… 착해졌다?"

"원래 착하거든. 너희가 날 색안경 끼고 본 거거든."

"너도 좀 그랬거든? 인정하시지?"

"칫."

서로 주고받던 두 여자는 결국 서로를 보며 웃고 말았다. 서로의 행동이 이해가 되면서 감정의 얼음 덩어리들이 녹는 기분이었다.

"정말로 우리 오빠를 사랑하긴 하는구나?"

"당연하지! 안 그럼 나도 내 나름대로 바빠 죽겠는데 결혼까지 하겠다고 덤비겠냐?"

초미의 대답에 주희가 말없이 웃었다.

"오현 오빠는 정신력이 멋진 남자야. 정말 아까운 남자라고."

"그래서 나를 그렇게 개 패듯 팼냐?"

"그건 정말 미안해, 아깐 나도 모르게 빡 돌아서……."

"빡 돌아? 큭, 네가 그런 말 쓰니까 엄청 인간다워 보인다, 야."

"오현 오빠가 너 많이 좋아할 거야."

"실없기는…… 갑자기 그런 말은 왜 하냐?"

"나도 네가 너무 밝고 걱정 없어 보이고 그래서 참 좋았거든. 시원시원해 네가……."

자신을 칭찬하는 말을 듣자 초미가 쑥스러워하며 조심스럽게 하지 못했던 말을 꺼냈다.

"주희야, 너도 매력이 대단해. 왜 내가 저 애들을 벗어나 너에게 끌려간 줄 알아? 너는 너 하나 만으로도 사람을 끌어당겼던 거야. 만약 네가 별 매력도 없고 그저 그런 친구였다면 분명히 나는 네 손을 잡고 저 애들에게 끌고 갔을 테지. 여기 불완전한 인격체가 있다! 인간 하나 만들자! 이러면서 말이야, 후후. 모든 게 다 네가 잘나서 그만큼 외로웠던 거니까 섭섭한 마음 이제 그만 풀어라."

초미의 말에 주희는 빙그레 웃었다.

"오현 오빠가 너처럼 긍정적이고 대책 없이 밝은 여자 좋아하게 될 줄 알았어. 쓸데없이 우아한 척하는 여자들 되게 싫어하거든……. 너의 그 밝음에 마구 끌려 버렸을 거야, 그 냉혈한이……. 사실 예쁜 척하다가 어설프게 유혹해서 오빠 오피스텔에서 쫓겨난 여자들도 꽤 되지 아마?"

다른 여자 운운에 갑자기 초미의 동공이 확장되었다.

"뭐여? 오피스텔? 아니 거기까지 여자를 끌어들인단 말이야?"

"몰랐어? 야, 그럼 넌 우리 오빠처럼 얼굴 되고 몸 되고 돈 되는 남자한테 여자가 안 붙을 거라고 생각했어? 물론 오빠가 끌어들인 것이 아니라 여자들이 갖은 핑계로 붙는 거지. 〈갤러리〉 운영할 때, 나이트클럽 사장이었는데 유혹하는 여자 없었겠어? 지금은 경제 연구소 소장인데 집안 좋은 여자들이 당연히 줄을 섰지. 얘, 완전히 방심하고 있었네. 너 그러다 큰코다친다?"

"가만히 좀 있어 봐! 안 되겠다, 당장 돌아가자 서울로!"

초미는 손가락을 칼처럼 뽑아 들며 이렇게 말하는 것이었다.

'어쩜 주희가 정말 현모양처감일지도 모르겠다……'

초미의 종용으로 투덜거리는 혜준, 순아와 함께 서울로 돌아오는 길, 초미는 계속해서 명준과 통화 중인 주희를 지켜보며 이렇게 생각했다.

"응? 아냐 별일이 있는 건 아니고, 친구들끼리 바다가 보고 싶어서 좀 충동적으로 다녀오는 길이야. 응? 아…… 미안해 주말에 혼자 둬서. 알았어. 지금 가고 있다니깐? 명준 씨 저녁은?"

명준에게 말하는 주희의 말투나 목소리는 정말 상냥하고도 다정다감했다. 초미는 과거에 바로 이런 것을 그녀에게서 배우고 싶었던 것 같았다는 생각이 들었다.

317

그에 비하면 자신은 오현에게 마구 툭툭 던지는 말투를 구사하고 있음을, 반성하고 넘어갈 문제라는 생각이 잠깐 들었다.

명준은, 오늘 주희에게 부재중 전화를 일곱 번이나 남긴 끝에 그녀의 전화를 받을 수 있었다. 그는 걱정을 많이 했던 모양이었다. 이런 장면을 보는 것만으로도 초미는 명준이 정말 주희의 남편이라는 느낌이 강하게 들었고 앞으로 자신의 행동을 좀 더 조심할 필요가 있겠다고 생각하게 되었다.

"근데에, 혜준이 애인도 전화 오고, 명준이도 전화 오는데 왜 네 오현 씨는 전화가 없어?"

순아가 살짝 초미의 신경을 건드렸다.

"바쁜가 보지, 뭐."

냉랭하게 초미는 대답했다. 오현에게서 온 전화는 달랑 한 통. 그 전화를 못 받았긴 했어도 그럼 기다렸다가 한 번 정도는 더 할 수도 있겠거늘……. 오현의 전화는 정말 달랑 한 통이었다.

'군기가 빠진 게야……. 그리고 보니 사랑한다는 말도 정식으로 못 들었어. 만나기만 하면 과거 이야기에 서로의 상처가 괜찮은지 확인하느라 정작 남녀 간에 할 만한 일은 못 해 봤네. 그런 것도 없이 불쑥 본가에 인사드리러 가자던 오빠나 또 졸졸 따라간 나나…… 웃기는 짬뽕들이야.'

주희가 명준과 통화하는 걸 보고 있자니, 명실상부한 부부가 무엇인지 알 것만 같았다. 친구 명준은 멀게만 느껴지고, 혜준도 그렇다. 연하 남자 친구와 전화하는 모습이 평소에 알던 친구 같지가 않았다. 누군가가 뒤에서 든든하게 버티고 있다는 느낌만으로 주희도 혜준도 더 견고한 삶을 사는 듯 보였다.

그에 비해 자신은 혼자라 외롭다고 투덜대던 순아와 다를 바없어 보이는 것이었다. 불만스러웠다.

혼자 이 생각 저 생각에 신음하던 초미는 초류에게 전화를 걸었다.

— 누나?

"지금 서울 가는 길이야, 엄마께 말씀 좀 드려 줘."

— 누나 빨리 와. 매형이 다쳐서 지금 누나 방에 누워 있어.

"뭐라고? 매형이라니?"

— 성오현 씨 말이야. 이 양반 아니면 누가 누나랑 결혼한다고 하겠어? 그러니까 매형이지. 아니, 중요한 건 그게 아니야. 어디서 싸움을 했는지…… 머리가 터졌다니깐!

이 와중에 농담하는 초류에 대한 응징은 뒷전이고, 오현이 다쳤다는 말에 초미는 가슴이 내려앉았다. 그는 절대 싸움 같은 것에 휘말릴 사람이 아니었다. 아니, 다칠 사람이 아니었다.

"진작 전화 좀 해 주지!"

— 뭐래? 내 전화 받지도 않아 놓고!

초류에게 온 부재중 전화는 안중에도 없었던 초미였다. 모든 친구들이 불안해하는 와중에 그녀들은 서울로 돌아왔다.

"엄마, 아빠 저 왔어요!"

신발을 벗는 둥 마는 둥 현관으로 뛰어들며 초미가 소리쳤다.

"안녕하세요, 성주희라고 합니다. 오현 오빠 여동생이에요."

혜준과 순아는 아파트 입구에 초미와 주희를 내려 주고는 그대로 차를 몰아 돌아갔고, 주희는 초미를 따라 들어왔다. 허겁지겁 뛰어 들어간 초미의 방 안에는 머리에 붕대를 칭칭 감은 오현이 그녀의 침대 위에 괴로운 얼굴로 눈을 감은 채 누워 있었다.

"이게 무슨 일이에요!"

눈을 감고 있던 오현이 천천히 눈을 뜨더니 초미를 보았다. 그러고는 얼굴을 찡그렸다.

"아, 왜 이제 오는 건데……."

말투에 원망이 가득한 걸 보니, 초미는 미안하면서도 약간의 안심이 되었다.

"오빠 많이 다쳤어? 어쩌다 이랬어……."

주희가 걱정스럽게 물었다. 오현은 주희를 보더니 뜻밖이란 표정을 지었다.

"우리 둘이 놀러 갔다 왔어요."

주희의 말투가 걱정이 가득했다. 주희 특유의 따뜻한 말투였다. 주희에게서 닮고 싶었던 부분이라는 것이 기억난 것이었다.

하지만 초미는 주희처럼 따뜻한 말투를 내보내지 못했다.

"속상하게! 누구한테 얻어맞은 거예요? 얼굴도 엄청 부었네! 어떤 자식이야, 앙?"

그녀 말마따나 정말로 오현의 한쪽 볼은 붉은색으로 확연히 부어올라 있었다.

"내 경제 칼럼에 불만이던 사람인 것 같아. 알 만한 사람이 하나 있거든. 기습 공격을 받는 바람에…… 그쪽한테 좀 맞고 나도 좀 때리고…… 야 초미, 너도 얼굴이 부었는데? 너 왜이래 응?"

오현이 놀라서 힘겹게 몸을 일으키며 말했다. 주희는 말없이 얼굴을 돌려 버렸다.

"아, 나도 오늘 낮에 시비가 붙어서 좀 싸웠어요. 나도 한 대 맞았고."

초미의 말에 오현은 어이없다는 표정을 지었다.

"야, 누가 보면 우리 둘이서 치고받다가, 네가 내 머리 깬 줄 알겠다."

"히히."

"웃기는……."

"헤헤."

초미의 웃음을 보며 눈을 흘긴 오현은 괴롭다는 듯 다시 자리에 눕더니 말했다.

"이리 얼굴 좀 가져와 봐."

오현이 버릇없이 손가락을 까딱거리며 명령하자, 초미는 삐죽거리면서도 그에게 몸을 기울였다.

그녀의 머리카락이 오현의 얼굴에 와 닿았다. 경포대 바닷바람 때문인지 초미의 온몸에 바다 냄새가 배어 있었다.

"바닷가에 다녀온 거야? 머리카락이 미역 같아. 냄새도 그렇고."

오현의 말에 주희가 혀를 끌끌 차며 말했다.

"오빠 참 무드 없네. 여자 친구한테 그렇게밖에 말 못 해? 우리 명준 씨 같음 그렇게 말 안 했어."

주희가 이렇게 말하자, 오현이 의미심장한 웃음을 지었다. 어떤 훈풍이 두 여자 사이를 지나갔다는 것을 감지한 것이었다.

"그럼 자리 좀 비켜 주든가, 눈치 없긴."

"아우 그러지 말아요."

초미는 주희 앞이라 당황스러워 오현을 자기도 모르게 한 대 때렸다.

"윽!"

상태가 좋지 않은 그는 초미의 가벼운 터치에 악 소리를 냈다.

보다 못해 주희가 말했다.

"오빠 입이 살아있는 거 보니까 별거 아닌가 보네. 나도 명준 씨가 데리러 온대. 문자 왔거든. 갈 거야."

주희는 오늘 한바탕 자신의 감정을 쏟아부은 탓인지 한층 여유로운 목소리로 말했다.

"주희야."

방을 나가려고 주희가 돌아서자, 오현이 여동생을 불렀다.

주희는 돌아서 제 오빠를 바라보았다.

"고맙다. 그리고…… 남편하고 문제는 없는 거지?"

질문에 주희는 가볍게 입술을 옆으로 그리며 웃더니 말했다.

"나를 걱정하는 거야 아님, 오빠 일이 잘 안 될까 봐 그러는 거야?"

주희 비슷하게 오현도 웃으며 말했다.

"내가 일을 내 뜻대로 못 할 사람 같으냐? 걱정거리도 안 된다 그건."

오현의 말에 주희는 이번엔 좀 더 짙게 빙그레 미소를 지었다.

"그건 그렇지. 걱정하지 마 오빠. 아니지, 걱정을 해 주다니 고마워. 그러니까 내가 정말 오빠 여동생 같아. 그냥…… 우리 각자 자기 할 만큼 최선을 다하자. 갈게, 초미야."

"어 그래, 같이 나가자."

남매의 화기애애한 분위기에 젖어 있던 초미가 일어섰다. 진심으로 주희를 배웅해 주고 싶어서였다.

✻

일요일 아침, 식탁에 모여 앉은 초미의 가족들은 오현을 보며 걱정했다.

"자네 괜찮나? 많이 아프면 입원을 하지 그러나."

"아버님 저 같은 사람이 병원 차지하면 정말 아픈 사람들이 손해를 보게 되죠. 괜찮습니다, 저는. 이렇게 재워 주시고 밥도 주시고 저절로 낫는 거 같습니다."

"당근이지, 우리 엄마 밥은 약밥이니깐."

초미가 싱글거리며 말했다.

"잠자리는 불편하지 않았어?"

이 여사가 오현 앞에 밥그릇을 놓으며 물었다.

"불편하긴요, 아주 좋았습니다. 받아만 주신다면 여기서 살고 싶을 정돕니다. 처남이 자꾸 말 시켜서 잠을 좀 설친 것 **빼고는** 요."

"어? 제가 무슨 말을 시켰다고 그래요. 참나 매형은!"

초류가 억울하다는 듯이 입에 밥을 물고 말했다.

"안 봐도 비디오다. 넌 계집애도 아니고 사내자식이 어쩜 그리 말이 많니?"

초미가 식탁에 앉으며 초류를 흘겨보았다. 그러다가 오현과 눈이 마주쳤을 때 기분이 조금 묘해졌다.

이렇게 같은 식탁에 마주 앉아 있으려니 정말로 그가 가족처럼 느껴지는 것이었다.

오현이 초미의 마음을 읽은 건지는 알 수 없었지만 상당히 끈적한 시선을 보냈다. 초미는 눈을 흘겨 주었다.

"그런데 자네, 휴가를 좀 내야 하지 않겠나? 그렇게 다쳐서 는……."

"아닙니다, 어머니. 이 정도는. 무엇보다 일이 많아서요. 오늘 하루 여기서 신세 지면 훨씬 나아질 것 같습니다."

오현의 말에 초미는 느낌이 새삼스러웠다. 그가 참으로 바쁘게 살고 있다는 감이 확실히 왔고, 편하게 사는 스타일이 아니라는 생각이 들자 그렇게 섹시해 보일 수가 없었다.

'아, 정신 차리자. 이 남자를 내가 노리는 상황이 되어서는 안 되지. 암!'

"매형, 적이 많은 거 아니에요? 보디가드 붙여야 할 것 같은데요."

"글쎄…… 내가 적을 만드는 성격인가……. 좀 특이할 수도 있지."

오현이 말하자 초미가 지당하신 말씀이라는 듯 아주 크게 고개를 끄덕거렸다. 이 여사가 초미의 등을 치는 바람에 초미는 하마터면 밥그릇에 코를 박을 뻔했다.

오현은 그런 광경을 보고 행복하게 웃었다.

일요일, 오현은 아침부터 계속 초류의 방에서 뒹굴다가 티브이를 보곤 했다. 마치 예전부터 이 집에 살았던 사람처럼, 익숙한 모습이어서 초미는 신기해하며 혼자 꿍얼거렸다.

시간은 오후, 오현은 초류와 방에서 신나게 잡담을 하고 있었다. 대충 들어 보면 여자 공략법 같은 국가 발전과는 전혀 상관없는 것들이었다.

한심하다는 표정으로 두 남자를 거실에서 엿보던 초미는 간식을 준비하기 위해 주방에 있는 이 여사에게 갔다.

"엄마…… 미안해요."

초미가 이 여사에게 조심스럽게 운을 뗐다.

"뭐가?"

"저 사람요. 다쳤으면 병원엘 가지, 왜 우리 집에 와서는."

"얘, 그런 말 마라. 간단한 처치만 받고 바로 우리 집에 와서 너를 찾던 사람이다. 어제 처음 만났는데 꼭 예전부터 알던 사이 같고 그렇다. 네가 우리한테 몇 번 말을 해 주긴 했다만, 실물을 보니 참 믿음직스럽구나. 아버지도 좋아하시는 눈치야."

이 여사는 마지막 말을 귓속말로 했다.

"네…… 다행이에요."

안도의 한숨을 쉬는 그녀에게 이 여사가 생각났다는 듯 말했다.

"그나저나 계획대로 하려면 이제부터 엄청 바빠지겠어. 챙겨야 할 게 한두 개라야 말이지."

"계획? 무슨 계획?"

초미가 고개를 갸웃거렸다.

이 여사는 다소 놀란 눈으로 대답했다.

"어머 말을 안 했구나. 어제 오현 군하고 이야기했는데 너도 너무 바쁘고 자기도 바쁘다고 이번 여름 휴가철에 결혼식을 올리고 싶다고 하더라고. 그쪽 집에서 다 허락이 났다면서? 우리도 생각해 보겠다고 말은 했는데, 결혼식은 말 나온 김에 그냥 해 버리는 게 좋을 것 같아. 안 좋은 변수 같은 거 생기기 전에 말이야."

"네에? 올 여름 결혼요?"

초미가 아무리 손을 꼽아도 그가 제시한 결혼 날짜까지 개월

수가 다섯 손가락을 넘기지 않았다.

 '머리는 터져 가지고…… 잔머리는 잘도 굴리셨군?'

 초미는 탄식을 하며 초류의 방 쪽을 바라보았다. 머리에 흰 붕대를 두른 오현이 초류와 무슨 재미난 이야기를 하다가 그녀 쪽을 보며 싱긋 웃었다.

11화

새로운 시작을 향해

4월이 되고, 초미는 더욱 바빠졌다.

그러다 보니 오현이 그토록 서두르는 결혼은 글쎄…… 다음 해로 미루고 싶은 생각이 간절해졌다.

아직 주희 어머니의 완전한 찬성이 필요하기도 했다.

"사회생활이 정말 쉽지가 않구나. 오빠를 설득해 봐야겠는데……. 역시 난 시간이 더 필요해."

그러나 서두르는 오현을 그녀가 제어할 필요도 없이 올해 결혼을 장담할 수 없는 사건이 터져 버렸다.

오현은 저녁 퇴근길에 아버지가 급히 찾으신다는 장 여사의 호출을 받고 본가로 달려왔다.

그가 도착했을 때, 거실에는 세현이 무릎을 꿇고 있었고, 격노

한 아버지가 입을 굳게 다문 채 가운데 소파에 앉아 있었다.

"무……슨 일이십니까?"

심상치 않은 집안의 분위기에 오현은 아무에게나 물었다. 대답하는 이는 아무도 없었지만 이 분위기의 주인공은 세현인 듯했다.

"정리한 것이 무엇 무엇이냐……."

무겁게 말문을 연 성 회장의 목소리는 이미 갈라져 있었다. 아마도 오현이 도착하기 전 이미, 한바탕 큰소리가 났던 것 같았다.

"어머니 명의로 된 모든 토지와 주식 그리고 외가의……."

"이 자식이!"

성 회장이 벌떡 일어나서 세현을 칠 기세였다. 세현의 머리가 형클어져 있는 것으로 보아, 벌써 아버지로부터 몇 대 맞았다는 것을 알 수 있었다.

무엇이 아버지를 이토록 화나게 했는지 오현은 감을 잡기가 어려웠다.

장 여사가 성 회장에게 매달렸다.

"여보 이러지 마세요, 제가 잘못했어요. 말렸어야 했는데 저는 당신도 관심 있어 하는 사업이라고 생각을 해서 그만……."

"어떻게 그렇게 생각을 하오? 내가 투자하지 않겠다고 했는데!"

"잘못했습니다, 아버지……."

분노하는 아버지와 그에 매달리는 어머니를 보며 세현은 고통에 얼굴을 일그러뜨리며 고개를 숙였다.

"예식장 건물도 완전히 우리 소유가 아니란 말이다. 상환해야 할 대출금을 다 갚으려면 지금 매출 이익률에 대비해서 계산상 4년도 넘게 남았는데……."

성 회장은 이렇게 말하고 털썩 자리에 주저앉아서는 소파를 주먹으로 내리쳤다.

여기까지 지켜본 오현은 아버지의 분노가 금전적인 것에 기인하며, 사건의 주도자가 세현과 장 여사라는 것을 깨달았다.

오현은 심각하게 서 있는 세현의 쌍둥이 형 진현에게 따라오라며 눈짓을 했다.

"무슨 일이냐? 아버지 화가 예사롭지 않은데."

아버지 회사가 아닌 다른 기업에서 월급쟁이 노릇을 하고 있는 진현도 오늘 사건이 낯설기는 마찬가지였다.

"그게…… 나도 세현이나 아버지 일에는 관여를 잘 안 해서 몰랐는데, 세현이가 아버지 몰래 중국 어느 건설 회사에 거액의 투자를 했다나 봐. 세현인 나름대로 그게 중국 정부 차원에서 추진된다는 정보에 거액을 들여서 현지 건설사 차리고 인력, 장비 다 구해 놨는데. 글쎄 그게 다 사기였대."

"사기?"

"사업 설명회를 열었던 자들까지 모두 감쪽같이 증발했다고 해. 돈도 계좌도 물론 다 사라지고 없고. 아버지가 회사에 계실

때 그쪽 국제경찰한테서 연락이 왔다나 봐."

진현의 말에 오현은 굳게 입을 다물고 신경 날카로운 사람처럼 눈에 힘을 주었다. 그리고 진현에게 다시 말했다.

"중국 정부가 하는 일은 맞아?"

"그게…… 아직은 먼 이야기인가 봐. 지금 단계가 아니라는. 후…… 보통 이런 건 안건이 되고 나서 몇 년 걸리지 않아? 그리고 정책이란 게 뜬금없는 정치가 한 명의 입으로도 방향이 틀어질 수 있는 거 아니겠어? 혹여 십여 년 후에 시행이 된다손 쳐도, 그때까지 기다리는 것도 뭐, 책임자와 돈이 다 사라졌으니……."

"피해 액수가 얼마라고?"

"음…… 예식장 건물은 아버지 명의니까 못 건드렸고, 대신 어머니 명의로 된 토지를 다 정리하고, 세현이 명의로 된 국도 휴게소도 정리했다나 봐. 그것도 급하게 처리하느라 시세보다 싸게 말이야. 세현이가 그렇게 자신이 있었는지 중국에 계신 외가 쪽까지 건드려서 한 20억 합해서 투자를 했대. 그분들은 어머니 설득으로. 휴우…… 전부 50억이 생으로 날아가는 건데……."

그렇게 되면 외가 즉, 장 여사의 친정은 빈털터리가 될 가능성이 농후했다.

장 여사의 명의로 되어 있던 토지와 주식도 정리했으니 장 여사 역시 한 푼도 남지 않게 된 것이다.

그 이전에 웨딩홀 건물도 대출을 끼고 매입을 한 것이니 잃어 버린 재산을 만회할 수입원 역시 없는 것이었다.

또한 이런 사기 사건이 늘 그렇듯이 범인이 잡힌다 한들 피해액이 돌아오지는 않을 것이었다.

"100억대 국제 사기극에 50억을 쏟아부었군……."

오현은 난감하다는 듯 중얼거렸다. 진현도 난감하긴 마찬가지였는지 한마디 더 덧붙였다.

"잘못하면 웨딩홀 건물도 매각해야 될지 모르고, 지금으로 봐선 세현이가 쫓겨날지도 몰라. 아버지 분노가 이만저만이 아냐."

두 형제가 방법을 생각해 내느라 침묵하고 있을 때, 아래층에서 주희가 그들을 불렀다.

"오빠들, 아버지가 거실로 내려오라고 하셔……."

거실에는 세현이 여전히 무릎을 꿇고 있었고, 성 회장은 소파의 팔걸이에 양팔을 드리운 채 무거운 숨을 쉬고 있었다.

장 여사와 오현, 진현 그리고 주희까지 아무 말 없이 와서 앉았다.

조금 더 성 회장은 침묵했다. 아버지의 입에서 어떠한 말이 나올지 모두들 긴장하고 있었다.

"후……."

성 회장은 한숨부터 쉬었다.

"잘들 들어라, 세현이하고 어머니가 자신들의 명의로 된 재산을 처분하고 현금화한 돈을…… 다시 찾을 방법은 지금으로선 없다고 봐야 한다. 그러면 남는 것은 웨딩홀과 호텔 두 군데뿐이다.

사실 나는…… 웨딩홀 건물을 매각하고 골프장과 위락 시설을 건설할 계획이었다. 어머니의 토지와 주식도 그에 쓰려고 했다만."

성 회장이 일전에 오현에게 비밀리에 추진한다던 사업이 골프장 사업이었던 듯했다.

결혼 인구가 점진적으로 줄어들고 갖가지 새로운 형식의 결혼식이 생겨날 것이라 생각하며 성 회장은 웨딩홀 규모를 축소시킬 계획이었던 것이다.

게다가 웨딩홀 운영은 장 여사의 부친에서부터 이어온 사업이라 너무 오래 되었다는 판단이었다.

그러나 일이 이렇게 되고 보니 성 회장의 계획에는 중대한 차질을 빚게 되었다.

"세현이 너는 욕심이 너무 컸다. 그리고 건방졌어. 내가 그렇게 말했건만, 너를 쉽게 용서하지 않을 생각이다. 회사의 모든 일에서 손을 떼고 자중하면서 이 사건을 책임져라."

"……."

성 회장의 말에 세현은 할 말이 없었다. 아직도 세현은 이것이 현실이 아니기를 바랐다. 이 사업의 국제적인 성공으로 자신이 어떠한 사업적 재능이 있는지 반드시 아버지께 증명해 보이고 싶었다.

"나는, 유언장을 바꿀 생각이다. 내일 변호사를 불러 당초 너희 어머니에게 3분의 2를 상속하겠다고 했던 것을 번복할 생각이다. 여보, 당신은 확실히 경솔했고, 나를 못 믿었소."

"흑…… 여보, 그런 게 아니었어요. 저는 단지……."

장 여사의 얼굴은 후회의 눈물로 얼룩져 있었고 위기감을 느낀 얼굴 표정은 일그러져 있었다.

"단지 뭔가 다른 걸 겁냈던 거겠지. 당신은 내가 세현이에게 사업을 고스란히 넘겨주지 않을까 봐 두려워했던 것 아니오? 그런데 나는 이제 생각이 확실해졌소. 이 사태를 수습하고 나면 경영권을 오현이와 나누겠소. 그리고 내 유언장에도 재산의 2분의 1을 오현이에게 상속시키도록 수정하겠소."

성 회장의 말에 다른 가족들뿐 아니라, 오현도 너무나 놀랐다.

장 여사는 분하기도 하고 슬프기도 하여 오열했다.

"여보! 그러실 수는 없어요. 흑…… 세현이도 잘해 보려고 그런 것인데 어떻게, 어떻게 가족에게 정은 티끌도 없는 오현이에게 그런 혜택을 주시려는 건가요?"

"시간이 없소. 내 자식들 중 그래도 가능성 있는 건 오현이고 나는 하루라도 빨리 저놈을 가르쳐야 하오."

성 회장의 목소리가 단호하자 장 여사는 오현을 쳐다보았다. 오현이 사업에는 전혀 관심이 없었음을, 장 여사는 그 사실에 기대고 싶었다.

그러나 오현은 그런 바람을 그대로 노출시킨 장 여사의 눈을 빤히 보며 말했다.

"아버지가 정 그러시다면, 제 일을 정리할 시간은 주셔야 합니다."

오현의 대답에 장 여사의 얼굴이 창백해졌다.

반면에 성 회장은 화가 다소 누그러지는 모습이었다.

"그래, 이제야 네가 정신을 차린 모양이구나. 그렇지 이렇게 어려운 상황에선 가족의 힘으로 일으켜야 해. 다른 사람은 믿을 수가 없다. 너는 네 연구소를 차릴 만큼 경제 이론도 실질적 면도 밝으니 이번 일을 잘 정리하고 집안의 사업을 정상화시키는 데 집중하도록 해."

"네, 알겠습니다."

"……."

오현의 대답을 듣고 장 여사의 표정은 더욱 굳어졌다.

'무슨 생각이야……. 나와 내 아이들을 다 몰아낼 셈이야?'

오현이 무슨 계략이 있지 않고서야 이런 대답을 할 수는 없었다.

성 회장이 제안하는 사업적 일이라면 항상 피해 다니느라 바빴던 그였기에, 가족들은 급하게 돌아가는 집안의 위기와 알 수 없는 오현의 생각 때문에 혼란에 빠졌다.

다음날, 오현은 장 여사의 방문을 받았다. 예상된 일이었다.

장 여사는 오현의 사무실 소파에 앉아서 분노를 삭인 얼굴로 간신히 호흡을 하는 중이었다.

"업무 중입니다. 연락도 없이 어쩐 일이세요?"

"잘났구나."

"무슨 말씀인지 잘 모르겠습니다만."

"위기를 이용해서 이 집안의 중심으로 들어앉겠다는 거냐?"

"이성적으로 판단하시고 그런 말씀 하시는 겁니까?"

"어미에게 그런 식으로 말하는 놈에게 재산을 모두 **빼앗기게** 생겼으니 안 미치고 배기겠니?"

"어미라뇨? 누가 제 어머니십니까? 장 여사님요?"

"……."

장 여사는 입술을 깨물었다.

오현이 그런 그녀를 차가운 시선으로 바라보며 말했다.

"어서 본론을 말씀하세요. 바쁩니다."

"……장남으로서의 상속권을 모두 포기하거라. 물론, 경영권을 포함해서다. 그러겠다고 강하게 말씀드려, 아버지께."

"제가 왜 그래야 합니까?"

"너는 자격이 없어!"

"왜요? 장 여사님이 낳은 자식이 아닌 것이 죄입니까? 내 어머니가 죄인입니까?"

"이놈이!"

"남편을 **빼앗았으면** 사과라도 하고, 사과도 하기 싫으면 제 앞에서 미안한 표정이라도 지으십시오. 단 한 번이라도."

오현의 주장에 장 여사는 파르르 아랫입술을 떨었다. 미안한 마음이라니, 그녀에게는 가당치도 않은 주문이었다.

"지금의 재산도 나의 친정으로부터 나온 것이야!"

"아버지 대에서 이루신 번영에 비하면 시작은 초라했지요."

"아버지를 먼저 사랑한 것은 나였다! 빼앗았던 것은 네 엄마 야!"

장 여사는 악에 바쳐 소리를 질렀다.

"당신이 빼앗았을 때는 결혼을 했고 아기도 있었습니다!"

꽝, 하고 오현은 책상을 내리쳤다.

장 여사는 기력이 달리는지 코로 숨을 들이쉬었다 마셨다를 반복했다.

사실 여기까지 몸을 끌고 온 것도 모두 정신력이었다. 자신의 남자를 가로채 결혼하고 그의 아이까지 낳았던 여자……. 그것이 유민정이었고 그의 아들이 지금 자신의 눈앞에서 자신을 향해 당당하게 윽박지르고 있었다.

그토록 비참한 기분을 지금에 와서 또 느껴야 한다는 것이 지옥 같은 장 여사였다.

"어차피 너는 재산이나 경영에는 관심도 없었지 않느냐."

간신히 진정하고 장 여사가 말했다.

오현은 여전히 냉정함을 유지하고 있었다.

"장 여사님을 보면 없던 의심도 생깁니다. 왜요, 제가 경영권을 잡으면 친정에 단 한 푼도 원조해 주지 않을 것이 눈에 보이십니까? 지금쯤 중국에 있는 세현이 외가는 타격이 엄청나겠죠? 듣자하니 추진 중인 다른 사업도 막힌 자금으로 인해 중단 상태인 모양인데…… 장 여사님 친정 재산으로 아버지가 일으키신 사업이니 당연히 본전 생각이 나시겠죠. 이제는 아버지에 대한 감정도 사랑보다는 역시 돈 아닙니까?"

"멋대로 생각하거라. 나는 여전히 네 아버지를 사랑하고 존경한다. 내 잘못으로 그분이 실망하는 걸 보는 것도 괴로울 뿐이야. 네 악감정으로 부모 사이를 이간질하지 말거라……."

"이간질이란 단어는 정말 불쾌하고 제겐 해당 사항도 없습니다."

오현은 미간을 찌푸렸다.

그러자, 장 여사가 눈물을 흘렸다.

"네 어머니에게 나도 우리 친정도 할 만큼 했다. 먹고살게 해 주고 공부도 시켜 주었다. 그런데 그렇게 나를 배신하다니…… 그러고는 또 그 자식이 내 가슴을 후벼 파다니……."

"그 먹여 주고 재워 주고 공부시켜 주고는 외가댁 부자 할아버지께도 귀에 못이 박히게 들었습니다. 그렇게 선심 쓰셨다는 말은 제 앞에선 자제하십시오. 당신들은 그 핑계로 내 어머니를 충분히 무시했습니다. 그러니 더 이상 제 앞에서 그런 잘난 척은 그만 하시죠. 어머니를 무시하는 발언을 듣고 자라는 것보다 자식으로서 더한 모욕은 없었으니까요!"

중학교 2학년의 봄, 오현은 한 달간 새로운 학급의 임시 반장을 맡다가 오늘 투표에 의해 정식으로 1학기 반장이 되었다. 자랑스러운 마음으로 집으로 돌아가는 길에 동네 아저씨가 그를 불렸다.

"오현아, 어머니 집에 계시냐?"

"계실지 잘 모르겠어요."

어머니에 대한 그의 관심이 오현은 영 거슬려서 아무렇게나 대답하고 지나쳤다.

그의 어머니는 조용하고 지적인 분위기로 동네 사람들의 관심을 받고 있었는데, 특히 중년 남자들의 관심은 그도 어머니도 달갑지 않았던 상황이었다.

마당이 있는 작은 가옥, 칠이 다 벗겨진 조그만 나무 대문에 손을 가져갔을 때 분명히 그는 어떤 여자의 앙칼진 음성을 들었다.

"언니, 언제까지 그이를 붙잡을 거예요? 헤어진 지 십수 년이에요. 어떻게 아직도 애들 아버질 나 몰래 만날 수가 있어요? 애를 핑계 삼아 계속 그렇게 연락하지 마세요!"

"진희야, 나는 오시지 말라 했다. 그런데 그분이……."

"그만! 그만! 언니 입에 그분이란 말을 담지 마세요. 우리 사이에도 아이들이 있어요! 언제까지 언니 때문에 이렇게 골치를 썩어야 해요? 규호 씨가 마음이 약해서 장남을 데려오지 못하고 있는 것뿐이에요. 언니를 보러 오는 게 아니고 장남 보러 오는 거라고요!"

"알고 있어……. 그 사람은 너를 사랑하고 있어. 그러니까 이제 그만 화내 진희야……."

어머니가 일방적으로 밀리고 있는 대화를 엿듣는 오현의 가슴이 분노로 요동쳤다.

어머니 유민정은 왜 저렇게 저 못되게 말하는 여자에게 아무 말도 못 하는 것일까. 오현은 지금 저렇게 못된 여자에게 몰리고 있는 유민정이, 현명하고 다부진 자신의 어머니가 맞는지 의심스럽기까지 했다.

"언니 그만 재가해요. 어차피 오현인 장남이라 결국 제 아버지 찾아 우리 집으로 오게 되어 있어요. 설마 언니가 그 애 계속 데리고 있으면서 장래를 망칠 생각은 아니죠? 제발, 깨끗하게 끝내자고요!"

"흐윽…… 안 돼, 진희야. 오현이는 내 전부다……."

유민정은 흐느끼고 있었다. 그러나 여자는 전혀 동요하지 않았다.

"언제는 그 사람이 전부라더니! 전부라는 말, 너무 자주 쓰는군요. 그런 식으로 말하지 마세요. 구걸하는 것처럼 들리니까!"

제 할 말을 다 끝내고 여자는 돌아서는 듯했다. 거의 대문 앞에 와 닿는 것을 느끼며 오현은 급히 벽 쪽으로 몸을 붙였다.

대문을 열다 말고 여자는 다시 멍하니 마루에 앉아 있는 제 어머니를 향해 말했다.

"애 장래를 생각해요. 언니 욕심 때문에 아들 장래를 망칠 거예요? 아들에게는 아버지가 있어야 해요. 언니가 재가하고 아이를 우리 집에 보내는 것이 최선일 거예요. 시간…… 얼마 못 드려요, 언니. 안 그럼 나…… 무슨 짓을 할지 몰라요!"

그러더니 화가 나서 거친 숨결 그대로 밖으로 나왔다.

장진희는 대문 옆 담벼락에 빳빳이 서 있는 오현을 보았다. 역시나 성규호를 그대로 빼다 박은 아이…… 남편은 결코 이 아이를 잊지 못할 것이었다. 게다가 처음 마주친 노려보는 아이의 눈빛은 승부사 남편을 보는 착각마저 일으켰다. 장진희는 획 고개를 돌려 버렸다.

그날 밤 이후, 한 달 반 정도가 지나고 어느 날 잠에서 깨어났을 때, 오현은 제 어머니가 자신을 떠나 버린 것을 알게 되었다.

"그때 당신이 한 것은 분명히 협박이었습니다. 그로 인해 우리 어머니는 자기 자신을 내버리기 시작했고 순탄하지 못한 인생을 걸어왔습니다. 어머니와 나는 당신이 그렇게 찾아오기 전까지 충분히 행복했습니다."

"……나도 그때는 절실했다. 이혼을 하고도 너를 본다는 핑계로 전처의 집을 드나드는 네 아버지셨다."

장 여사도 그때가 떠올라 눈에 초점이 사라진 멍한 모습이었다. 장 여사의 심정도 말이 아닌 시절이었다.

"아버지는 당신을 배신하는 일은 결코 하지 않으셨습니다. 항상 몰래 저만 보고 가시거나 학교 앞에서 기다리는 것이 고작이셨습니다. 어머니도 어쩌다 아버지를 마주쳐도 조심하셨습니다. 헛된 욕심과 질투로 우리 어머니를 욕보이지 마십시오."

"하지만 너도 그런 생활이 십 년을 넘기면 미치게 될 것이다."

"그래서 그런 험악한 말로 한 여인을 원치 않는 인생으로 내모셨습니까?"

오현의 경멸하는 눈빛을 장 여사는 참을 수가 없었다. 그녀는 자리에서 벌떡 일어서며 소리쳤다.

"나는 민정 언니에게 망가지라고 하진 않았다. 그냥 자신이 중심을 못 잡고 비틀거리며 살았을 뿐이야. 그걸 왜 내 탓으로 돌리는 거니? 그리고 지금 그 이야기를 따져서 뭘 어쩌겠다는 것이냐!"

"재산을 찾고 싶다면! 경영권을 세현에게 주고 싶다면! 그래서 당신의 소원대로 권리를 지키고 싶다면!"

오현 역시 책상을 다시 한 번 쾅 치고 자리에서 일어났다. 그리고 다시 침착함을 되찾은 목소리로 말했다.

"우리 어머니에게 찾아가 사과하십시오. 지나간 괴로운 인생에 대해 그분 앞에서 조금이라도 미안해해 달란 말입니다."

"뭐, 뭐라고?"

"그러면 제가 당신의 인생에서 깨끗이 빠져드리겠습니다."

※

차 안에서 초미는 숨이 막혔다. 이 침묵, 자신이 시도한 몇 번의 농담도 허무하게 삼켜진 무거운 분위기였다.

그래서 초미는 말하는 것을 포기하고 차창 밖을 보고 있었다.

운전을 하는 오현도 뒷좌석에 앉은 장 여사도 각자 정면과 휙휙 지나는 바깥 풍경을 응시하며 단 한 마디의 말도 먼저 꺼내지 않았다.

'하긴 나 역시도 너무 긴장된다……'

주희의 중재로 인해 오늘의 모임이 성사되었다.

주희에게서 오현에게 있었던 가슴 아픈 사연을 초미도 알게 된 지금, 그들이 향하는 곳은, 바로 오현의 생모 유민정이 있는 절이었다.

'그렇게 정돈된 모습의 그분이…… 한때 그토록 망가진 모습으로 오현 오빠를 괴롭혔던 거 구나……. 오빠는 혼자서 얼마나 외로웠을까.'

이렇게 생각하자 그의 외로움이 더욱 초미의 가슴에 와 닿았다.

'안 되겠다. 학원은 어차피 오래오래 다녀야 하는 밥그릇이니까, 결혼 먼저 해서 오빠부터 얼른 보살펴 줘야지……'

초미는 또 이렇게 마음을 바꾸어 먹게 되었다.

"열다섯 살에 어머니와 헤어지고 몇 번은 어머니가 학교로 나를 찾아와서 만날 수가 있었습니다."

"……"

오현이 말문을 열었고, 장 여사는 대답이 없었다.

"제가 대학을 졸업했을 때, 갑자기 어머니와의 연락이 두절되었습니다. 답답한 마음에 한 집을 수소문해서 찾아갔지만, 몇 번의 자살 시도와 알코올 중독, 그리고 약물 복용으로 예전의 어머니가 아니셨어요. 어머니의 그런 모습을 보자, 장 여사님이나 아버지 그리고 형제들 모두가 더욱 원망스러웠습니다."

초미는 오현의 말에 어떻게 반응을 해야 할지 몰라서 창밖만 응시하고 있었다. 오현의 말대로라면 그의 어머니는 인생 여정이 너무 고단한 여인이었을 것이라는 생각이 들었다.

"나 역시 민정 언니를 만나면 할 말이 많다."

장 여사는 짧게 대답했다.

절에서 일을 하는 처사가 안내한 방에서는 앙상한 나무 한 그루가 덩그러니 서 있는 마당이 보였다. 작고 소박한 이 방에서, 장 여사와 오현 그리고 초미는 법회를 끝내고 돌아올 정휴 스님을 기다리고 있었다.

아무도 말을 하지 않는 군불을 지핀 따뜻한 방 안에서 초미는 자꾸 잠이 오려 했다. 절의 적막하고 편안한 분위기가 정신을 이완시키는 모양이었다.

그리고 얼마나 더 기다렸을까…… 머리를 파르라니 깎고 밤색 승복을 입은 유민정이 조심스럽게 문고리를 당겼다.

"언…… 언니."

장 여사는 승려의 모습에 충격을 받은 것 같았다. 장 여사의 눈에 바로 물기가 촉촉해지는 것이 초미의 눈에도 보였다. 그 눈으로 보아 아주 미워하는 감정만은 아닌 것 같다는 생각이 들었다.

승려는 방 안에 들어오더니 조용히 합장을 하며 말했다.

"보살님 어서 오세요, 이곳 사비니로 있는 정휴라고 합니다."

그러고는 합장을 한 채로 장 여사뿐 아니라 오현 그리고 초미에게도 깊이 고개를 숙이는 것이었다.

오현은 익숙한 듯했지만, 그도 분명히 속이 상하고 있다는 것을 느낄 수 있었다. 초미는 자신의 어머니 이 여사가 이런 모습이라면 어땠을까 생각하면, 오현이 더욱 측은했다.

그리고 네 사람은 말없이 자리에 앉았다. 정휴 스님의 얼굴은 평온 그 자체였다. 분노도 슬픔도 억울함도 전혀 그녀의 얼굴에선 읽을 수가 없었다.

"두 보살님이 이렇게 함께 찾아오시다니 생각을 하지 못했습니다. 한 보살님은 제가 속세에 있을 때 친하게 지내던 벗이었고, 또 여기 보살님은 저와…… 어미와 아들의 연이었습니다. 그리고……."

스님이 초미를 보자 오현이 말했다.

"저희 결혼하기로 했습니다."

"그래요……. 그렇게 결정하였군요. 맑고, 밝습니다. 선택을 잘하셨습니다, 보살님."

아들의 이름을 부르지 않는 스님을 보며 초미의 코끝이 이상하게 찡해져 왔다.

"감사합니다."

초미는 달리 할 말이 없어서 스님에게 고개를 숙이며 감사의 말을 전했다.

정휴 스님은 웃으며 말했다.

"저는 이미 속세의 사람이 아닙니다, 이곳에서 마음의 평정을 찾고 오로지 중생을 위한 길을 걷고 있는 승려일 뿐입니다. 제 얼굴만 보러 오셨다면 다시는 이러지 마시고 법당으로 바로 오셔서 불공을 드리시길 권해드립니다."

"스님, 여기 보살님께서 스님께 드릴 말씀이 있다고 하십니다."

오현이 목적의식이 생겼는지 조금 딱딱해진 말투로 이야기하며 장 여사를 바라보았다.

장 여사는 침착하지만 슬픈 얼굴이었다.

"스님 아니 민정 언니…… 어떻게 스님이 되신 거예요. 아니, 스님이 되신 게 잘못 되었다는 것이 아니라, 언니……. 막상 이렇게 낯선 모습을 보고 나니 내가 감당하기가 힘들어요. 결국 오현이 말대로 다 제 잘못인 건가요……."

장 여사의 슬픈 목소리에 반하여 스님은 자애로운 미소를 지었다.

"보살님이 잘못하시었다니요. 누구의 잘못도 아니며 굳이 따지자면 처음 잘못은 저에게 있었지 않겠습니까."

스님이 너무 유하게 나오자 오현은 냉정한 얼굴로 고개를 돌려 버렸다. 오늘 그는 장 여사가 생모에게 무릎을 꿇고 잘못을 비는 모습을 반드시 보고 싶었다.

그러기만 한다면 어차피 관심 없는 집안의 재산은 다 포기할 생각이었던 것이다.

스님은 한숨을 한 번 쉬었다.

초미는 생각했다.

'오빠는 왜 이렇게 차가울까…… 물론 마음이야 아프겠지만 장 여사님도 안쓰러워 보여.'

한숨을 쉰 스님은 말이 없었다. 눈을 감고 조용히 무언가를 생각하는지 망설이는지 간혹 눈을 더욱 질끈 감곤 했다.

그 침묵은 한참 동안 계속되었다. 이윽고, 천천히 감은 눈을 뜬 스님이 말문을 열었다.

"보살님이 사랑한 남자를 저도 사랑했었습니다. 우리가 속세에서 너무나 친한 언니 동생이었고, 또 제가 보살님 집안에서 베풀어 준 은혜를 많이 입었기에…… 보살님 댁의 운전기사였던 내 아버지를 생각하면 제가 그래서는 안 되었지요. 보살님이 집안 어른들의 종용으로 일본으로 가 연락이 두절되었을 틈을 타 성규호 회장님을 차지한 제가 바로 모든 일을 시작한 사람이지요."

초미는 오현의 표정을 먼저 살폈다. 그는 무표정이었다.

"저로 인해 이러한 분위기가 되었다면 통탄할 노릇이고 소용없는 일입니다. 그래요, 이왕 이렇게들 오셨으니 속세에서 털어놓지 못한 마음을 제가 마지막으로 이야기하겠습니다. 오늘 두 분의 가슴속 앙금이 모두 사라지길 바라고, 또 오늘 이후 두 분이 불공 이외 다른 일로 여기를 찾으시는 일이 없기를 바랍니다."

스님의 이 말이 끝나자마자, 오현이 초미의 손을 잡고 벌떡 일어섰다. 그리고 거의 끌어내다시피 바깥으로 나가는 것이었다.

"……."

초미는 그의 손길이 끄는 대로 따르면서, 그가 두 어머니들에게 마지막으로 대화를 나눌 시간을 주려 한다는 것을 알아차렸다.

오현이 무슨 생각을 하는지 초미는 전혀 알 수가 었다. 다만 지금까지 자신이 오현을 보던 시각이 확실히 달라져 있음을 느꼈다.

내내 울고 있는 장 여사를 집에까지 바래다주고 오현은 말없이 초미를 태우고 집 앞까지 데려왔다. 날이 어둑해지려 하고 있었고, 초미의 아파트 주차장에서 오현은 차에서 내릴 생각도 없이 무겁게 침묵했다.

평소 수준의 심술도 유머감각도 없이 앉아 있는 그를 보며 초미가 말했다.

"오빠……. 오빠네 집안 일 수습되는 대로 나, 오빠한테 시집 갈래요. 그래도 되죠?"

초미의 말에 정신이 돌아온 사람처럼 오현이 또렷한 눈동자로 그녀를 바라보았다.

"응? 그래도 되죠?"

초미는 다그쳤다. 오현이 코웃음을 쳤다.

"훗…… 왜 갑자기 내가 불쌍해 보이기라도 해?"

"네."

"뭐야?"

"가여워서 안아 주고 싶다면 성질낼 거예요?"

"……."

"성질 한번 부려 봐요. 뭐, 겁 안 나네."

"이리 와 봐."

오현은 초미의 귀 옆 머리칼을 붙잡더니 자신 쪽으로 그녀의 머리를 당겨 왔다.

그런데 자신의 생각보다 너무 천천히 그녀가 다가온다 싶었는지 오현은 참지 못하고 자신의 입술을 들이대듯 초미의 입술에 포개었다.

이제야 조금 정신을 찾은 건가, 하고 초미는 생각했다.

혀와 혀를 감고 얼마 동안 두 사람은 열렬히 키스하고 천천히, 마지막엔 입술이 순간적으로 들러붙은 두 개의 찰떡처럼 떨어졌다.

"너하고 결혼하려면 내가 좀 더 빠른 결단을 내려야겠군."

"응? 무슨…… 말이에요?"

궁금한 표정으로 눈을 동그랗게 뜬 초미를 유심히 바라보더니, 오현이 결심한 듯 말했다.

"초미야…… 경영권도 세현이 주고, 아버지 유산도 포기하고, 그냥 평생 월급쟁이 경제 연구소장만 하겠다면 너는 어때?"

"어머 대찬성!"

초미는 대번에 손뼉을 치면서 말했다.

"섭섭하지 않겠어? 사장 사모님을 포기하는 건데?"

오현이 웃음을 참으며 재미있는 표정으로 말했다.

"전혀! 나는 오빠가 돈 많은 사람인 게 더 불안해요. 휴……
이제 발 뻗고 자겠구만."

"하하하하!"

오현은 초미 덕분에 오늘이 가기 전에 한 번 크게 웃을 수 있
다고 생각했다.

"초미야."

웃음을 멈추고는 은근한 목소리로 오현이 그녀를 불렀다.

"왜 그런 목소리로 불러요? 겁나게, 또 뭔 협박을 하려고?"

"지금…… 이대로 너 들여보내고 싶지 않아. 함께 있고 싶어."

"에? 어머 어딜 가요? 어어어? 나 내려 줘야지!"

초미는 어리둥절하게 오현을 바라보다가 그가 갑자기 시동을
걸고 급출발을 하자 놀라서 소리쳤다.

오현은 항의하는 초미의 말을 무시하고 자신의 오피스텔로 급
히 차를 몰았다.

그의 오피스텔은 환상 그 자체였다.

"어머나, 한강이 한눈에 다 보여……."

어린아이처럼 초미는 창에 양손을 대고 눈에 들어오는 밤 풍경
에 단숨에 빠져들었다. 처음 그의 공간에 들어섰을 때의 긴장감이
온데간데없었다.

그의 목소리가 등 뒤에서 들렸다.

"물어볼 게 있는데."

"물어봐요. 아, 조명들 예쁘다……."

그녀는 여전히 한강의 밤 풍경에 빠져 있었다.

"트라우마는 없어?"

"무슨?"

"나와 있었던 일 때문에 남성 혐오증이 생겼다거나……."

"아, 그런 건 걱정 마요. 없으니까."

명랑하고 무관심하게 대답하면서도 초미는 그가 이런 점까지 신경 쓰고 있었다는 것에 놀랐다.

그리하여 밤 풍경을 보던 그녀의 눈에 검은 창에 투영된 그의 모습이 보이기 시작했다.

"뭐……뭐예요?"

천천히 다가오며 슈트를 벗어던지는 오현을 알아차린 초미는 긴장되어 단숨에 돌아보지 못하고 창문에 대고 물었다. 그리고 돌아보면서 다시 말했다.

"뭐냐고요. 말로 해요, 말로."

그녀는 양 손바닥을 펼쳐 보이며 그를 제지하려 했지만, 뜻대로 되지 않았다.

"도저히 말로는 안 되겠어. 참는 데 한계가 왔다고나 할까."

성큼성큼 다가온 오현은 초미의 손목을 부여잡더니 빙 한 번 돌려 그녀를 침대 쪽으로 밀었다.

초미는 침대에 푹 엎어졌고, 오현은 엎어진 그녀의 상체를 잡고 거세게 돌려 바로 보게 했다. 맹렬한 기세였다.

"왜……왜 이래요. 겁나요, 내가 뭘 잘못했다고!"

초미는 오현을 노려보며 항의했다.

"너무 잘했지. 바로 가져 버리고 싶을 만큼 달콤한 말로."

"내……내가요?"

오현은 평소 그답지 않게 거칠게 그녀의 재킷을 벗겨 냈다.

그의 거친 손길에 초미의 몸이 들썩이고 머리는 여러 번 푹신한 침대에 부딪혔다.

별다른 단계도 아니고 그저 초미의 겉옷을 벗기면서도 오현은 숨소리가 무척이나 거칠고 컸다.

초미는 그의 이런 모습에 가슴이 쿵쾅거려서 찍소리도 할 수 없었다.

'아, 이거 어떻게 되는 거야? 오늘 이대로 좋은 거야? 초미야, 응?'

초미는 속으로 자기 자신에게 자꾸 이렇게 되물었다.

"후아……."

심호흡까지 하면서 오현이 서둘러 초미의 셔츠 단추를 풀고 있을 때였다.

"아, 나 궁금한 거 있어요."

초미가 이렇게 말했지만, 그는 멈추지 않았다. 거친 숨소리와 함께 그녀의 살냄새를 맡고 이와 혀로 그 맨살의 감촉을 만끽하는 것이었다.

"나…… 궁금한 거 있어요……. 질문이…… 질문 있다니까요!"

그의 행위가 부끄럽기도 해서, 초미는 결국 당황스러움에 있는 힘을 다해 발로 그를 냅다 밀어 버렸다.

어찌나 힘이 좋았는지 방심했던 오현은 침대 아래로 나가떨어졌다.

충격을 받고 바닥에 뒹군 오현이 그녀를 쳐다보자 초미는 오만하게 턱을 치켜들며 인상을 썼다.

"……젠장. 뭔데 그래? 지금 꼭 물어봐야 해?"

그는 머리를 거칠게 두어 번 쓸어 넘기더니 자리에서 벌떡 일어섰다.

"저기 5년 전, 그 밤에요."

"5년 전?"

오현의 눈썹이 실룩거리더니 올라갔다. 해묵은 이야기는 하고 싶지 않다는 말 대신 지은 표정이리라.

"나 기절했었잖아요."

"그랬지."

"그런 탓인지 기억이 안 나요."

"무슨?"

"우리…… 어디까지 갔는지."

"……."

"끝까지 갔었는지."

그의 표정은 놀라움에서 교활함으로 바뀌었다.

"그 표정 뭐예요?"

"기억이 안 난단 말이야? 5년 동안 우리가 어디까지 갔었는지 모르고 살았다고?"

"그야…… 말 그대로…… 난 기절했었으니까. 그리고 그 혈흔 은……."

초미는 입을 삐죽거리며 어깨를 으쓱해 보였다. 말을 하고 보 니 분위기가 좀 어색했다.

"그날 밤에 네가 코피를 엄청 흘리며 기절했지. 나는 그것도 모르고 하던 일에 열중하고 있었고……. 무심코 너를 보니 그러 고 있더군? 이거 참. 우리 일을 기억해 내지도 못하는 여자를 붙 잡고 내가 공을 들였군."

오현은 고개를 절레절레 흔들며 웃었다.

"물어본다는 게 어쩐지 내 꼴이 우스워질 것 같았어요. 뭐 또…… 사실을 안 다는 것이 내 인생에 중요한 문제는 아니라고 생각했고…… 또 오현 오빠하고는 더 엮이고 싶지도 않았고……. 그러다 보니 지금까지 왔네요. 이제는 자연스럽게 물어볼 만한 사 이가 된 것 같아요."

"네 생각은 어때? 우리가 끝까지 갔을 것 같아?"

"……모르니까 묻는 거죠. 중요하지 않다고 생각했지만 궁금하 긴 했어요. 이제 말해 주세요."

"싫은데."

그는 심술 난 아이처럼 대답했다.

"뭐야, 유치하게!"

"맞춰 봐."

"지금 수수께끼 해요?"

"내가 널 책임지기 위해 결혼하자는 걸로 너는 생각해 왔잖아."

"그럼, 정말……."

초미는 조심스럽게 눈을 치켜뜨며 그의 대답이 떨어지길 기다렸다.

"……말 안 해 줄래."

"이것 보세요!"

물어보면 바로 답해 주리라 생각했던 초미는 배신을 당한 기분이었다.

"나 갈래요."

"가지 마."

오현이 가려는 초미를 잡았다.

"분위기 이미 깨진 것 같아요."

그녀는 그를 뿌리치고 나왔다.

"……그럼 데려다줄게."

약간 멍한 듯 서 있던 오현은 야릇한 미소를 지으며 옷을 다시 챙겨 입는 것이었다.

❋

"다 죽이려고 작정했구만? 이 엄동설한에 야외 결혼식이라니!"

오들오들 떨며 이렇게 말한 한 하객이 칼바람을 피해 실내 파티장으로 쏙 들어갔다. 그리고 결혼식 당사자들은 12월의 살인적인 바람을 맞으며 호텔 야외 광장에 서 있었다.

'여름 결혼이 미뤄진 건 여유가 있어서 좋았는데 한겨울에 이게 무슨 고생이람?'

초미는 자신의 드레스 자태에 매료된 지 얼마 안 되어 혹한의 추위에 정신을 뺏겨 버렸다.

여름에 결혼을 추진했던 오현이었지만, 갑작스러운 그의 해외 출장으로 결혼은 미뤄졌다. 너무 바쁜 두 사람이 준비할 시간도 없이 가을을 넘겨 버렸고, 오늘에야 마침내 식을 올리게 된 것이었다.

'실내 결혼식장이 서울에 얼마나 많은데!'

오늘 이 고생은 모두 오현의 고집 때문이었다. 오현과 초미의 결혼식은 서울 근교 한 유럽식 호텔에서 거행될 예정이었는데, 당초 호텔 관계자는 추운 날씨를 고려해 화려한 샹들리에가 드리워진 넓은, 그리고 무엇보다 따뜻한 그랜드볼룸을 권했었다.

그러나, 무슨 이유인지 오현은 굳이 야외를 원했으며, 초미는 그를 향해 똥고집이라고 난리를 쳤다.

"사진 촬영이나 피로연은 실내에서 하더라도, 성혼 서약에서부터 주례사는 야외에서 하게 해 주세요. 무조건 내 말대로 하셔야 합니다."

이유는 모르겠지만 고집을 피우는 오현 때문에 어쨌든 그의 바람대로 되기는 했다.

초미는 식을 올리고 오현이 자신의 손아귀에 들어오면, 반드시 이 고집불통을 손봐 주리라 마음 먹으며 억지로 야외 결혼식에 동의했다.

덕분에 야외 광장에 놓인 하객용 의자는 군데군데 빈틈이 보였고, 부모님과 친한 친구들만이 추위에 벌벌 떨며 참을성 있게 자리를 지키고 있었다.

청결한 대리석과 인조 잔디로 바둑판처럼 짜인 바닥 위 순백의 카펫을 밟으며 오현과 초미는 입장을 했고 추위를 못 견디고 실내 피로연장으로 바로 들어간 하객들은 바깥이 훤히 보이는 통유리에 딱 붙어서, 마치 결혼식을 영화 관람하듯이 지켜보고 있었다.

"살이 에이는 결혼식이야. 진짜 내가 못살지."

차디찬 겨울바람이 잘도 드레스를 뚫고 들어올 때 초미가 불평을 했다. 그녀는 그리스 여신을 연상시키는 하얀 드레스와 세팅을 한 긴 머리에 금으로 장식된 화관을 쓰고 있었다.

차가운 겨울바람은 그녀의 긴 머리카락을 구불구불 사정없이 날리고 있었지만 솔직히 그 바람 때문에 두피가 얼어 버릴 지경이었다.

"지금은 좀 춥지만 마지막엔 내가 하자는 대로 한 걸 잘했다고 생각할 거야. 누구 강의 일정 때문에 신혼여행도 못 가게 생겼는데 추억 하나는 만들어야지?"

오현은 자신만만했다.

"참나, 저러다 연로하신 부모님들 병나시겠어요."

자리하신 양가 부모님의 얼굴도 추위에 사색이 되어 가는데, 도대체 오현은 무엇 때문에 굳이 야외를 고집했던 걸까……

초미는 마지못해 동의했지만 막상 추위에 드레스 차림으로 주례사를 듣는 동안 첫날밤 전에 이 자리에서 얼어 죽을 것 같은 공포를 느꼈다.

들러리를 서던 혜준과 순아는 추위에 발을 동동 구르며 야외용 페치카 옆에 서 있었다.

"자, 그럼 신랑 신부 하객에 인사……"

주례를 하는 오현의 은사도 추위 때문인지 최대한 간략하게 주례사를 끝내고 두 사람에게 마지막 의식을 시켰다.

지켜보던 호텔 관계자가 헛기침을 하며 주례사에게 귀띔을 했다.

귀엣말을 들으며 빙그레 웃던 주례사가 신랑 신부를 향해 말했다.

"허음, 내가 깜빡했군. 여기 결혼식은 마지막에 반드시 키스를 해야 한다고 하는군. 자 그럼 두 사람의 성스러운 약속을 이행하겠다는 의미에서 신랑은 신부에게 키스하시오."

마주 보게 된 오현의 눈빛은 추위에 뿌옇게 시야가 흐린 초미의 눈에 상당히 번뜩여 보였다. 무언가를 기대하는, 은근히 부담스러운 눈빛이었다.

"사랑해."

오현이 입술을 초미의 입술에 대기 직전에 작은 소리로 말했다. 이 말을 듣는 순간에 초미는 추위도 잠시 잊고 가슴이 무언가 따뜻한 것으로 차오르는 것을 느꼈다.

'정말 결혼을 하는구나, 이런 말을 다 듣다니.'

사랑한다는 말을 하도 안 해서, 우격다짐을 해도 안 되던 고집불통 그가 스스로 이런 말을 하는 것을 보니, 초미는 자신이 정말로 성오현, 이 어렵고 독특한 남자의 아내가 되었다는 실감이 났다.

드디어 그들의 입술이 완전히 포개어졌을 때, 파티장에서 결혼식을 지켜보던 하객들이 일제히 손뼉을 쳤고, 그리고 어디선가, 경건한 종소리가 들려왔다.

가볍지도 무겁지도 않은 듣기 좋은 종소리에 키스에 열중하던 초미는 오현이 바로 이것 때문에 야외 예식을 고집했다는 것을 알게 되었다.

호텔에서 가장 높은 건물은 종탑이었고 특별한 일을 알릴 때에만 울리는 것이었다. 종소리는 호텔뿐 아니라, 인근의 주택지까지도 널리 퍼지고 있었다.

초미는 마치 자신들의 결혼을 온 세상이 축하해 주는, 그런 기분이 들었다.

"이 종소리를 기억해 두라고. 이것 때문에 여기로 정한 거니까."

미리 알고 있었던 오현은 틀림없이 온 사방에 가득 울려 퍼지는 이 종소리를 그녀에게 들려주고 싶었던 것이었다.

'이 사람은 나도 모르는 사이에 나를 배려해 주고 있어. 은근히 낭만적이기도 하고 말이야.'

그녀는 행복감에 눈을 감았다.

"그렇게 감상에 젖어 있는데 미안하지만 이제 네 인생은 종 친 거야. 잘 알아 두라고."

오현은 결국 인정머리 없는 한마디를 했다.

"꼭 그렇게 삐딱하게 굴더라. 바보."

"뭐야? 감히 남편한테."

"못 할 말이 뭐가 있는데요?"

두 사람은 티격태격하며 파티장 안으로 향했다.

"축하해!"

파티장에 들어섰을 때, 모두가 축하의 말을 건넸다.

초미와 오현은 드레스와 턱시도를 벗고 아름다운 빛깔의 한복을 맞춰 갈아입은 상태였다.

두 사람은 연신 하객을 찾아다니며 인사를 하느라 정신이 없었다.

"축하해 초미야! 축하해요!"

"축하합니다, 성오현 씨. 신부님 축하해요."

"감사합니다, 네."

"어머, 감사드려요⋯⋯."

누가 누군지 알 겨를도 없이, 초미는 정신없이 인사를 했다. 어느새 명준과 주희가 한숨을 돌리는 초미에게 다가와 말을 걸었다. 멀리 보이는 오현은, 어른들에 붙잡혀 이야기를 듣느라 여념이 없었다.

"고마워, 주희야, 명준아. 그리고 너희들 축하해."

초미는 주희의 배에 눈길을 보냈다.

"고마워. 이제 7주 차야. 그나저나 이제 새언니라고 불러야겠네?"

"정말? 그런 너는⋯⋯ 우리 아가씨가 되는 거야? 으⋯⋯ 이상하다."

주희와 초미가 재미있게 웃고 있는 동안 혜준과 순아가 눈으로만 초미를 좇다가 부랴부랴 따라왔다.

"야, 오늘 하객 정말 많다. 이런 성대한 결혼식은 처음이야, 얘!"

순아가 흥분해서 말했다. 초미는 순아가 기뻐할 만한 정보를 전달했다.

"이따가 여기서 댄스파티도 열릴 거야, 순아야! 내 너를 위해 준비했다. 오늘 하나 건져, 파이팅!"

"정말 하나 건져야 돼. 오늘 너 결혼했지 다음 주에 혜준이 결혼하지…… 이제 나는 어떡하니? 쓸쓸해 죽을지도 몰라, 정말. 휴……."

순아는 얼굴이 다소 어두워졌다.

아직 이렇다 할 연애 조짐이 없는 순아는 다가오는 새해가 서른하나라는 사실에 정신적인 공황 상태라고 할 수 있었다.

그런 순아를 다독이며 혜준이 말했다.

"순아야 걱정 마. 우리 남편이 발이 넓으니까 내가 네 짝은 아주 열심히 골라 볼게. 연하도 오케이?"

혜준의 오케이 사인에 초미가 맞장구를 쳤다.

"그래, 순아야. 오늘 보니까 우리 신랑도 결혼 안 한 선후배가 엄청 많더라. 그니까 우리 순아 걱정 마, 응?"

두 친구의 장담에 단순해서 예쁜 순아는 밝은 얼굴을 되찾았다. 그리고 말했다.

"사실은 나 오늘 봐 둔 사람 하나 있다?"

"어머, 누구?"

"초미 네 사장님."

"사장님? 아…… 박 이사?"

"이사야?"

"돈을 관리하는 이사야. 말조심해야 하는데…… 실질적인 학원 오너이기도 하고. 네가 잘 봤어. 사장님 맞네. 말하고 보니."

초미는 박진우 이사와 순아가 정말 잘 맞는 짝이라는 생각이 들었다.

"헉헉. 어서 와, 5층이야."

오현과 초미는 한복을 입은 채로 열심히 호텔 계단을 뛰어오르고 있었다.

주인공들이 사라졌다는 것을 파티장의 친구들이 눈치채기 전에 두 사람은 그들만의 공간을 찾아 비상계단으로 서둘러 이동하고 있었다.

"여기까진 못 오겠지."

초미의 손을 꼭 잡은 오현은 푹신한 카펫이 깔려 있는 호텔 객실 복도에 접어들자, 발소리 걱정 않고 더 열심히 달렸다.

그의 마음은 솔직히 예식 따위는 건너뛰고 바로 이 시간이 도래했으면 하고 바랐다.

"이쯤에서 무거운 널 들어 올려야겠지?"

오현은 자신들의 첫날밤을 보낼 객실 문 앞에서 이렇게 말했다.

초미는 당연하다는 듯 고개를 끄덕거렸다.

"끙."

"치, 엄살 피우지 마요, 내가 뭐가 무거워……. 와아, 예쁘다!"

그들의 방에 들어왔을 때, 오현의 목을 꽉 잡고 안긴 채로 초미가 탄성을 질렀다.

호텔에서 가장 비싼 이 객실은 생각보다 평수는 그리 크지 않았지만 내장재며 가구며 커튼의 원단까지 최고급의 재료들로 만들어진 방이었다.

초미는 오현의 품에서 내려와, 방 안을 둘러보며 감탄하다가 빙빙 돌다가 하면서 행복을 만끽했다.

"분위기 최고예요, 오빠!"

오현을 돌아본 초미는 기쁜 마음을 감추기 어려운 듯 해사한 웃음을 지어 보였다.

은은하게 분사되는 황색 조명은 신부화장을 곱게 한 초미의 얼굴을 더욱 아름답게 만들어 줬다.

"이런 조명이 아무리 사람을 돋보이게 한다지만, 너는 오늘 정말 아름다워……."

오현이 한복을 입고 돌아보는 초미의 모습에 넋이 빠져서 중얼거리듯이 말했다.

초미는 금방 귓볼이 발갛게 달아올라 장난스럽게 그의 말을 받았다.

"속 보이게 왜 갑자기 칭찬이에요?"

오현이 그녀에게 다가갔다.

"속, 봐 달라고……."

씨익 웃던 오현이 초미를 번쩍 안더니 침대에 살포시 내려놓았다. 일단 그는 누워 있는 그녀를 덮치고는 벼르고 참았던 깊은 키스를 했다.

두 사람이 입고 있는 한복에서 나오는 시원하고 은은한 마찰음이 기분을 좋게 만들었다.

"우린 호텔 방이 익숙해, 그렇지? 우리의 첫날도……."

"또 그 소리한다!"

"하하하, 미안하지만 솔직히 자꾸 꺼내고 싶은 이야기야. 너만 괜찮다면."

재미있어 하는 그를 향해 초미가 말했다.

"미안하다고? 에, 그럼, 오늘은 제대로 해 주기 바라요."

"원하신다면, 마님."

오현은 마치 마당쇠처럼 말하더니 천천히 초미의 몸을 일으켰다.

정식으로 한복을 갖춰 입은 초미는 스스로가 또 오늘 결혼이 굉장히 예스럽고 성스럽게 느껴졌다.

그래서 몸가짐을 신중히 하려고 하루 종일 그녀가 노력하고 있다는 것을 오현은 느끼고 있었던 것 같았다.

그는 초미가 침대 위에 한복 치마를 정리하고 앉자, 뒤에서 그녀의 옷고름을 풀고 천천히 저고리를 벗겼다.

하얀 속저고리가 나오고 그녀의 어깨와 가슴의 뽀얀 살이 얇은 옷감에 비치는 것을 보며 그는 고개를 숙여 목과 어깨에 키스를 했다.

초미는 얇은 옷감을 넘어 그의 입술이 자신의 살에 닿는 느낌을 만끽했다.

속저고리도 벗겨 내고 손바닥으로 그녀의 살을 부드럽게 쓸던 오현이 그녀의 머리를 고정하고 있는 비단 장식 비녀를 뽑았다. 찰랑하고 순식간에 검은 머리칼이 등으로 떨어졌다.

그러고는 그녀의 머리를 잡고 뒤로 돌려 자신을 보게 하고는 그 붉은 입술 안으로 자신의 혀를 천천히 넣었다.

더없이 따뜻하고도 열정적인 키스였다. 그 키스가 주는 흥분에, 초미는 스스로 자신의 가슴에 여며진 치마의 매듭을 천천히 풀었다.

그리고 하얀 속치마와 속바지를 벗겨 내는 동안 두 사람의 흥분이 점점 숨에 차며, 가쁜 그 숨소리가 온 방 안을 가득 채웠다.

"흠…… 너무 행복해."

그가 황홀한 목소리로 말했다. 이윽고 그도 자신의 나머지 한복을 모두 벗어 버리고 알몸이 되었다.

그를 알고 처음으로 초미는 정면으로 그의 모습을 보게 되어 부끄러움에 얼굴을 반쯤 돌렸지만 이내 마음을 고쳐먹고 당당하게 대면했다.

신중하게 손길을 놀리던 오현은 그러나 마지막에는 갑자기 장난기가 발동했는지 그녀의 버선은 벗기지 않고 무릎을 세웠다. 그리고 말했다.

"기억나? 그날 네가 부츠 신은 발로 내 얼굴을 걷어찼었지. 덕분에 흉터가 좀 오래 갔었어."

"그랬나? 아…… 그랬던 거…… 기억나는 것도 같아…… 그래서 지금 사과하라고요……."

그의 손길에 녹아들고 있던 초미는 무아지경 상태에서 그의 말을 정확히 알아듣지도 못하면서 그냥 미안하다고 해 버렸다.

오현은 입매를 씨익 옆으로 붙이며 말했다.

"오늘은 그 죄 값을 치르게 될 거야, 지독하게."

오현은 모여 있는 초미의 무릎을 비밀의 문을 여는 의식처럼 천천히 옆으로 벌렸다. 흥분과 창피함에 그녀가 눈을 감고 가늘고 짧게 신음을 내뱉었다. 오현은 조심스럽게 그녀의 다리 사이로 몸을 이동했다.

초미는 이제 아주 선명하게 자신의 위에서 그가 바라보는 시선을 느낄 수 있었고, 그것이 부끄러웠다.

한참 동안 키스의 향연이 벌어졌다.

귓불과 목에 끝없는 입술과 혀의 탐험을 하던 오현이 초미의 턱을 사랑스럽게 핥았다.

마치 입술에 닿아 주기를 바라는 사람처럼, 초미는 턱을 본능적으로 낮추면서 신음했다.

그녀의 소원대로 그의 혀와 말캉한 입술이 턱으로부터 내려와 그녀의 입술을 타고 혀를 장악했다. 그의 손은 쉴 새 없이 초미의 탐스러운 가슴을 모아 쥐었다, 쓰다듬었다를 반복하고 있었다.

그의 엄지가 유두를 빠르게 스쳐 갈 때마다, 초미는 정신이 혼미해지면서 눈앞에 하얘지는 것을 느꼈다.

"오늘은 아프지 않게 할게, 일단."

초미는 이 말이 무슨 말인지 얼른 이해가 가지 않았다. 하지만 그녀는 지금 이 순간에만 집중하고 싶었다.

그가 자신과 완전히 하나가 되기 위해 더욱 허벅지를 넓게 벌리는 것을 느끼기로 했다.

부끄럽고도 시원한 느낌이 드는가 싶더니, 천천히 그리고 뻐근하게 차고 들어오는 무언가를 느꼈다.

'아, 이건⋯⋯.'

그를 느낌과 동시에 고통이 찾아왔다. 그리하여 오현이 닿을 수 있는 그녀의 가장 깊은 곳으로 도달하여 움직이자, 그것이 고통과 희열이 되어 그녀를 지배하기 시작한 것이었다.

쾌락과 고통을 수반한 욕망이 충분히 방 안을 채우고 나서, 두 사람은 펼쳐진 한복 치마를 덮고 함께 알몸으로 끌어안고 있었다.

"수수께끼는 풀렸어요."

초미가 웃으며 말했다.

"수수께끼가 풀렸어?"

"네. 그리고 오빠가 나를 동정하고 있다고 생각했던 삐딱한 감정이 이젠 조금도 남아 있질 않아요. 오빠는 단순한 책임감으로 나를 점찍은 게 아니었어요."

"내가 어리숙해 보이던 너에게 반했고, 열심히 사는 모습을 점점 사랑하게 되었다는 것을 확인한 모양이군."

"어머? 그렇게 순순히 인정하다니……. 그 뻣뻣하던 오현 씨는 어딜 가고."

"무슨 말씀, 내가 원래 부드러운 남자, 아니었나?"

오현은 초미의 머리칼을 쓰다듬고 이마에 입술을 붙이며 말했다.

"칫, 부드럽기는……. 가족들하고 조금 가까이 지내보라는 내 말…… 생각해 본다고 했잖아요."

다시금 입술을 초미의 눈으로 옮겨 내려온 오현은 말이 없었다.

"나는 두 어머님 모두 이해한단 말이에요."

그가 듣기 싫어할 수도 있다는 걸 알면서도 초미는 솔직하게 말했다.

의외로 오현은 그냥 덤덤하게 초미의 말을 받았다.

"어머니가 불도를 닦으시는 모습이 정말로 마음이 편해 보이긴 하셨지?"

"네, 그래요. 정말 내 마음까지 정리되는 기분이었어요. 어머니는 지금 과거에 있었던 모든 일에 대한 앙금을 다 내려놓으셨어요. 우리도 그래야 해요, 오빠."

"……장 여사님도 가슴 아픈 청춘을 보내셨다는 건 인정할 수밖에 없겠고……."

초미는 눈을 흘기면서 그의 가슴을 살짝 쳤다.

"웬만하면 장 여사님이라 하지 말고 어머니라고 불러요. 내참,

이제 우리 결혼도 했고 가족들에게 두루두루 선행을 쌓아 놓아야 우리 2세가 편하게 살 수 있단 말이에요. 그분들의 사랑 속에서 요."

이 말은 초미의 아버지가 초미를 시집보내기 전에 늘 하시던 말씀이었다. 아니나 다를까, 오현은 그 점을 콕 짚었다.

"음…… 네 머리에서 나오긴 힘든 말인데……."

"아, 어쨌든!"

"크크크큭."

"에잇!"

초미는 한복 치마를 혼자 둘둘 말며 오현에게서 떨어져 나가더니 몸을 일으켰다. 그러고는 벌거벗고 누워 있는 그의 몸을 아래위로 훑어보며 탐욕스럽고도 괴상한 미소를 지었다.

"기분 나쁘게 왜 그래?"

"왜 겁나요? 후후후……."

"야!"

"오호호호."

초미는 웃으며 일어나더니 한복 치마만 입은 채로 방 안을 마구 돌아다녔다.

그러다가 문득 화장대에 있는 선물 바구니 2개를 발견했다. 오현과 사랑을 나누느라 미처 발견을 못 했던 것이었다.

바구니 하나는 혜준과 순아, 그리고 주희가 마련한듯 보이는 신혼 첫날밤을 위한 물건들이 가득했고, 다른 하나는 맛있는 과일이 가득했다.

어쩐지 그와 무아지경일 때 어디선가 열대 과일향이 난다고 했더니……. 초미는 미소를 지었다.

초미는 과일 사이에 예쁘게 끼워져 있는 카드를 침대에 앉아 펼쳐 보았다.

카드에는 장 여사가 초미에게 보내는 짧은 메시지가 적혀 있었다.

〈초미야, 오현아 축하한다. 초미야 오현이를 잘 부탁해.〉

"역시 장 여사님은 똑똑해. 너를 자기편으로 몰아가자는 거지."
카드를 훔쳐보며 오현이 진지하게 중얼거렸다.

하지만 초미는 그의 중얼거림이 너무 웃기고 귀여웠다. 그녀는 대담한 눈빛으로 그를 밀어 쓰러뜨리고는 알몸 위로 자신의 몸을 포개면서 그의 얼굴을 바라보았다.

"이제 말해 봐요."

초미는 그림을 그리듯이 그의 입술 라인을 따라 손가락을 움직였다.

"무얼?"

오현은 기분이 좋아 몽롱한 말투로 말했다.

"난 오빠가 첫 번째였는데, 오빠는 어때요? 내가 첫 여자예요?"

초미의 물음에 오현은 대답을 못 하고 자신 없는 얼굴로 그녀를 빤히 올려다보았다.

"사실을 말해요."

엄하게 초미가 눈에 힘을 주며 말했다.

오현은 다소 뻔뻔스럽게 입술을 삐죽였다.

"설마 그럴 리가. 그게 중요해?"

"어머, 잘도 그런 말을!"

"네가 내 마지막 여자인 셈이야."

오현은 머리에 팔베개를 하며 회상에 잠기듯 말했다.

초미는 이상하다는 표정을 지으며 대꾸했다.

"마지막 여자면 여자지, 여자인 셈은 또 뭐야."

"아닐지도 모르니까."

"뭐예요?"

초미는 그를 마구 때렸다. 아프지 않게.

"그만, 그만……. 그런데 너는 그날 이후 내 생각 안 나던가? 나름 뜨거운 밤을 보냈었는데."

"그야…… 뭐 사실 얼굴조차 가물거리더라고요. 한 1년 지나니까."

"아, 정말 섭섭하군. 그럼 나 혼자 삽질한 거야?"

낙심한 표정을 지으며 오현은 한 손으로 자신의 얼굴을 쓸었다.

"오빠가 이상한 거죠. 재회하자마자 결혼 얘기를 하지 않나, 사실 여기까지 온 것도 뭐에 홀린 기분이에요. 물론…… 무진장 행복하긴 하지만."

혀를 쏙 내미는 초미를 오현은 가만히 지켜보고 있진 않았다.

"아야…… 어어어……."

초미는 그에게 혀를 물려 이상한 소리를 냈다.

적당히 괴롭히고 나서 오현은 그녀를 놓아주었다.

"다시는 섭섭한 소리 하지 마. 아주 응징을 해 줄 테니."

"하이고, 혀야……. 알았어요, 뭐……."

"이제 우리 한 다섯쯤 아이들도 낳고."

"네? 무슨 말이에요?"

"내가 좀 외롭게 컸잖아. 다섯은 있어야 할 것 같아."

"맙소사! 도대체 머릿속에 뭐가 들었어요? 내가 애 낳는 기계도 아니고!"

"하하하하!"

그가 웃을 때마다 멋진 복근이 강하게 조여졌다. 그 모양을 느끼고 싶어 초미는 그의 복부에 가만히 손을 갖다 대었다.

오현은 그 웃음을 멈추고 그녀의 손등에 자신의 손을 포개었다.

두 사람은 사랑스러운 시선으로 서로의 눈에 자신의 시선을 맞추었다.

"앞으로 잘해 봐요, 내 남자."

초미는 진심을 담아 그에게 말했다.

"오늘부터 여우가 되기로 했나? 나를 자꾸 홀리게 해."

다시금 오현은 초미를 꽉 껴안고 천천히 몸을 돌려 그녀가 자신의 아래에 오게 했다. 그리고 그녀의 입술을 향해 천천히 머리를 기울였다.

초미는 자신을 누르고 있는 그의 몸과 에너지를 느끼며, 꿈을 꾸듯 행복하게 눈을 감았다.

— *The end*

에필로그

살다 보면 뜻밖의 사람들이 짝이 되어 결혼에 골인하는 경우가 있다.

"그런데 이 두 사람이 결혼을 하게 될 줄은 정말 몰랐어."

혜준은 신부에게 직접 전달된 축의금을 정산하면서 이렇게 말했다. 한 손으로는 열심히 계산기를 두드리고, 또 다른 한 손으로는 명단 체크를 하고 있느라 미간에는 주름이 잡혀 있었다.

"그러게 말이야. 양가 집안에 있던 철없는 사람들이 만나서 팀을 짰다고 순아 아버지가 그러시더라. 나 웃겨서 죽을 뻔했잖아."

이렇게 말하고 초미는 혜준이 건네준 돈을 다시 한 번 확인했다.

"이만하면 둘이 신혼여행 가서 쓸 경비는 넉넉하겠는데? 순아한테 뭐 사오라고 하지?"

"우리 생각이나 하겠니? 네 남동생이랑 깨가 쏟아질 텐데."

"으…… 아직도 믿기질 않는다. 우리 초류랑 순아라니."

"내 말이 그 말이야. 너하고 주희 오빠 조합도 쇼킹이었는데, 초류하고 순아라니…… 핫쇼킹이야."

처음 둘의 관계를 들었을 때에는 거짓말 안 보태고 한 5초 동안 말문이 막혀 있었던 것 같다.

"이 두 사람이 눈빛 교환만으로 몇 년을 보냈다는 것이 너무 귀여워. 순아가 귀여운 속물이라고 생각한 적 있는데 취소할래. 초류 같은 남자를 선택하다니 너무 순수한 거 아니야?"

초미가 말했다. 자기 남동생이 철이 없다고 생각해 왔던 터라, 순아의 선택이 처음에는 부담도 되었었다.

"아냐. 순아네가 요식업으로 이름이 좀 있는 곳이니까, 서비스 마인드가 확실하고 대인 관계 좋은 초류는 아주 잘 어울려. 생각할수록 좋은 커플이라니까. 결혼은 자본주의의 산물이야. 이보다 더 자본주의 이념에 딱 맞는 커플은 없을 거라고. 서로 부족한 것을 메워 줄 것이라는 거지."

이성적인 혜준인지라 그 말에 신뢰가 갔다.

"그래, 잘 살길 바라는 마음뿐이야."

초미는 흐뭇하게 웃었다. 그리고 다가오는 사람을 보고 더욱 환하게 웃었다.

"잘되어 가?"

다가온 오현은 두 여자가 벌여 놓은 돈과 봉투 그리고 메모지를 보면서 이렇게 물었다.

"신부 이름으로 제법 축의금이 들어왔어요."

"돈이란 편리한 것이지. 축하의 말 한마디보다 더 가치 있는 것으로 평가되기도 하고."

"누가 경제 연구소장 아니랄까 봐……. 두 사람 바빠서 2세는 계획 없죠?"

혜준이 오현에게 물었다.

인기 강사로 새로이 이름을 올리기 시작한 초미는 더 바빠졌고, 그것은 오현 역시 마찬가지였다.

초미는 박진우 이사의 연인, 최지원과 케이블 채널에서 영어 강의 방송을 함께 진행하게 되었다.

시청률은 높지 않으나, 이미 초미를 아는 학생들 사이에서는 입소문이 퍼지기 시작했다.

오현의 경제 연구소에서는 심심치 않게 경제 방송 패널들을 내보냈다. 아직은 젊은 그에게 여러 가지 제안이 말 그대로 쏟아지고 있었다.

"말도 마, 잠 잘 시간도 부족해. 오빠네 연구소도 너무 바빠서 내 남편 얼굴 볼 시간도 없다니깐?"

초미가 말하자, 오현이 눈썹을 실룩이며 말했다.

"그건 걱정 마. 내 연구소니까 시간 뺄 수 있어. 그러니까 다섯은 낳을 수 있다고."

"엉? 무슨 소리예요? 다섯이라뇨?"

"내가 외롭게 커서 그런가, 자녀 욕심이 좀 생기는군?"

"내 참, 아기는 내가 낳는 거잖아요."

"응, 다섯을 낳게 될 거야."

혜준이 두 사람의 대화를 듣더니 피식 웃고는 누군가 자신을 찾는 목소리에 자리를 떴다.

친구가 자리를 피하자, 초미가 오현에게 항의하듯 말했다.

"혜준이 앞에서 무슨 애 다섯 얘기를 해요? 그리고 요즘 누가 그렇게 애를 많이 낳는다고."

"네가 너무 바빠서 나는 불만이야. 일 좀 줄이라고."

"흥, 싫거든요. 이제 좀 인지도가 올라가려 하는데."

"인지도보다는 가족의 행복을 좀 더 생각해 보는 건 어떤지?"

"뭐라고요?"

"한 살이라도 젊을 때 2세를 낳아서 기르자는 거야."

"……여기서 갑자기 그런 말 하니까 뭐라 할 말이 없네요."

"단순하게 생각해. 우리 결혼한 지 벌써 1년이고 이제는 우리 아이 기다릴 만도 하잖아."

어느새, 초미는 일에 빠져 중독 수준에 이르렀다. 요즘 들어, 오현의 가장 큰 불만이 너무 바빠 아내의 얼굴도 보기 힘들다는 것이었다.

"너는 내가 바쁘다고 하지만, 내 입장에선 너만큼 바쁜 사람도 없는 것 같아. 박 이사한테 전화해서 널 해고시키라고 말할까 생각도 해 봤으니까."

"……."

초미는 자신의 감성이 조금씩 줄어들고 있다는 것을 잘 느끼지 못했다. 수다 떨기 좋아하던 그녀는 완벽함을 추구하는 사람으로 바뀌어 가고 있었던 것이다. 2세 생각보다는 일 생각이 항상 우선이 되어 왔다.

"네가 자신의 일을 너무 잘하고 있기 때문에 나도 그 부분은 인정하고 싶어. 하지만 나는 내 아내를 매일 그놈의 일에 빼앗기는 것이 이제는 진절머리 나게 싫다고."

그러면서 오현은 무언가를 꺼내 그녀에게 건넸다.

"뭐예요……. 비행기 티켓?"

초미는 놀라서 눈이 휘둥그레졌지만, 오현은 짐짓 무던한 척 웃었다.

"가자. 우리 초류 처남 신혼여행에 동참하는 거야. 물론, 따로 놀겠지만."

"지금…… 이거 2세 만들러 가자는?"

"빙고."

"못살아!"

"물밑 작업은 끝났어."

"물밑 작업이라니, 또 무슨 꿍꿍이에요?"

"임시 강사 쓰라고 박 이사에게 미리 말해 놨고, 우리도 결혼 1주년 여행 간다고 집에도 말씀드렸고."

"아오!"

초미는 남편의 쓸데없이 완벽한 계획성에 어이가 없었다. 오현이 자신의 말을 무시하는 남편은 아니지만, 가끔 독단적으로 밀고 나갈 때가 없진 않았다.

'하지만 지금 이 순간을 불행이라 생각한다면 내가 배부른 거겠지?'

그녀 생각대로 이것은 행복한 순간임에는 틀림없었다.

"좋아요. 한복 입고 비행기 탑시다."

"하하, 이래야 내 마누라지."

오현과 초미는 빈 폐백실 툇마루에 나란히 걸터앉아 기분 좋은 움직임으로 다리를 흔들거렸다. 그리고 손을 잡았다.

"오빠가 내 남편이라 얼마나 다행인지 몰라."

"그래?"

"네……. 그리고 오빠와 인연이 닿아서 얼마나 행복한지 몰라요."

"……."

오현은 고개를 돌려 초미를 보았다. 그리고 그녀도 그를 마주 보았다.

"듣기 좋은 말을 할 때마다 내가 하는 거 알지?"

"알지요."

미소 짓고 있는 입 그대로 입을 맞추었다.

초미의 분홍치마와 오현의 하늘색 마고자 때문에 두 사람은 마치 한 쌍의 예쁜 원앙처럼 보였다.

　'우리에게 오늘이 있게 했던 그 모든 일들을 축복해요.'

　그와 입맞춤을 하면서, 초미는 진심으로 이렇게 생각했다.

작가 후기

　세상에는 이러저런 인연이 많다. 그중에서도 상상하기 힘든 사연으로 만나 운명의 배를 함께 탄 사람들의 이야기는 특히 재미가 있다. 이 소설은 그런 인연들을 생각하다가 구상하게 된 것이다.

　인생은 어디로 흘러갈지 모른다. 오늘의 친구가 내일은 적이 될지도 모르고, 오늘 무심하게 넘긴 주변 사람들의 말과 행동이 내일 나에게 어떤 큰 영향을 미칠지는 모를 일이다.

　인생이 이렇다 보니, 갑자기 나를 슬프게 하는 일이나 아프고 힘들게 하는 일도 생기는 것이다. 말 그대로 갑자기, 말이다.

　그래도 내 마음의 중심을 잡고, 내게 소중한 것들을 지키면서 산다면 그 대가는 언젠가 좋은 모습으로 와 줄 것을 믿는다.

이 소설을 쓰면서 가장 행복했던 순간은 바로 이런 생각을 할 때였다.

독자들에게도 이 글이 인연과 사랑에 대해 좋은 생각을 품는 계기가 되길 바란다.

끝으로 이 글을 읽는 모든 독자들과 수정과 편집에 애쓴 뿔미디어 편집팀에 무한한 감사를 보낸다.

아름다운 악연

1판 1쇄 찍음 2015년 10월 28일
1판 1쇄 펴냄 2015년 11월 3일

지은이 | 윤설
펴낸이 | 정 필
펴낸곳 | (주)뿔미디어

기획 · 편집 | 이영은

출판등록 | 2002년 9월 11일 (제1081-1-132호)
주소 | 경기도 부천시 원미구 소향로 17, 303(두성프라자)
전화 | 032)651-6513 / 팩스 032)651-6094
E-mail | scarlets2012@hanmail.net
블로그 | http://blog.naver.com/dahyangs
홈페이지 | http://bbulmedia.com

값 9,000원

ISBN 979-11-315-6878-1 03810

※파본은 구입하신 서점에서 교환하여 드립니다.